淡江大學中文系主編

人物類型與中國市井文化

上元王仁鈞

臺灣學生書局印行

序

中國社會與文化一直是淡江中文系所研究的重要領域，而「第六屆中國社會與文化學術研討會」的舉辦，不但說明了淡江中文系所的持續努力，也象徵著新學術研究領域的形成。身爲淡江中文系所的一分子，一方面有著無比的興奮與喜悅，一方面也有著繼往開來的期許與使命。

中國社會與文化原本就有著極爲豐富的內容，而本次會議特別扭轉一般學院對上層文化現象的重視，改而試圖重新面對大衆平民的生活內容與文化意向，由此而能充分展示、反省中國市井文化之深層意義，並對上層文化現象加以比較、整合，勾勒出更爲完整的而深入的文化理解。人是文化的主體，因此在論及市井文化之時，對其文化主體的人物類型，當然有深入研究的必要了。更具體地說，我們可以通過人物類型及其性格，做爲掌握中國市井文化的主軸，並進而展示中國市井文化中諸多的社會意義。我們由此次會議論文內容之豐富可以明顯看出，此次會議主題是十分相應、契合於中國文化特質的。此中至少有二義可說：

一、人文主義在中國文化傳統中無疑是居極重要之地位，此由儒、釋、道三教在中國文化中之意義即可看出。以三教爲主的中國文化即是以人爲中心、以人爲本，由是開出其心性論、修養論及外王論的理論體系。因此，中國文化自始便對人有著極高的興趣與極深的研究、體會；此外，加上史學對人物傳記的說明，以至魏晉對人物才性的品評，皆表現出人物類型問題在中國文化中的重要性。

二、無論是儒家所主張的「極高明而道中庸」，道家的「和光同塵、跡本圓融」，或是佛教所說「平常心是道」、「日日是好日」、「即九法界而成佛」，都說明中國文化即器明道、即生活顯智慧的獨特風格，而「禮失求諸野」的說法，更暗示了市井文化對生活智慧的豐富蘊藏。如果我們說上層文化現象的研究是「極高明」，那麼市井文化的探討便是返樸歸眞的「道中庸」了。這正是中國文化極特殊又極深邃的生命智慧所在。

果如此，則本次會議的論文便不只是相對於上層文化的研究，而更是具體化整合、深入上層文化的深層內涵，自然也就更顯其重要與珍貴了。

此次會議的籌辦，主要是由於本所林保淳教授及林鶴宜教授負責，二位教授分別在中國古典小說及古典戲曲有精深的造詣，經由他們的熱心與努力，使本次會議有著不凡的表現與成就，二位林教授當居首功。此外，王仁鈞教授慷慨揮毫爲本書署名，以及助教研究生們的全心投入，都是會議成功所不可或缺的。當然，更要感謝全體參與的學者、同學以及教育部、文建會的支持，使我們不但能有豐富的物質資源，更有著深刻的精神提昇。且讓我們以此會議爲起點，共同創造更豐富飽滿的研究成果。

淡江大學中文研究所所長
高柏園
八十三年十二月十三日

人物類型與中國市井文化

目次

腐儒、白丁、酸秀才

——市井笑談裡的讀書人

龔鵬程

一、由笑話看文人

我們都曉得，一般笑話的題材多是人類性格上的弱點與形體上的缺陷，如貪、吝、殘、陋和男女性事，均爲笑話的好材料。此外則有社會上某類特殊的人士，如僧、道，因其與一般世俗人不同，世俗人亦不免以之爲取笑的對象。此舉世皆然者也，東西方的笑話大概都差不多。

但在中國笑話書裡，有一類人占的篇幅最多，地位也最重要，卻不是禿子、瞎子、跛子、呆子或懼內者，亦非僧、尼、道、妓而是讀書人。以《笑林廣記》爲例，其書四卷十二部，卷二〈形體部〉、〈殊稟部〉譏諷的是形體與稟賦；卷三〈閨風部〉、〈世諱部〉、〈僧道部〉嘲笑的是僧道以及和閨房性交有關之事；卷四〈貪吝部〉、〈貧窶部〉、〈譏刺部〉、〈謬誤部〉挖苦的則是性格和知識上的弱點。可是，該書卷一〈古艷部〉、〈腐流部〉、〈術業部〉

所談的幾乎都與讀書人有關。要明白讀書人在中國社會裡一般人所知見的形象爲何，或者說，要瞧瞧市井中對讀書人形象之刻繪爲何，這都是最好的材料❶。

二、狗教師驢監生

我常談及一個觀念：中國社會，自唐朝以後，基本上是個文人社會，文人階層是社會的主導力量，文人是社會上最重要的一類人，整個社會也呈現出一種文學崇拜的氣氛。

笑話，固以嘲笑諷譏爲宗旨，但我們從笑話書的編輯方式和採錄笑話的數量上，都可以發現那種對文人重視的態度。因爲，愈是社會大衆所關心的事，才愈可能成爲講述談論的焦點。反映讀書人生活及其形象者，既占《笑林廣記》全書四分之一，更且廁居卷首，其爲社會所關注，當是毫無疑問的。這些形象刻畫以及對文人生活境況的敘述，之所以能成爲社會上談笑諧謔之對象，自然也顯示了社會上一般人都對文人的生活與思維狀態非常熟悉。這種熟悉，正顯露了我們中國傳統社會的特質。所以值得我們的注意。

可是，在笑話中，讀書人的形象畢竟是不堪的。例如一般家庭常延師授業，教子弟讀書識字，但這些先生們不是滿口別字，就是胡混爛扯，教書全不得法，甚至於還常打居停女主人的歪主意，社會形象簡直是糟透了。

《廣記》卷一載一館師歲暮返家，舟子問：「相公貴庚？」答：「屬狗的，開年已是五十歲了。」舟子曰：「我也屬狗，爲何貴賤不等？」又曰：「哪一月生的？」答：「正月」，舟人大悟曰：「是了，是了，怪不得。我十二月生，是個狗尾，所以搖了這一世；相公正月生，正是狗頭，所以教（音叫）了這一世。」這種嘲教師爲狗的例子，並不罕見，如云某教師慣讀別字，某夜誦前後〈赤壁賦〉，竟唸賦爲賊。剛巧有小偷正準備穿窬而入，聽他唸這前拆壁賊如何如何，大驚。及繞到屋後，又聞他唸這後拆壁賊如何如何，不覺嘆道：「人家請了這樣的先生，連看家狗都不消養了！」

學生在這些白字連篇、文理不通、行爲不端的教師手上，當然學不著什麼眞本領，即或勉強入學，讀來也甚爲辛苦。故《廣記》載一生考試不能完卷，置於四等受朴，他對友人解釋道：「我缺得這半篇。」友曰：「還好，若作完，看了定要打殺！」又有一秀才將試，日夜憂愁，其妻道：「看你作文如此艱難，好似我們女人生產一般。」夫曰：「還是你們生子容易些。」妻問：「怎見得？」夫答：「你是肚子裡有的，我是沒東西在肚裡的。」無論童生、監生、廩生、秀才，都常受到這類譏嘲，謂其爲白丁。所以說，若教師的形象如狗般卑賤，學員之形象便如驢了：「有監生穿大衣、帶圓帽子，著衣鏡中，自照得意，指謂妻曰：『你看鏡中是何人？』妻曰：『臭馬驢，你做了監生，連自（同『字』）不識！』」❷

讀書人的出路，是入泮，然後參加科考，以便進入官僚體系中去任職。然而學既沒眞學到些本事，「學而祿在其中矣」的境界便終身不能到。某些人蹭蹬一生，老死牖下；某些人則捐貲走門路勉強混個功名。笑話中言此者甚多，如云：「府取童生祈夢，問道可望入泮否。神問曰：『汝祖父是科甲否？』曰：『不是。』又問曰：『家中富饒否？』曰：『無得。』神曰：『既是這等，你做什麼夢？』」又，「一童生拔鬚赴考，對鏡恨曰：『你一日不放我進去，我一日不放你出來。』」均是嘲人無緣於科名的。「有以銀錢寅緣入泮者，拜謁孔廟。孔子下席答之。士曰：『今日是夫子弟子，禮請坐受。』孔子曰：『豈敢！你是我孔方兄的弟子，斷不受拜。』」，則是譏人夤緣混得功名的。

不論獲得功名是用了什麼方法，一旦得了功名，讀書人便抖了起來，自以爲高人一等，故笑話說：「監生至城隍廟，旁有監生案塑鑑生娘娘像。歸謂妻曰：『原來我們監生恁尊貴，連妳的像早已都塑在城隍廟裡了。』」又：「城裡監生與鄉下監生各要爭大。兩人爭辯不已。因往大街同行，到一大門第，首匾上『大中丞』三字，城裡監生倒看，指謂曰：『這豈不是丞（城）中大？』又到一宅，匾額是『大理卿』，鄉下監生忙曰：『這是鄉裡大了。』」兩人各不見高下。又來一寺，門首上題『大士閣』，乃彼此平心和議曰：『原來閣（各）士（自）大。』」

此類人等，縱或入官，亦是昏官貪官。笑話中譏官之昏瞶貪贓者，不計其數，若論其形象，《廣記》中載一詩曰：「黑漆皮燈籠，半天螢火蟲，粉牆畫白虎，墨紙寫烏龍，茄子敲泥磬，冬瓜撞木鐘，惟知錢與酒，不管正與公。」可謂曲盡形容。簡單地說，大約也像狗：「有市井獲封者，初見縣官甚跼蹐，堅辭上坐。官曰：『叨爲令郎同年官，論理遠該侍坐。』封君乃張目問曰：『你也是屬狗的麼？』」

三、酸書生窮秀才

有一教師卒後遇見閻王，閻王認爲他騙人館穀，誤人子弟，謫往輪迴變做豬狗。該教師乃哀乞道：願做母狗。閻王問其故，曰：「因《曲禮》有言：臨財母狗得，臨難母狗免。」

這些讀白字的先生，近似白丁的監生、廩生，墨紙寫烏龍的官員，以及落拓不得志的學官、流浪民間的醫卜命相之士，大約就是我們傳統社會中對大部份讀書人的認知。讀書人的形象，實在是既酸腐又可笑的，《笑林廣記》以其爲第一等可笑之人物，並特立〈腐流部〉以居之，良有以也。

笑話之所以令人覺得其所述之事確實可笑，有幾種原因，其一是人物之行爲違背了他自許以及社會所公認而應有之角色與形象，例如僧尼的社會角色和行爲規範，就是要出家、守戒、持律、茹素，但偏有許多僧尼達不到這種他們所自許以及社會對其角色認知之標準，遂不免爲人所訕笑，成了笑話書中的好題材。另一種情形，則是暴露了眞相，把社會上某些不可明言之事物、觀念及心態等，用笑話巧妙地表達了出來，令人洞見其荒謬之本質。有關讀書人之笑話，大抵就兼有以上兩種性質。[3]

因此，讀書人事實上並不會讀書，即爲其遭人恥笑之最基本原因。因他違背了他的本分以及社會對其角色之預期。而這種人又比比皆是。天下所謂的讀書人，雖入學或任教，眞有幾個人把它當回事？非學以爲祿利，即是彼此矇混以求考試過關順利取得文憑。這是大家都深知的眞相，所謂讀書求學，實即此耳。只不過平時大家都還裝模作樣，自欺欺人一番，誰也不願明言道破。笑話以此爲題，杜撰情事，直揭本眞。僞飾一去，大家遂都不好意思地笑了。笑話的揭露功能，以及它所產生的道德自省之淨化功能，即由此而生。

通過這些揭露，可以使我們了解：在一個文士崇拜的社會中，文士之實際生活及行爲狀況，竟與社會對它的期許和他們所自居的位置，頗不相稱。一般的文獻，多只能看見士人理想面的陳述，唯有透過這類市井笑談，我們才能明白士人眞實的生活以及他們在這個社會中荒謬的處境。

四、儒生荒謬的處境

《廣記・腐流部》第一則謂：「一教官辭朝，見象低迴留之不忍去。人問其故，答曰：『我想祭丁的豬羊，有這般肥大便好』」；第二則：「歲貢選教職，初上任，其妻見衙，不覺放聲大哭。夫驚問之，妻曰：『我巴得你今日，只道出學門，誰知反進了學門！』」第三則……

腐流也者，依劉邵《人物志》所謂「人流十二業」之說，文章家本居其中一流，但現在這些教官（訓導、教諭、學正、教授等）及學生（廩生、廣生、附生等），卻是社會中的酸腐流品。其酸與腐，事實上即肇因於他們所稟持的教養及其特殊之身分，使其行事不能不多所矜持考慮。可是在實際生活中，他們的處境却與其身分教養極不搭調。

以前文所舉「教官」爲例。這是明朝的制度。明朝重科舉，以《五經大全》等取士，整個官學體系自然是其維持政治運作的基本結構，所以儒學教育與其官僚系統是相聯結的，故曰：「天下之治亂，繫人才；人才之邪正，關學校」「官之重，無如教官重」。教官一職，影響及於政治、社會、教育、學術各個方面，既是社會之人倫表率，又是教育的教化官師、學術的傳述推動者，也是培養官吏人才的關鍵人物，重要性不言可喻。它有建言、典試的合法政治權，有興學、教化的合理社會權，其位亦不可謂不高。再試看下列各省學政體系表，知府、知縣、知州均隸屬於這個學政體系，且除了禮部提學以外，都察院監察體系及吏部行政體系亦均爲整個學政系統之一環，即可知明朝的教育學官實爲其政治運作之核心部份。❹

明代十三省學政體系表

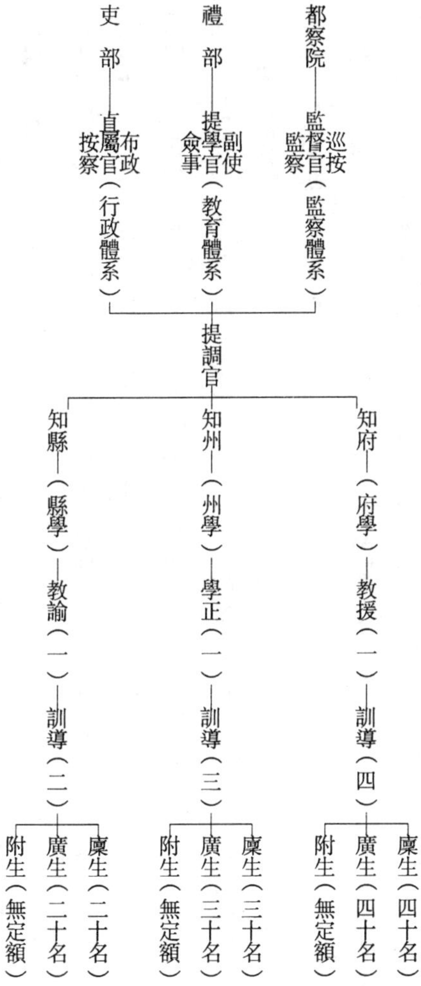

然而，學官如此之重要，位望如此之崇高，責任如此之重大，其官階究爲幾品耶？謹答之曰：不入流品。除九品府學教授以外，州學正以下各等，均屬於政治官僚結構層中不具位階的「剩員」。❺

天下郡縣均立學校，正師儒、授生徒、講論聖道。但元朝的教授尚爲八品官，明朝一矯其「九儒十丐」之劣習，乃竟將教授降爲從九品，並降學正之從九品爲不入流，成爲與首領官、雜職官同一類的雜職，其地位大約近於驛丞、陰陽典術、醫學、訓科、僧正、道正，毫無尊嚴可言，故雷禮〈河南參政王遵嚴墓表〉云：「故事，學官迓上官，類跪輿台前，不以禮處之」，其卑微可知矣。

位卑，自然俸薄。明朝官吏俸祿本來就比前代少，教官更可憐，州學正不過每月米二石五斗，縣教諭每月米二石，跟七品知縣的七石五斗固然差得甚遠，與一般民衆之生活水準也距離不小。《明史·孔友諒傳》說：「月不過米二石，不足食數人，仰事俯畜與道路往來費，安所取資？貪者放利行私，廉者終窶莫訴」，即指此類生活之窘境。國子監教職員待遇雖較地方官學人員好得多，但以其學生之月俸來看，亦不過每月五點五石，折合當時之銀價，是每月可得一點三七五兩（以正統年之物價爲準），寒窘可知。

教官的來源很廣，監生、貢生、舉人、副榜、甚至進士都可能除任教職。但無論誰來坐此冷衙門冷板凳，均不免沈滯冗散，貧困以終。設非立志獻身教育的狂熱份子，否則誰不視此爲畏途？《廣記》載學官見象而思祭丁之豬羊太瘦，貢生妻一見到是分發爲教職便放聲痛哭，皆實錄也。笑話書在供人「看笑話」之際，即揭露了這個荒謬的處境。

吳智和《明代的儒學教學》一書，曾明確地指出：「如此設計規劃教官爲品卑俸薄的雜職官，一方面壓抑教官祿養的尊嚴，一方面又擡高教官師儒的重責，是既矛盾又無理的強控手段與專權心態。」但連他也不曉得明朝主政者「是根據何等因素來考量與權衡」❻。

五、三重失落的人生

儒士文人之所以會落入這麼荒謬的處境，原因甚爲複雜，勉強地說，它是面臨了幾個方面的失落。——

自從儒學成爲社會主流意識型態，並與官學體系緊密結合後，儒學即面臨其本身的異質化危機，「君子謀道不謀食」的儒學，事實上是在「祿利之途使然」的情況中發展起來的。這本身即爲絕大之諷刺，本身即是荒謬的。儒學的超越流俗性格、理想色彩、學以爲己的態度，均已失落，不復存在。❼

迨唐朝以後，科考取士之制度逐漸定型並擴大爲官僚體系之主要支撐，儒學遂更轉而成爲文章之學，「明經」漸衰，辭賦當令，馴致儒學的道德踐履性質及經濟政事的內容，也轉向成了辭華文筆的講求，這可稱爲第二度的失落❽。新的失落，加上舊的異化，所出現的新局面，大約即可用宋眞宗的〈勸學歌〉來形容：「天子重英豪、文章教爾曹」「書中自有黃金屋，書中自有顏如玉」。

此勸學歌其實也就是勸世歌。整個社會上對讀書的目的與意義，即由此認取。所謂讀書人，即是讀書，識字，作文章，以應科舉，然後任官，位高祿厚之人。

但是，既然整個社會都以此爲榮顯之道，以此爲祿利之途，參與到這條路上來競走的人當然就不會少。《明史·選舉志》云天下府、州、縣、衛所皆建儒學，教官四千二百餘員。吳智和統計一四〇府，一九三州，一一三八縣的教官數，認爲兩直隸、十三省的教官應有四八八六人。故若合計羈縻地區及衛所在內，教官當超過五千人。教官在一個縣裡其實只有三人，一個州學裡只有四人，因此教官數額如此之高，正顯示學生數量之多❾。洪武廿六年南京國子監生即達八一二四人，永樂二十年則有九九七二人。地方官學的學生員則將達五二四四〇人以上，何況還有官學之外的大量民間塾館（書院即有一二三九所，其他宗學、社學、義學、私塾、難以數計），日夜教養生徒，來鑽這科舉的窄門。其結果當然是得售者少，失望者多，笑話中屢屢嘲笑那些考了又考、考到老、考不好的老童生，或赴考而下第者。如：「縣官考童生，至晚忽聞鼓角喧鬧，問之，門子稟曰：『童生拿差了枴杖，在那裡爭認』」；「一舉子往京赴試，僕挑行李隨後。行到曠野，忽狂風大作，將擔上頭巾吹下。僕大叫曰：『落地了』，主人心下不悅，囑曰：『今後莫說落第，只說及第』。僕領之，將行李掮好曰：『如今憑你走上天去，再也不會及第了』」。此等笑談，正爲辛苦科考者的寫照。

如果老是考得不如意，怎麼辦呢？一種是不到黃河心不死，鞠躬盡瘁。但這得有些本錢，方能坐吃而山不空，由你一考再考；一般人總得想法子糊口。然而不幸的是：他們除了讀書作文之外，缺乏一切技藝。這即是儒士文人社會性的失落。

他們只會吟哦古籍，因此與現實世界頗有距離。從社會生活面看，他們乃是不能處理現世生活的一群酸丁腐儒，有笑話說：「道學先生嫁女出門，至夜半尚在廳前徘徊躞索。僕云：『相公，夜深請息罷！』先生頓足怒曰：『你不曉得，小畜生此時正在那裡放肆了』」；「東家喪妻母，往祭，托館師撰文。乃按古本誤抄祭妻父者與之，爲識者看出。主人怪而責之，館師曰『此文是古本制定的，如何得錯？只怕倒是他家錯死了人，這便不關我事』」；「一秀才新娶，夜分就寢，問於新婦曰：『吾欲雲雨，不知小娘子尊意允否？』新人曰：『官人從心所欲』，士曰：『既蒙俯允，請娘子展股開肱，學生無禮又無禮矣。』及舉事，新婦曰：『痛哉，痛哉！』秀才曰：『徐徐而進之，渾身通泰矣』」。諸如此類，讀書人在現世生活的無能與迂拙，成了人們嘲笑的最佳題材。

同理，他們只會寫文章，沒有應付現實生活的其他技能，要想不成爲餓莩，只有幾條生路，其一是擔任學官，《明英宗實錄》卷二六八：「其初心皆望科舉出仕，但見解額有限，自度不能皆得，故其就訓導保舉者愈多也」。做學官固然「署冷如冰」，會讓老婆痛哭，但終究要比讓老婆餓死強些。其次，則是去謀民間教職，此即所謂坐館。坐館者名爲西席，實係仰人鼻息，依童子爲稻粱，生涯之辛酸可知。且此輩既然科舉無望，當然學問文章均不會太好，教書多半也是誤人子弟、聊混飯吃，一般人怎麼能敬重他們呢？倘因此而失館，那就更慘了，只能淪落市井，落拓江湖，以醫卜命相爲生。⑩

笑話裡庸醫庸師的笑話特別多，正是這個緣故。隱在這些笑談謔語背後的，則是讀書人淒寒蹭蹬的處境，故「初死見冥王者，王聞其生前受用太過，判來生去做一秀才，與以五子。鬼吏稟曰：『此人罪重，不應如此善遣。』王笑曰：『正惟罪重，我要處他一個窮秀才，把他許多兒子，活活累殺他罷了。』」做一個讀書人，竟可稱得上是因前世造孽故今生受此刑罰了。

除了儒學本質的失落和社會性的失落之外，儒士文人更面臨著權力的失落。

政教合一的政治體制、仕學一體化的學術教育行政文官體系，理論上是以儒學作爲官方欽定之意識型態內容，官吏登進也須通過儒學教養體系，故儒學與國家機器、權力運作緊密結合爲一體。近代學者每每抨擊傳統儒家鞏固了專制政權、維護政治控制，因爲他們發現整個官僚體系事實上即是一個儒學集團，故並非專制帝王「利用」了儒學，而是儒學集團在實際的政治操作中，運用其權力、保障其利益，且灌輸人民一套儒學倫理意識內容，才把中國弄成一個製造順民的大工廠，以遂行其統治⓫。

這些學者大都頗有正義感，也找著了許多「證據」。但他們畢竟也是失落了社會性的學者，不懂政治，光憑一些簡單的概念及形式主義的論證，便高談闊論起來。

殊不知政治是一回事，其本質是權力；政治上爲了競爭權力，不能不有標榜以資號召，那又是另一回事。凡用以標榜號召者，或援當用當時社會上共許的價值（如某一時代以儒學爲號召，某一時代以自由、某一時代以民主、某一時代以自決、某一時代以本土……）；或故意逆反當時社會共許之價值，以形成壁壘，製造出對比的權力集團形象（如反國民黨者之提倡台獨，反國民黨也反民進黨者則提議成立共產黨……），運用之妙，存乎一心。其用以標榜者，與其權力運作之實質並沒有直接的關係。

所以號稱實行三民主義的中華民國，幾乎可以說從未實施過三民主義：三民主義是社會主義，而我們走資本主義路線；國民黨黨綱明定該黨爲責任內閣制，而我們不僅從未落實，現且更透過「修憲」來變更為總統制；三民主義主張平均地權、漲價歸公，而現在誰若主張如此則必下台；憲法規定五權分立制，我們卻是實三虛五制，考試與監察權都如虛設，所謂「憲政改革」更廢去了監察院的民意性質，由總統提名監委，變成治權的一部份……。若云此乃國民黨政權之特性如是，則又不然。中國共產黨裡那些掌權者，誰又眞懂什麼馬克斯？馬列的集子，翻閱過一遍者，殆與我政府官員中曾瀏覽過《國父全書》者一樣稀罕。

因此我們要明白：政治就是政治。在政治運作中，講究的是實際的權與勢，不是理論。所以沒有任何一位懂馬克斯的專家不被並不甚懂馬克斯的毛澤東鬥垮，也沒有任何馬克斯學者能進入中共高層政治權力核心⑫。要這樣看，我們才能了解：為何明朝政府以儒學為號召，儒學亦與其仕官體系相結合，它卻那麼樣不重視儒學教官，學官的地位卻那麼低。

在政治運作中，文教部門的經費與權力，一般均小於國防經濟交通財政等部門。政府固然一再宣示將致力文教發展、一再號召我人進入文化大國之林，總統府固然不斷辦音樂會，總統固然自兼文化總會會長……，但國建六年經費，文化部份卻僅占二百分之一。文建會的主任委員，雖與八部二會其他部長同一職級，然其編制及位階實際上是較低的⑬。為何如此？這就是政治！文教事務，只占政治的邊緣地位，所以雖表面上異常重視，而實漠不關心也。

針對明朝府州縣各地學校實際上多廢棄頽圮的現象，李東陽曾說：「今廟學遍天下，而圮壞過半。為有司者，勤勤汲汲，蚤作夜思，非錢穀之出入，則獄訟之曲直」（文集卷六〈重建深州廟學記〉），陳從古也說：「世之俗吏，棄本趨末，鰓鰓以薄書獄訟為急，視為校為虛器」（〈吳江縣重修廟學記〉，收入《吳都文粹續集》卷六）。這些地方官吏對學校的態度，擴大到整個國家的行政體系來說，不就足以印證上文的分析嗎？整個行政體系「早作而夜思者，非錢穀之出入，則獄訟之曲直」，誰管文教？

明萬曆年間，沈鯉〈覆十四疏〉已沈痛地指出：「帝王平治天下，大端唯治、教、養，三事皆缺一不可。國朝崇重教化，載在《律令》《會典》《到任須知》及〈教民榜文〉等項條格者，斑斑可考。曷嘗不以教化爲最先務哉？乃近年以來，有司既視之爲迂闊，而上司考課有司者，亦不據此以爲殿最，無惑風化不行，而士習日卑也」（《禮部志稿》卷四五）。教化，只是說說的，在政治實際運作中沒有人會當眞。可憐儒士文人被政治號召所誤，眞的由儒學進身到官僚體系中去以後，在實際的權力運作場中，品嘗到的卻是深刻的失落感。且因其失落，而爲世人所笑，眞是整個時代的絕大諷刺。《笑廣林記》列此爲可笑事物之首，豈無故哉[14]？

註釋

❶ 本文選擇《笑林廣記》來分析，是因本書最具代表性。該書係由明馮夢龍《笑府》增補而成。另詳龔鵬程〈笑林的廣記〉一文，金楓出版社經典叢刊版，導論部份。

❷ 笑話譏監生等不識字，似乎太過誇張，但《南雍志》卷十所載洪武三十年的榜示，已說當時「有入學十有餘年，尚且不通文理，不能書算、不曉吏事」的情形。迨明中葉後，學風更壞，「至有身濫衣巾而行市井，或把持官府，或武斷鄉閭」（陳寰《陳琴溪文集》卷五）者，情況必然較洪武時更爲嚴重。

又，笑話本以「誇張」爲常例，但誇張亦必有事實爲其底據，乃能爲人所聽受。因此，下文的分析，也都不只從誇張等藝術修辭效果看笑話，而是把笑話所關涉的「事實」部分勾稽出來，進行民俗話語的歷史社會分析。

❸ 在社會心理學中，研究社會上人與人如何相互看待對方，是極重要的部分。這種認知，大約有三個討論的層次，一是討論某一類人在這個社會中所給予人們的印象（impression）爲何，例如黑人、矮子、胖子、商人、農民，所給予人的基本印象皆各不同；二是研究這些基本印象在社會中如何形成；三是進行我們組織印象、接收訊息的心理結構分析。本文所涉及者爲前兩部分。在討論這兩部分時，我雖常使用「角色」「角色期望」等術語，但並不表示我即完全採取了角色理論的立場。對於角色理論來說，本文指出笑話有揭露功能，並可顯現角色的自我悖反狀態，似均爲過去的研究者所未談及。

❹ 詳見吳智和《明代的儒學教官》，民國八十年台灣學生書局。這是討論明代儒學教官最詳備的著作，本文所徵引之明代史料，均採自此書。

❺ 顧炎武《日知錄》卷十九〈教官〉主張：「凡官皆當有品級，惟教官不當有品級，亦不得謂之官，蓋教官者師也」。明代教官體制的基本問題，是將行政體系與教育體系混爲一談，又將教育人員置於官僚結構的最下端，所以最高從九品，餘皆不入流。顧炎武也主張教官不能入流，但那是指教師應在行政體系之外的意思，正爲明代之弊而發。

❻ 見其書頁八、十。

❼ 官學造成了儒學的異質化危機，詳見龔鵬程《文化符號學》，民國八十一年台灣學生書局，第三卷第二章。

❽ 唐宋以來，越來越熾烈的「文／道」之爭，所顯示的就是這個問題。近代章學誠、章太炎的理論也都與此有關，另參注七所引書，第三卷第一章，七至九節。

❾ 明代各途出身額數，歷朝不盡相同，也無可靠數據，大體上是進士三歲通計約三百名，舉人三歲通計約六百名，歲貢約與舉人數目相同。舉人與貢生例當入監，所以監生極多，「歷年開貢、開科，加以納銀納粟事例，監生積累至數萬餘人」。詳注四所引書，頁四八。

❿ 具體的分析，可參看龔鵬程〈文人生活札記〉。收入《走出銅像國》，民國八一年，三民書局。

⓫ 見艾蒂安·白樂日《中國的文明與官僚主義》，民國八十一年，久大文化出版，黃沫譯。頁十。

⓬ 中共官方論述體系，把這些不符合馬克斯學說的政治運作，解釋爲「活學活用馬克斯」「創造性地發展馬克斯」「結合生活實踐與中國國情的馬克斯主義」等等。幾十年來，大陸出版了最多的馬克斯主義論述、有最龐大的馬列教學研究陣營、得到最強力的國家支持，但在全世界馬克斯學說研究上，卻根本沒什麼成績。情形與我們在此地講三民主義，而三民主義研究的學術

化也最不足，可謂互相輝映。

⑬ 文建會副主委，在今年修改組織條例之前，尚爲事務官；大陸委員會則三位副主委都是政務官，其中一人且爲特任。

⑭ 吳振明《醜陋中國人？——西方俗文化裡的中國人形象》，一九九〇，香港創藝文化公司，頁一八〇談到一個定型視野（stireotype）的觀念。所謂定型視野，是指「被界定爲定型的事務，缺乏自己的特徵或個性。例如一群人的腦海中對某種事物或某人種，所持的標準化印象。這代表一種過份簡化的意見，一種具影響力的態度，和一種不經審愼的判斷」。過份簡化，謂我們將各種千奇百性之事物，簡化納入某一「原形」之中；不審愼的判斷，謂我們往往以過去的特殊經驗去認定新遭遇的事物；具影響力的態度，謂定型視野會構成影響，左右他人採取自己的觀點，故具「感染」及「說服」功能。

笑話書中對書生的描繪，如酸秀窮教師之類，固然也表達了傳統社會對讀書人的定型視野，這個視野固然也有點簡化、有些抹煞個性差異，只能稱之爲市井俗文化對讀書人的偏見或定見。但是，偏見亦有看見部分事物眞相的價值，定見更有其形成之原因。本文所討論者，即屬於此。爲避免曼衍，我不再對方法論的問題深入解釋了。

其他幾個應談而未談之處，附記於後：一是如何塑造讀書人形象的笑話寫作問題。例如運用撒尿、拉屎、性交等極俗鄙之事，和書生、道學、教師等聖潔身分結合，以構成錯愕、滑稽突梯之閱讀效果，正是文學敘述上值得大事討論者。二、笑話固然是通俗文化的一種表現，中國的笑話書卻有濃厚的知識階層色彩，其主要創作人與編集人都是士人本身，與民謠說話等均不相同。因此，它除了反映了市井流俗的集體視界外，更具有「鏡視自我」的功能。那些對讀書人毫不容情的諷嘲譏誚，也包含了知識階層自憐、自艾、自虐的心理狀態在。此不應漠然淡視者。

三、明人笑話書所刻畫的讀書人形象，與小說戲曲中的讀書人形象，頗有異同，宜加比較；與現代小說中知識份子對自我形象之描繪，更值得比較。如陳映眞〈唐倩的喜劇〉、張靄珠〈唐倩及其情人〉，便具有嘲諷性質。但因不同時代讀書人之處境及表現甚爲不同，嘲諷亦遂有極大之差異，兩相對比，當更能深入討論讀書人所面臨的各種社會與其問題。

愛情的煉獄

——以崔鶯鶯、霍小玉與李娃為例

林明德

一、前　言

從中國小說史上看，唐代傳奇，可是說是嶄新的里程碑，其內容之複繁、人物之深刻、藝術的造詣，古今中外，早有公論，不容置疑。固然，其中精采絕倫的小說，美不勝收，可是，若就故事的驚心動魄，主題的膾炙人口，恐怕非以愛情為主的三篇：〈鶯鶯傳〉、〈霍小玉傳〉，與〈李娃傳〉莫屬了。

一千多年來，它們不僅影響海內外，更衍變為小說、戲曲，以其纏綿悱惻的魅力，吸引大衆；至於中外學者的研究，或考證或批評，專著宏觀、散論識照，更可作為三篇小說特出成就的證明。

本文無非是一種嘗試，希望站在上述的學術基礎上，以較為寬廣且深刻的視野重新閱讀這三篇小說：企圖透過「愛情的煉獄」，窺探主角的複雜性格，解讀三篇小說的魅力。

基本上，煉獄（Purgatory）是宗教意象。據天主教教義，世人生前犯有未經寬恕的輕罪、或已蒙寬恕的重罪以及各種惡習，其亡靈在升入天堂之前，先經過淨化，這種淨化的場所稱爲「煉獄」。❶

這是字源學上的定義，此間取「通過考驗的歷程」，則爲引申義。換句話說，命題的全幅意義是：小說中的主角經歷愛情的考驗，呈示了複雜的性格（或性格發現），並以此回證其愛情的眞相。

二、愛情的煉獄

這三篇小說的寫作年代，大概是：

㈠〈鶯鶯傳〉，元稹撰，成篇於唐德宗元和二、三年（八〇七～八〇八）。寫張生與崔鶯鶯的戀愛故事。

㈡〈霍小玉傳〉，蔣防撰，成篇於唐德宗元和五、六年（八一〇～八一一）。寫李益與霍小玉的戀愛故事。

㈢〈李娃傳〉，白行簡撰，成篇於唐德宗元和四年（八〇九）。寫鄭生與李娃的戀愛故事。

三篇主角的戀愛故事出現三種不同的結局，即：㈠分離、㈡死別、㈢結合。

在這，我們特別要說明的是，探討這類小說必先考慮當時的社會背景。唐代文人尤其是進士與娼妓的戀愛，蔚爲風氣，但受制於當時的婚姻觀念與婚姻制度，往往沒有圓滿的結局。前者指門第觀念，所謂「仕」必由進士，「婚」必由高門，儼然是士子的人生兩大目標；後者指法律對婚姻界限的規定，士族與非士族違規通婚，可被論罪❸；至於一般男女奴婢，必須以本色匹偶，士族與賤民絕不能論及婚姻，否則要接受法律制裁。

相對的，娼妓於自身的遭際與地位，有分相當的認知，常以「感恩」的心情去領略來自「士子」的憐惜。這些現象毋寧是普遍存在的。

接著，談這些小說的進程步驟，不外是：㈠驚艷、㈡聚會、㈢結局。從而構成愛情的煉獄，茲分別略述於下：

㈠〈鶯鶯傳〉的愛情歷程

張生，「性温茂，美風容，內秉堅孤，非禮不可入」，年二十三，不曾近女色，自命「眞好色者」。曾與崔氏全家分別寓居普救寺，遇到軍人作亂掠奪，崔家「旅寓惶駭，不知所托」。因張生的關係才得解危，特別感恩張生一手再造她們的新生。從此揭開了西廂之戀。

崔鶯鶯「常服睟容，不加新飾，垂鬟接黛，雙臉銷紅」、「顏色艷異，光輝動人」、「凝睇怨色，若不勝其體」、「貞愼自保」、「善屬文」、「操琴」，年十七。

初次見面，張生爲之驚艷，「願致其情，無由得」。後來，因紅娘的幫忙，以喻情詩突破鶯鶯的心防，經過幾番周折，才得以幽會，「斜月晶瑩，幽輝半牀」，張生飄飄然，懷疑是一場夢，鶯鶯在男歡女愛，流下喜極之淚。他們的戀愛，在忽冷忽熱，斷斷續續了一些時日，鶯鶯揮不去身分的桎梏，而張生則面臨婚與仕的衝突。

直到張生赴京，才結束這段繾綣的情緣。這之前，鶯鶯「已陰知將訣」，「恭貌怡聲」，正視這美麗的結局，「不敢恨」。但以物（玉環）達情，永以爲好。並流下悲傷之淚。

從此雙方各奔前程，鶯鶯嫁人，張生結婚。後來，張生以表兄身分來拜訪，一再被拒絕，「怨念之誠，動於顏色」，數日後，將行，鶯鶯賦一詩以謝絕：

棄置今何道，當時且自親。
還將舊時意，憐取眼前人。

此後，了卻情緣，「時人多許張爲善補過者」。

張生的出現，是一次心靈的叩訪，良心的行動，在關懷中求其心安，那麼，作者巧妙的安排，可謂匠心獨運了。至於鶯鶯的無怨無悔，設身處地的情懷，不僅是知己的心聲，更是高貴心靈的表現。

張生與鶯鶯在情愛的追求與功名的嚮往中展開，在感情世界裡倚伏互動，其中，有感情的滋潤、生命的感悟、心靈的掙扎、靈肉的體會，與人格的成長。

通過愛情的煉獄，共同擁有難得的夢與經驗，也分享生命成長的智慧。

(二)〈霍小玉傳〉的愛情歷程

李益，本性雅淡，心猶疑懼，「門族清華，少有才思，麗詞嘉句，時謂無雙」，自矜風調，心想佳偶，卻久久未能如願，年二十，以進士擢第，第二年，候吏部拔萃之選。六月，至長安。媒婆鮑十一娘探得仰慕風流的「仙人」霍小玉。李益聽了，「神飛體輕」。

根據鮑十一娘的描述：小玉是故霍王的小女，「姿資環艷，一生未見，高情逸態，事事過人，音樂詩書，無不通解」，時年十六，聽說李十郎約會，「非常歡愜」。

約會之前，李益借馬、「濣衣沐浴，修飾容儀，喜躍交迸，通夕不寐」。

第一次聚會，給霍小玉的印象是：「見面不如聞名，才子豈能無貌。」可見其率眞坦白。不過，李生的回應：「小娘愛才，鄙夫重色。兩好相映，才貌相兼。」不僅解除自己的窘境，也給仰慕風流的小玉溫馨愜意的恭維。

由音樂、美酒，到男歡女愛，他們進入戀愛夢鄉，圓了彼此的夙願。但小玉念念不忘自己的身分，想到現在以色愛結合，未來以色衰分開，不覺淚下，這倒喚起了李生「引諭山河，指誠日月，句句懇切，聞之動人」的盟約。

經過二年日夜相從的歲月，李生「以書判拔萃登科，授鄭縣主簿」，即將上任，小玉離思縈懷，心知肚明，李生在嚴毅的母親安排下，「必就佳姻」，但仍然說出了內心話──小小的願望：「妾年始十八，君纔二十有二，迨君壯室之秋，猶有八歲。一生歡愛，願畢此期。然後妙選高門，以諧秦晉，亦未爲晚。妾便捨棄人事，剪髮披緇，夙昔之願，於此足矣。」

這些話讓李生愧感萬分，不覺涕流，好言相勸。幾天後，李生訣別東去就任。十日後請假省親，母親早跟表妹盧氏提親。李生「不敢辭讓」，只好「孤負盟約，大愆回期，寂不知聞，欲斷其望，遙託親故，不遺漏言。」

李生雖書題斷絕，但小玉卻想望不移，博求師巫，遍詢卜筮，只不過想見一次面而已。李生以愆期負約，又知小玉疾候沈綿，「漸恥忍割，終不肯往。」

後來，黃衫客仗義撮合，讓他們作了一次生死會。痴情的小玉還在前一天晚上夢中企求夫婦再合。本來，「轉側須人」，忽聞李生來到，「欻然自起，更衣而出，恍若有神。」那等待已久的「相見」，她愛恨交織，「含怒凝視，不復有言」、「時復掩袂，返顧李生」，在黃衫客贈送的酒席上，「側身轉面，斜視生良久」。之後，指責李生負心，讓她「人飲恨而終」，並發誓：「我死之後，必爲厲鬼，使君妻妾，終日不安!」說完，以左手握住李生的手臂，「長慟號哭數聲而絕」，李生眼睜睜的看小玉在他的懷中死去。

在小玉喪葬過程，李生「爲之縞素，旦夕哭泣甚哀」，將葬前晚，還夢見小玉「容貌妍麗，宛若平生」，前來話別;最後到墓所，「盡哀而返」。不失爲眞情流露。

然而，小玉的死，卻是李生悲慘餘生的開始。一個月後，他與盧氏結婚，「傷情感物，鬱鬱不樂」。有天，將與盧氏就寢，忽見帳外有一男子，「年可二十餘，姿狀温美，藏身暎幔，連招盧氏」，驚惶起來，卻「倏忽不見」。從此，疑神疑鬼，非常猜忌，「夫妻之間，無聊生矣」，至於三次婚姻，大概都是悲慘的結局。

霍小玉以二八年華——「姿資穠艷」之佳人，與二十歲的張生——「自矜風調」的才子，共築二年的戀愛夢。

她的率眞、痴情、敢愛敢恨，是人間小娘子的典型性格，一般小女子的心理反映。在愛情的煉獄裡，她剛烈絶決、痴愛執著，因此，主動的提出夙願，但求「八年」相聚，「一生歡愛，願畢此期」，之後，「捨棄人事，剪髮披緇」，作爲生命的歸宿。

然而，短暫的生命，似乎只爲「愛情」作一銘心刻骨的註腳。

相形之下，懦怯的李生，活在母親嚴毅陰影，只能作有限的春夢。不過，他的疑心症與三次失敗的婚姻，似乎糾葛著果報與小玉死於懷抱的刺激。

李益與霍小玉爲愛情，都付出了相當大的代價。

㈢〈李娃傳〉的愛情歷程

鄭生，始弱冠，系出名門，「雋朗有詞藻，迥然不羣」，宜其父所謂「吾家千里駒也」。應舉到長安，偶遊鳴珂曲，被「妖姿要妙，絶代未有」的李娃，以「回眸凝睇，情甚相慕」之姿，勾走魂魄。從此，抛擲人生大志，甘心墜入溫柔鄉。

本來，恩客床頭金盡，即是神女義絶情斷之時，不足爲奇。但李娃畢竟有感於鄭生秉性純潔、用情深摯（此由鄭生初睹李娃之動情——生物見之，不覺停驂久之，徘徊不能去……竟不敢措辭而去。……及正式造訪求見，對李娃的「明眸皓腕，舉步艷冶」，竟是「遽驚起，莫敢仰視」的朝聖般的反應，不難窺知；再如，開始鄭生便表明：「今之來，非直求居而已，願償平生之志，但未知命也若何？」加之「及旦，盡徙其囊橐，因家於李之第」的行動實踐。這些在在讓世故精明的李娃不能不受到純情的震動。），是以，她不忍像「姥意漸怠」，反而在鄭生「資財僕馬蕩然」的情況下，情意彌篤，給他溫暖。

然而，世路多歧、歡情易薄。日日流連鳴珂曲、不事生產的鄭生，縱使一往情深，也難繫李娃恆久的春愛。終於和老鴇設金蟬脫殼之計，騙他同去燒香，途中託故潛返；等鄭生回來，已人去樓空。此一歡場慣例的演出，李娃自是駕輕就熟，可憐初嚐靈欲鉅創滋味的鄭生，竟痴情到「惶惑發狂」，絕食三日，瀕臨病危。

後遇凶肆之人救起，不得已唱輓歌維生。經鄭父獲悉，以有辱門風及過度的愛深責切，差人將鄭生拖至荒野毒打昏死。

劫後餘生，顛沛困頓的鄭生，不意雪夜乞食至李娃宅前，其聲悽切，終於引動不愧是鄭生「知音」的李娃出門，見他「枯瘠疥厲，殆非人狀」，不禁失聲長慟：「令子一朝及此，我之罪也！」李娃此一徹悟，不只是鄭生「再生」的關鍵，更是李娃內在覺醒良知之大飛躍。

果不其然，她以明快果斷之性格，立刻說服老鴇從良，以贖前愆。首先，調養鄭生，以至體康志壯；接著勉勵鄭生「斥棄百慮以志學」，並伴讀督學。不數年，鄭生步步尋回功名之路，終於應直言極諫科，策名第一。授成都府參軍。

這其間，李娃亦友亦姊亦師亦母，唯不及男女私情。可見其救贖意志之清堅，有如鄭生未來命運的導航者。

鄭生將赴任，李娃深知救贖工作已完成，乃明告鄭生：「今之復子本軀，某不相負也。願以殘年，歸養老姥。君當結媛鼎族，以奉蒸嘗。中外婚媾，無自黷。勉思自愛。某從此去矣。」可見其朗暢寬厚之心性，終臻圓熟之境。

通過挫傷與彌補，李娃的人格彷彿經由大匠雕鑿的璞玉，光澤煥煥。當然，純情至性的鄭生，經此「再生」，已非昔日無知貪歡之美少年，而是懂得盡棄前嫌，以知己相報的朗朗丈夫了。

三、性格的發現

性格（Character），指個人之品質，有道德及心智兩方面，集合成爲一特殊之人物。在文學上，與角色同義。

根據亞里士多德《詩學》的觀點：「性格爲悲劇六大要素之一」❹，並且揭示：「須使性格逼眞眞實」、「性格必須前後一致」❺。

姚一葦箋注云：「人物之性格係表現於他的動作或者行爲之中。」❻

佛斯特（E. M Forster, 1879～1970）在他的《小說面面觀》（Aspects of the Novel），進一步指出：

> 一個圓形（即複雜）人物必能在令人信服的方式下給人以新奇之感。……圓形人物絕不刻板枯燥，他在字裏行間流露出活潑的生命。❼

所謂「性格的發現」，即透過「愛情的煉獄」，所呈現的性格特質。我們將採取上述的觀點，探討三篇小說的主角經過鍛煉，逐漸顯影的複雜性格。特別是三位女主角在愛情歷程所呈示（或發現）各具「活潑的生命」的眞相。

先談崔鶯鶯。

王夢鷗先生〈〈鶯鶯傳〉敘錄〉曾云：

〈鶯鶯傳〉……因其事件既甚簡單，而作者獨運筆墨於人物之造型，終使崔鶯鶯成爲「千秋絕艷」，正是此文難能可貴處。❽

顯然是從文學理論的觀點，對元稹的藝術造詣的肯定，識照圓融，可以引發我們作進一步的思考。

在〈鶯鶯傳〉裡，鶯鶯給人的第一印象是，少女的端莊矜持。儘管張生初見鶯艷，她絲毫不爲所動。由於喻情詩的觸引，經過四天的心理掙扎，終於「嬌羞融洽」、「嬌啼宛轉」，前來會情郎，共建西廂夢。在男歡女愛之際，仍不失含蓄之美。她平常罕見喜愠，但爲張生兩次落淚：一爲喜、一爲悲。在身分桎梏下，她自白：「不可奈何」（知錯就錯），希望與張生成婚。後來知道將與張生訣別，「恭貌怡聲」的道出：「始亂之，終棄之，固其宜矣，愚不敢恨。」爲一個美麗的結束，作心理準備；還設身處地，操琴心寬慰張生的不悅（恐怕也同時紓解自己內心的悲傷吧），終於「哀音怨亂」，馴至悲極而泣。

至於給張生的信，情見手詞，處處爲張生設想，既多情又細心，試看：

春風多厲，強飯爲佳。慎言自保，無以鄙爲深念。

多麼深情，多麼體貼

後來，各奔前途：鶯鶯嫁人，張生結婚。到了張生來訪，鶯鶯避不見面，僅先後以兩首詩，表明心志，尤其是最後一首五絶，依戀過去，面對未來，表現了一己的擔當並勉勵張生面對事實：「還將舊時意，憐取眼前人。」

當下，點亮人性的光輝，呈現高貴的心靈，甚至流露圓熟的智慧，眞是情深天地闊。

透過愛情的鍛煉，鶯鶯的性格，既內歛又純熟，而臻於完美。〈鶯鶯傳〉之所以引人入勝，騰傳後代，「千秋絶艷」的鶯鶯那種活潑的生命、複雜的性格，恐怕是主要的關鍵。

次談霍小玉

從〈霍小玉傳〉可以看出，女主角霍小玉的率眞坦白，以二八年華面對李生的第一印象：「見面不如聞名，才子豈能無貌？」說得天眞。相聚的夜晚，「言敘溫和，辭氣宛媚。解羅衣之際，態有餘妍，低幃暱枕，極其歡愛。」則變爲嫵媚溫柔，迥異於前面的直言切語。至於歡極悲來，淚中的枕邊細語：「妾本倡家，自知非匹。今以色愛，托其仁賢。但慮一旦色衰，恩移情替，使女蘿無托，秋扇見捐。極歡之際，不覺悲至。」情理適時推出，入人意內。因此贏得了李生「粉骨碎骨，誓不相捨」，甚至「引諭山河，指誠日月」的盟約。

歡樂時光容易過，二年日夜相從的歲月，流逝了。面對李生「以書判拔萃登科，授鄭縣主簿」，她那段臨行的夙願陳述，讓人更清楚這位小女子的眞面目：她敢愛其所愛，但只要活出轟轟烈烈的八年，便遠離紅塵、皈位空門。

不過，李生「懦怯」的個性，加上太夫人的嚴毅，他既無法維護盟約，只好辜負小玉。痴情的小玉，「博求師巫，遍詢卜筮」，日夜涕泣，「期一相見」，而不可得；李生「自以愆期負約，又知玉疾候沈綿，慚恥忍割，終不肯往。」

後來，黃衫客挺身出來，連哄帶騙，把李生送到爲愛消瘦奄奄一息的小玉面前。（痴情的小玉還在夢中企求與李生結爲夫婦呢？）見面之際，她愛恨交織，「含怒凝視，不復有言。羸質嬌姿，如不勝致，時復掩袂，返顧李生。」最後指責李生「君是丈夫，負心若此。」、「我死之後，必爲厲鬼，使君妻妾，終日不安！」終於「長慟號哭數聲而絕」。

可見她剛烈的個性，敢愛也敢恨，愛恨一線間。通過愛情的煉獄，浮現她的感情樣態，與性格眞相；她是道地的小女子，作了一場小女子的夢，她要求的不多，「八年」的相守，然後出家。

當死亡爲她的愛情生命劃下句點，我們都曉得，那正是李生愛情風波的開始。以他的懦怯，面對死在懷抱的小玉，那剎那，心靈的震盪，可能畢生難忘，而且積澱成爲潛意識的悸怖。然而，他「爲之縞素，旦夕哭泣甚哀」、夢見小玉「容貌妍麗」，宛若平生」、「至墓所，盡哀而返」，足以證其內心那分戀戀不捨。

至於婚後，「心懷疑惡，猜忌萬端，夫妻之間，無聊生矣。」導致三次不幸的婚姻，除了應了民間信仰的果報外，也有可能受小玉死於懷抱的刺激而引發的心理癥結（Complex）吧？

小玉以二十年華，作了一場小娘子的戀愛夢，她深具人間性格，敢愛也敢恨，而且愛恨交織，在等待中，茫茫未來，只有求神問卜，孤絕痴情之至。她短暫的生命，爲愛而生而死，似乎只爲「愛情」作銘心刻骨的注腳。信念雖是單純，卻是撼人心弦。

最後談李娃。

就唐代的社會環境來看，〈李娃傳〉的結局，簡直是不可思議。但是這種夢雖不容於現實，卻圓滿了心理上的期待。

整篇小說清楚的刻劃鄭生的純眞、不忘恩，李娃的世故、能補過（救贖），但其爲深情則一。

從鄭生的驚艷、互訴衷情、「願償平生之志」、沉溺溫柔鄉，以至金盡，李娃都以眞情全程參與。「金蟬脫殼」之計，對世故的李娃，是情非得已；於鄭生則爲被負的痛心，根本忘了現實的困境，「惶惑發狂」，正是痴情絕望的迸發症候。

當鄭生雪夜乞食，悽惻的乞食聲，一一傳入閤內，聲聲入耳，李娃是唯一的「知音」。見面時，一個「憤懣絕倒，口不能言，頷頤而已」，一個目睹「枯瘠疥厲，殆非人狀」，不禁失聲長慟，自我譴責：「念子一朝及此，我之罪也！」然而，李娃的徹悟，是張生「再生」（李娃救贖）的開始。

等到救贖工作完成，鄭生功成名就，重新進入社會秩序，她才說出了內心話：「今之復子本軀，某不相負也。願以殘年，歸養老姥。君當結媛鼎族，以奉蒸嘗。中外婚媾，無自黷也。

勉思自愛。某從此去矣。」其痴情可見，但其中自有一分光風霽月的胸襟在。

鄭生聽了，哭著要求：「子若棄我，當自剄以就死！」是對她「再生」（救贖）的威脅，也是留住她的法寶。後來鄭生父子如初，恢復倫理秩序，在鄭父的同意下，「備六禮以迎之，遂秦晉之偶。」予以倫理地位上的承認。

透過愛情的歷練，李娃的人格由圓熟而溫厚，往往予人溫暖；鄭生的「再生」，由貪歡少年變成知己相報的朗朗丈夫。

在他們的感情世界裡，李娃既是善體人緣的情人，也是鄭生生命的領航者；於鄭生「再生」（也是她的救贖）過程，她亦友亦姊亦師亦母，維護鄭生，幫助鄭生尋回功名之路。這充分說明了她就是大愛的化身。

四、結論

魯迅《中國小說史略》：

傳奇者流，源蓋出於志怪，然施之藻繪，擴其波瀾，故所成就乃特異，其間雖亦或託諷喻以紓牢愁，讀禍福之寓懲勸，而大歸究在文采與意想，與昔之傳鬼神明因果而外無他意者，甚異其趣矣。❽

言簡意賅的詮釋了唐人傳奇的特質，尤其是文采與意想的提出，更見卓識，這可以從本文所討論的三篇得到印證。

固然，對其創作動機與小說主題，議論紛紜，莫衷一是，正好說明其「意想」所傳釋的多種可能訊息。

我們採取的詮釋觀點，毋寧是寬廣的，藉著細讀，覓尋文本，透視傳奇的時代框架，爬梳作者於筆墨中的「用心」。以三篇愛情小說爲例證，經過「愛情的煉獄」、「性格的發現」，理出主角，特別是三位女主角性格類型，藉以回顧小說的文本，更能窺出小說內涵的豐美與主角活潑的生命。

小說的結局，呈現了三位女主角的際遇，或分離或死別或結合，都能予讀者不同層次的感發。但是，她們經歷鍛煉過程，對愛的堅持、體會、詮釋，與見證，隨複雜性格，作了多樣化的展現，恐怕是最耐人玩味的了。

註釋

❶ 見《大不列顛百科全書》：〈煉獄〉條。
❷ 以上三篇的成篇年代都根據王夢鷗先生《唐人小說校釋》：〈鶯鶯傳敘錄〉、〈霍王玉傳敘錄〉、〈李娃傳敘錄〉的考證。
❸ 例如：《新唐書·李仲傳》：「會昌時（八四一～八四六）人吳湘，因娶民顏悅女，而被論罪。」（卷一八一）
❹ 見姚一葦《詩學箋註》：第六章。
❺ 見姚一葦《詩學箋註》：第十五章。
❻ 見姚一葦《詩學箋註》：第八章。
❼ 李文彬譯《小說面面觀》：〈第四章人物（下）〉。
❽ 同❷。
❾ 見〈第八篇唐之傳奇文（上）〉。

全明傳奇「生腳」中的老人形象

——老新郎與老門生

高美華

一、前言

「十部傳奇九相思」，才子佳人劇是明代戲劇的主流，在這主流中，通常是以生、旦爲主角，生多是才俊風雅，旦則賢淑美貌，他們有著和詩品題、遊園賞景的藝術生活，作者常透過「英雄失志、義士贈金、奸人誣陷、封贈團圓」的傳奇套子，表現出文士們婚姻、仕宦的理想，「旗幟鮮明地以戀愛雙方的色、才、情三者兼美的理想人格爲擇偶標準和婚姻基礎」❶，而才的表現和最有力的證明，就是科舉功名的成就。

全明傳奇中的男主角—「生」，大部份是青春年少的風流才子，一部份是中年以上較端莊穩重的人物。很少是由老人擔綱演出。追溯歷代「生腳」的演進，在宋金雜劇院本中稱末泥，司主張，是主導全戲的人物。南戲中稱生，不分正生、小生。元雜劇中，則分正末（一名末泥）與小末。明傳奇中，分爲生與小生❷。事實上，在明中葉，雖然接受雜劇腳色分工的傳統，在一種腳色的大行中再分小行，生行中分出了小生，但主要意義仍只在增添副腳，只要是劇中主要人物，都由生、旦扮演，次要人物才由小生、小旦扮演。到了明末清初，崑山腔的江湖班社大量出現，「做工」開始有所發展，於是依不同人物的類型需要及專業技巧的需求，形成明確的分工。生、旦專門扮演莊重的中年人物，重在唱；小生、小旦則扮演風流瀟灑的男女，唱做並重❸。外與末則扮演老者，並沒有重要的演出分量。到了清代平劇興起，則有老生與小生、文與武之別。末、外與鬚生同爲文老生，老人形象才有更加明確的類型歸屬❹。

雖然如此，全明傳奇中也出現了少數以老人爲主角的劇本，本文擬就全明傳奇「生腳」中的老人形象，進一步探析，希望藉此了解老人在劇中擔綱的特殊意義，與小說中的形象做一比較，並探求文人的理想、老人的社會地位等問題。幾經爬羅剔抉，除去南戲❺、餘姚腔劇本之外，得以老人（六十歲以上）爲「生」者，唯無心子「千祥記」、鄒玉卿「青虹嘯傳奇」、李玉「太平錢」及畢魏滑稽館新編「三報恩傳奇」等四本而已。

其中「千祥記」是敘述七十八歲的賈鳳鳴，幼起明經，仕途騰達，娶妻陸氏，順道型家。他雖筋力未衰，精光日耀，卻子嗣全無。他就任長沙知府，途經元宵燈市，見一女遭強人搶奪，乃拔刀相救；女子施玉娥年方二八，既與母親失散，願隨侍報恩。經夫人作合，賈鳳鳴八十娶妾，並於千祥軒生子名誼，題詩解嘲云：「若是老夫親骨血，後來依舊管長沙」。其後，賈誼竟理長沙府事。此記中惟河南太守吳公拜爲廷尉，特薦誼才，與賈誼本傳符合外，其餘皆向壁虛造。蓋爲耆年生子者解嘲，而嫁名於賈誼之父。

「青虹嘯傳奇」則演述漢末十常侍之亂、董卓之傾、曹操專權秉政。董承年逾六旬，身爲國舅，爲盡忠王事，而遭極刑。其子董圓，投司馬懿，更名司馬師，整旅中興。圓妻伏氏，救出太子，及長，囑持青虹劍往尋圓，雪冤復帝畿。全劇半出臆造，半據演義。

此二劇在表彰忠愛，一得子嗣，一得妻子雪冤，老而彌堅，死而無憾。同出於歷史故事而改編，與才子佳人之劇，較不相類，虛構成份居多，暫置不論。

至於李玉「太平錢」，是以八十歲張老翁娶韋文姑爲主軸，以韋固娶韓慧娥事爲對比。本事出唐、李復言「續幽怪錄」中「張老」及「定婚店」，紐合而成，兩種情節，皆艷異新奇，又皆屬韋姓，因劇中張老以太平錢十萬聘韋女，故名。古今小說、張古老種瓜娶文女，即此故事。南山逸史、「翠鈿緣」雜劇，則演定婚店韋固事，今佚；明初劉兌有「月下老定世間配偶」雜劇，題材相似，見盛世新聲、詞林摘艷、雍熙樂府、北詞廣正譜所收。

畢魏「三報恩傳奇」，記鮮于同屢試不中，五十七歲遇知縣蒯遇時拔爲第一，其後省試又中，於六十一歲進京會考，又取第一。不久蒯公因直言得罪，幸鮮于同相救；蒯公之子因爭地訴訟，賴鮮于同助其開脫；蒯公之孫也靠鮮于同教誨，學成中舉。此劇與「警世通言」中，馮夢龍所作「老門生三世報恩」、「鈍秀才一朝交泰」，同一事實，只是添加陳名易之忘恩作爲對比。闕名有「玉瑑緣」傳奇，題材與此同，今佚。查繼佐亦有三報恩之作，亦不傳。

此二劇一言婚姻，一言仕宦，均以老者爲主角，也都取材於小說故事，雖無史實可查，然其透過老人形象，諷刺、反映當時社會現象、抒寫胸中懷抱，多有值得深味之處，因而以此二劇爲本文研究對象。

二、老新郎——「太平錢」中的張老形象

「太平錢」作者李玉，字玄玉，號蘇門嘯侶，江蘇吳縣人。所居曰一笠庵。雅好詞曲，嫻於音樂。崇禎末中鄉試副榜，明亡後，絕意仕進，專以度曲自娛。卒於清康熙時。與吳梅村友善，所著北詞廣正譜，梅村爲之序，稱其好奇學古之士，以十郎之才調，效耆卿之塡詞。所著傳奇數十種，即當場之歌呼笑罵，以寓顯微闡幽之旨。忠孝節烈，有美斯彰，無微不著。並謂可與唐詩、宋詞，並垂不朽云。其推重如此。新傳奇品稱其詞如「康衢走馬，操縱自如」。❻

此劇共二十七齣。前十五齣爲生本，十六齣以後小生爲主。第一齣開場滿庭芳說出全劇梗概：

張老仙翁，潛蹤瓜圃，還驪喜遇靈姣，傷春病感，媒氏苦相邀。給諫沖上怒激，徵奇聘故難蓬蒿。錢拾萬、豪門娶婦，白髮已蕭蕭。 笑韋固真英烈，天涯憤刺，王屋欣遭。歸家廿載，父母臨霄。及第喜逢佳偶，氤氳簿，註定難逃。雙緣巧，太平作合，蓬島共逍遙。

全劇以唐代韋恕一家爲主要背景，韋文姑以二八年華嫁予八十老翁張老，是一段奇譚；韋固不信月下老人牽定的姻緣，持刀刺嬰，終又娶韓慧娥，竟爲當年行刺對象，又是一段奇事。劇中主要人物是張老與韋固：

張老，年八十，無妻無子，孑然一身，久住廣陵，靠半畝小園，種瓜度日。無親戚往返，唯與瓊花前賣藥羅叟爲忘世之交。一日，雪夜，韋恕家中御賜白驢走失，僕從尋訪到瓜園，張老「義高隆、語從容」，完驢歸趙，並贈雪地西瓜。韋恕一方面出於感謝，一方面出於好奇，乃趁天氣清朗之日，帶妻女到瓜園遊賞。不料張老自從見了韋小姐後，竟老來思春，不茶不飯，染病不起。直待尋個媒婆到韋家說媒，韋恕夫婦大怒，罵他顛倒賤孤貧，並賭氣說，他若有太平錢十萬，就將女兒嫁他。只因太平錢是鎭庫之寶，官家尚且難求，何況孤貧老翁？所以故意刁難。誰料難他不倒，張老早已備妥十車太平錢，自己簪花披紅，到韋家下聘娶親。文姑認爲父命當從，天意難違，也答應往嫁。婚後，老少同心，韋恕夫婦化憂爲喜，並贈白驢代步。不久之後，張老與新婦騎驢歸山。原來韋文姑本爲繁華夫人，張老爲東華大帝，夙成仙眷，只因一會偶差，遂落人間，他們歸隱之後，還元而歸天界。

韋固，字義方。文武全才，才華橫溢，是典型的才子。年齡二十過頭，視功名如草芥，對婚姻曾立下三不娶大願：「非族若燕山不娶，非才如道韞不娶，非色比夷光不娶」，要求對方爲世胄名家、多才多藝，而且如花似玉。因此聽說當朝曲江公有女，才貌雙全，就想趁應制之便，到京都圖成好事。不料行到一古廟前，休息打盹，夢見月下老人，告訴他與曲江公女無緣，而介休縣集義村一瞽目老嫗所抱週歲女嬰，正是他的姻親。這完全違反他的三不娶大願，他當然不信其事，並於京城應制、婚事不成後，特地前往介休縣，果然看見那「老貧婆、乞丐粧、小孽種、腌臢相」，立即下馬拔劍刺嬰，引起人聲沸揚，轉頭就走。後來隴右節度使王忠嗣，聘韋固參贊軍務，他逗留隴右，滅酋建下大功，辭行歸家，一聽說妹妹文姑嫁給張老，氣憤不已：「若不手刃這老妖，奪我那不肖回家，誓不歸家。」於是直闖瓜園，不料人去園空，見得留壁詩，於是依詩意所示，直驅王屋山，經過千辛萬苦，終於見到張老和文姑，此時他倆已是東華大帝和繁華夫人。韋固在神仙境中，接受豐宴款待，得見韓慧娥侑觴，並作詩一首付之。待他回到家中，家園不再，景物全非，一問之下，原來他出外三個月，已是人間二十多年，雙親已與文姑同登仙界。

韋固憑張老所予帽，向賣藥羅公夫婦換取十萬貫太平錢，考取狀元後，以此爲聘，娶當朝宰相韓休之女爲妻。金玉良緣，新郎新娘各作合卺詩一首，小姐所吟，竟是韋固於王屋山所作。婚後，夫婦相敬如賓，盡享畫眉之樂，只是夫人鬢邊翠鈿從來不肯卸下，經韋固追問，道出幼時爲狂狙所傷，後爲韓休所救之經過。韋固此刻始信姻緣天定，吐露眞跡，承認前過。夫婦二人同往京城，見得眞人及父母，其樂融融。

張老雖然木食草衣，隨分生涯，倒也自得自適。但當他遇到心儀的對象，卻又不顧世俗的批評，而勇於爭取。作者以他爲「仙化」的人物，沖淡這異於常俗的舉動，並在這積極行動的背後，賦予「夙成仙眷」、「遂落人間」、「還元歸天界」的命定思想，以使張老的行事合理化。張老似乎是個主動主宰自身命運、婚姻緣份的老仙翁，他不顧世俗嫌貧愛富、重貴輕賤、嫌老喜少的想法。他在第二齣上場時說：「人笑我年華老，我卻愁人年尚少」，彷彿年齡在他身上毫無意義，而同齣又說：「破除老少等閑觀，歡娛趁早春光好」正是他的人生觀。

相對地，韋固在婚姻的路上，似乎是個掙脫不了命運枷鎖的人。他年輕，有理想，不信月下老人那不合理的亂牽紅線，甚至勇敢地向命運挑戰——不顧一切，刺殺女嬰；又不顧一切，要搶回文姑妹妹。不料女嬰未死，反爲宰相之女，又在神仙的安排下，與韋固成姻眷；妹妹無怨，反與老翁成仙眷。這其中有韋固的自負自豪，有他對貧賤孤老的蹂躪和厭棄，但最後卻透過他三大不娶之願的完成，讓他領悟命運是擺脫不了的眞理。

李玉糾合了續玄怪錄中「張老」與「定婚店」的情節，更鮮活了二人的形象，並且更突顯了主題思想。在「定婚店」中，所強調的是「陰騭之定，不可變也。」他透過韋固與議潘司馬女不成、尋刺眇嫗之陋女、娶刺史王泰之女、王女即陋女……等事，應證月下老人的一番言語：「命苟未合，雖降衣纓而求屠博，尚不可得，況郡佐乎？」「雖讎敵之家，貴賤懸隔，天涯從宦，吳楚異鄉，此繩一繫，終不可逭。」但「太平錢」中更加強調韋固「三大不娶」的願望，鮮活了他年輕氣盛的形象。而完成願望，是在他考上狀元，功名成就之後，明顯地反映出時代的風尚。

又小說中，張老是楊州六合人，爲一園叟。聽說鄰人韋恕長女及笄，召里中媒媼訪求良才。張老求媒媼達其意，說：「某誠衰邁，灌園之業，亦可衣食，幸爲求之。」終於以十萬錢得如願以償。結婚後「園業不廢，負穢鋤地，鬻蔬不輟。其妻躬執爨濯，了無愧色，親戚惡之，亦不能止。」過了幾年，韋恕受不了鄰人指責，於是致酒召女及張老，希望他們遠去，張老說：「所以不即去者，恐有留戀，今既相厭，去亦何難。某王屋山下有一小莊，明旦且歸耳。」臨走前，向韋氏告別：「他歲相思，可令大兄往天壇山南相訪。」後來韋義方多次到山中，身歷仙境，張老遣人招待，並贈金助之，韋家「或以爲神仙，或以爲妖妄，不知所謂」。再尋時，「後不復知張老所在。」這裏的張老，是事隨境轉，順天應時，以定行蹤的老人，表面上是相當消極無爲的。

到了「太平錢」中，李玉賦予他更鮮明的形象，韋家未主動訪良才，他對文姑一見心儀，就積極尋媒說合；又婚後也不是因爲被人嫌棄才遠去，而是主動要求贈予白驢，相好了時機，安排歸隱山林。李玉又透過與韋固的對比，突顯了張老的智謀：同樣是命運，一則老成積極，娶得如花美眷；一則輕率躁進，妄刺女嬰，在張老的洞燭機先之下，藉著歸山，引韋固進入他的安排，贈帽、換錢、娶妻，完成了韋固的三大不娶願望，並悟得命運不可違的道理；又安排了韋恕夫婦，同登仙籍。這其間，韋固在仙境一出一入，已年輕了二十歲。「破除老少等閒觀」，執著在年老年少又有什麼意義？彷彿給世上「輕孤貧老者，重富貴年少」的人一個說法啟示。老而不老，爲仙？爲人？恐怕就由觀者自鑑了。

三、老門生——「三報恩」中的老鮮于形象

滑稽館新編三報恩傳奇，作者畢魏，字萬後，一名萬侯，字晉卿，號姑蘇第二狂。江蘇吳縣人。名其室曰滑稽館。年甫弱冠，有奇才異識。所作傳奇，爲馮夢龍所賞識。新傳奇品稱其詞如「白璧南金，精采耀目。」❼

此劇共二卷，三十六齣，第一齣家門，以東風齊著力曲牌，敘說全劇梗概：

老矣鮮于，功名蹭蹬，晚歲迍邅。試官年少，立意拔時賢。誰料錄科第一，青衿輩話柄

相傳。秋闈內專心避老，巧中高年。會試恐牽纏，任改經閱卷，高薦如前。扶持後進，負義笑徒然。偏彼周旋三世，草朋刀食報綿延。多福壽滿門榮貴，百歲團圓。」

全劇以明英宗正統年間的政治社會爲背景，寫鮮于同志於功名，老而不懈；考官蒯遇時，一心要提拔青年才俊，卻三番巧中高年。最後少年得志的陳名易，背棄師門，陷害恩師。反而是老門生鮮于同三世報恩。這其間，暴露許多科場弊端。又透過陳名易忘恩負義，顯出鮮于老的老成重義；對「貴少賤老」的人，痛下針砭。

劇中主要人物是鮮于同（生）、蒯遇時（末）、與陳名易（丑）。鮮于同，一個少年名士，白髮書生。他七歲稱神童，十三歲登庠序，才高志廣，一心要求取功名。娶妻顏氏，四德堪誇，有子俊郎，一經有託。最遺憾的，是仕途坎壈，家無擔石，衣食不周。在明代做官，有二個途徑，一由貢途[8]，一由仕路。鮮于同屢試不中，表弟梁潤甫曾勸他就貢路前程，顏氏也不止一次苦口相勸。鮮于同卻認爲：「如今是個甲科的世界，若不中進士，便有撐天絕地之才，也做不出頭。」（第二齣）寧可輪貢讓人，不像一般白髮老儒擔憂：「年高邁，昏卻雙眸，倘不能出貢呵，料來年歲試休休。」（第二齣）他不願將老明經當荑稗成收，仍一秉凌雲大志，老而彌堅。

他也隨俗地往乩仙處叩問功名，在飛昇觀中遇表弟梁潤甫，梁潤甫輕他家貧，老而無成，又不另謀出路，於是二人賭賽，若是鮮于同不中，就撇卻衣布，輸予潤甫做門館先生；如果考中，潤甫就親自送女過門與鮮于做媳婦。眞可謂下足了決心，背水一戰了。

考前，鮮于同積極準備。他聽說城隍中有一班少年秀才，結社作文，自己也攜了筆硯前往，想「借他英氣，起我老筆」（第六齣），不料受到衆人一番侮慢。縣學取士，他才氣不輸年少，蒯遇時選爲榜首，卻又被當作異聞，取笑是鴨隨鸞陣。到了省城應試，在酒店中乘興飲酒，也被當壚婦誤以爲是陪兒孫赴考。意外考上後，到師門謝恩，不但受到同榜陳名易的嘲諷，更受到座師蒯遇時百般冷淡。

面對這些笑侮，鮮于同並不稍挫壯志。但在省試前，他因多喝了幾壺生酒，壞了脾胃，在考場中眼看別人家操觚構思，自己偏偏是急煎煎還不盡的茅坑債。（第十一齣）想多年辛苦，將毀於一旦，只得勉強支撐，滔滔筆勢，一氣呵成，匆匆交卷，也不知胡亂寫了些什麼。沒想到蒯遇時一心要避開積年老學，就取了個「筆頭輕」、「無十分含蓄」的試卷，認定是少年之作，乃密密加圈，列爲首薦。此刻的鮮于老除了慶幸：「意外掄魁，喜脫青衿，待登黃榜」之外，對蒯老師的恩情更是由衷感念，他道出了另一種爲人的堅持：「誓不學忘恩負義，一任你嘲梁灝，笑馮唐，風雲會輸豪氣，晚成大器，早發易萎，定不得他年結果那個高低。」（第十四齣）爲三報恩鋪下了線索。

此時回顧六十年的科舉，是多麼坎坷！而眼前時來運轉，又是多麼突然、可笑！他不禁發出了深切的喟歎：「論起我從幼觀場，何止十餘次，那一次不是十分得意的，再博不一個低舉人。偏是病中胡亂寫來，到高高的中上一名正魁。可笑可笑！唉！我還要看什麼書？正是：文章自古無憑據，只願朱衣一點頭。〔解三醒〕論文章也無眞見，試官們顚倒賢愚，若還命合青雲選，但草草取完篇，科場自古無憑據，學問從來不值錢」雖然如此，他仍然堅持走到底：「

這八股，皇明稱盛典，入試三場首七篇。唉！我想這八股中埋沒了多少英雄也。自雛年搦管操個功名券，哄過了一科又是一科。看青鬢漸華巔。然雖如此，只是立志不堅，自己半途而廢了。移山不怕重添石，掘井終須要及泉。非姱衒第一，要堅心爲主，穩選青錢。」（第十八齣）也幸好是夢中仙人指點，他換考詩經，再次遇上了蒯老師也換閱詩經卷，終於能在天意安排下，於六十一歲考得了進士。正如第二十齣證夢所說：「科第聯登皆天意，師生注定難迴避，仙語非同兒戲，始信萬事從天，全不繇人私計。」

在這條漫長的功名路上，皇天終於不負苦心人，考場上一切人爲刻意的迴避，都成枉然。鮮于同憑著一腔熱血和擊不倒的壯志，贏得了天意。作者塑造一個科場老將的形象，透過他的經歷和感嘆，道出了黑暗的社會中考官營私舞弊、造成了多少英雄努力苦讀、眞才實學都付水東流。此刻眞正可靠的，就寄託在那一點不死的決心，和對老天的信任上了。如果天也不可靠呢？這個「老進士」的形象恐怕就不能成立了。

取得功名後，鮮于同爲報師恩，展開許多積極的作爲。當蒯遇時因不苟合於權奸，而被打入大牢時，鮮于同殷勤探獄、多方奔走，終於救蒯師免於一死。蒯遇時的兒子，仗恃家中富貴，在地方上過著豪奢不檢點的生活：「世間人品不同，惟有公子快樂，享盡富貴榮華，那解窮愁落寞。白相自道聰明，讀書忒嫌愚朴。只因一竅不通，納粟入在太學。出門僕從如雲，身上衣裳忒擴，紅樓翠館顚狂，柳巷花街擺踱，踢毬打彈精通，寫字作詩弗作。日間挈伴閒游，夜裏下場賭博，無過酒食游戲，何曾恃強凌弱。」（第二十九齣）後來被奸人陷害，說他爲惡多端，拘禁獄中。鮮于同自請入台州，替他洗刷了冤屈。蒯遇時謫蜀赦還，道經梓鄉，又委托十二歲孫兒，隨鮮于同接受教誨，多年後與鮮于同之孫，同登金榜。親朋好友，同賀鮮于同夫婦百歲雙壽。團圓富貴，喜氣洋洋。「利名何必苦奔忙，遲早須臾在上蒼，須羨三番能報德，千秋留得姓名香。」（第三十六齣）在這報恩的路上，鮮于同也承受天恩，子孫賢達，福壽雙全，更有佳話傳唱市井，流芳萬古。

另一位對比人物——陳名易，本貫柳州府羅城縣人，是個輕佻狂妄、見風轉舵的少年。他在十六齣，自述生平：「腹乾癟、弄花舌，少年鄉榜肚皮凸，上京若得重僥倖，併錢娶個好嬌妾。小子出身學較，正值青春年少，並無出衆才能，又欠驚人容貌。試官瞎了眼睛，便把舉人偷到。若還說起胸中，列位休得見笑。四書本經血生，論策表判亂道，寫字粗如曲蟮，星團大如肥皂。只因命裏亨通，有此一番榮耀。」他在省試、會試中，有幸受到蒯遇時提拔，卻不知感恩。認爲「座主門生，如將瓶汲水，水一離瓶，便兩不相干了」（第二十四齣），他一味地夤緣求進，攀附宰相劉吉，又得招爲贅婿，竟與丈人設計陷害蒯老師。更屢次取笑鮮于同，說他是「儒學妖精、文章古董」（第十九齣）又說他是「膠柱鼓瑟」、「銜尾老鼠」（第二十七齣），把一付趨炎附勢，仗勢欺人的奸邪嘴臉，流露無遺。汪直死後，劉吉勢傾，他身繫囹圄，見到蒯老師，則一味搖尾乞憐（第三十三齣）。作者透過陳名易的輕薄善巧、忘恩負義，與鮮于同的正直老成，知恩圖報，強烈的對比。

在功名路上，陳名易是在蒯遇時刻意安排下錄取的，在他的自白中，又推說是命裏亨通。那麼，與鮮于同的遭遇，都有著共同的結論：「天意難違！」但作者藉由蒯遇時的仕途困阻，給了鮮于同實際報恩、及考驗眞心的機會；而陳名易取決於天意和人爲的功名，也在人爲的貪求和忘恩負義之下挫敗了。是天爵也要在人爲眞誠的護持下，才能貫徹？

至於蒯遇時，是主軸上的人物，鮮于同、陳名易的對比行爲，都由他而來。他少年登科，任廣西桂林府興安知縣，召試童生，爲國選才，一心要取個少年門生，他認爲：「少年心細如抽繭，老儒文鈍似枯禪。」而且「取個少年門生，後來還有受用他處，那老儒前路已短，取之何益？」不料他竟選了鮮于同爲案首，成爲笑柄，他愧憤不已，說：「士子們定笑我是個收古董貨的了。惹得士林中開笑吻。罷罷罷，拼得個把他陌路相看也，桃李休思在狄門。」（第七齣）在省試時，看得一卷筆頭輕，揮洒成篇，斷定是少年作品，文字雖不如他卷，但「只是我要脫鮮于同的干係，只得舍彼取此」（第十二齣）又怕主司批落，乃列爲首薦。草榜已定，鮮于同名列正魁第五，他悔薦不及，只有在鮮于同登門謝師時，特意冷落。

他任滿縣尹六年，到京陞補北京禮科給事中。於正統乙丑春闈，又聘爲禮部考官。他決心扶持少年門生陳名易，趁他私謁之時授伊一紙，內藏關竅。並道出了當時考場弊端：「近來房考，彼此通融，下官雖閱詩經，那禮記房中，少不得也是相識，轉囑他高薦，有何不可。」他爲了避開再誤中鮮于同，特地與人私下換房閱卷，從原來的禮記房換到詩經房。閱卷時，乘夜靜，悄悄到禮記房，囑托另一位考官錢爲上，尋取陳名易試卷，特加好評。錢爲上說：「只怕不是門生，到是紋銀」，蒯遇時發誓：「小弟若賣關節，天誅地滅」。雖然如此，卻也是一片私心呵！

當朝宰相劉吉與太監汪直一氣相通，權傾天下，蒯遇時不肯依附他門下。陳名易見風轉舵，百般奉承，當了宰相的贅婿，並與劉吉獻計害蒯遇時。蒯遇時身繫獄中，鮮于同殷勤探望，多方謀救；陳名易置身事外，落井下石。他才看清了世俗冷暖，人面高低。對鮮于同的態度才翻然改變。

作者想刻劃一個秉公至正爲國掄才的典型，但在面對老少的抉擇時，給他強烈的私心，由這私心，看出當時科場的黑暗，而蒯遇時也未嘗不是同流合污的群人之一，只是程度有高下之分罷了；環境影響人之大，令人不寒而慄。但在政治立場上，他不攀附權奸，仗義直諫，結果是官位不保，生命幾喪。他私心囑意的少年門生，也爲私心蒙蔽，棄師不顧；他冷落輕鄙的老門生，反而成了他後半輩子的依靠。蒯遇時看清現實後，他的形象由積極主導，變成了消極被動，除了感歎、斥責陳名易外，就是感謝、依賴鮮于同。他自己的兒子沒管好，在地方上行爲不檢，賴鮮于同出面爲他脫罪、教訓；孫子的管教課讀，也賴鮮于家督促。自己就像一個安享回報的長者，平安度餘年。

馮夢龍序云：「余向作老門生小說，政謂少不足矜而老未可慢，爲目前短算者開一眼孔。滑稽館萬後氏取而演之，爲三報恩傳奇，加以陳名易負恩事，與鮮于老少相形，令貴少賤老者，渾身汗下。」可見警世通言第十八卷中「老門生三世報恩」小說，是馮夢龍所作，畢魏根據此篇，改編爲劇曲。馮夢龍筆下的鮮于同，是個窮秀才，長得：「矮又矮，胖又胖，鬚鬢黑白各一半。破儒巾，欠時樣，藍衫補孔重重綻。你也瞧，我也看，若還冠帶像胡判。」他靠學中年規的幾兩廩銀，做讀書本錢；如果出了學門，少了這項來路，又去坐監，反費盤纏。另外，每次讓貢，可得幾十金的酬謝，他從三十歲起，一連讓貢八遍，多少有些收入。不過，眞正原因，倒不是貪求這些小錢，而他是他看透了官場中的現實，他分析了貢途與仕路：「只是如今是個科目的世界，假如孔夫子不得科第，誰說他胸中才學？若是三家村一個小孩子，粗粗裏記得幾篇爛舊時文，遇了個盲試官，亂圈亂點，睡夢裏偷得個進士到手，一般有人拜門生、稱老師、談天說地，誰敢出個題目將紗帽的再考他一考麼？不止於此，做官裏頭還有多少不平處，進士官就是個銅打鐵鑄的，撒漫做去，沒人敢說他不字；科貢官，兢兢業業，捧了卵子過橋，上司還要尋趁他。……科貢官的一分不是，就當做十分；晦氣遇著別人有勢有力，沒處下手，隨你清廉賢宰，少不借借重他替進士頂缸。有這許多不平處，所以不中進士，再做不得官。」因此，他寧可老儒終身，不願屈身小就，終日受人懊惱，吃順氣丸度日。因此，每到科舉年分，第一個攔場告考的，就是他，討了多少人的厭賤。五十七歲，仍與年少一同參與考試「或以爲怪物，望而避之；或以爲笑具，就而戲之。」是多麼惹人厭的形象。畢魏戲曲中的老鮮于形象，就沒有這麼嫌惡、鮮明。

至於科舉路上的事蹟，二文所書大抵相同。報恩的一段故事，馮夢龍刻意說教，他透過老鮮于的口：「下官今日三報師恩，正要天下人曉得扶持了老成人也有用處，不可愛少而賤老也。」說出了報恩是有所爲而爲。畢魏則增加陳名易負恩的情節，使鮮于同的作爲從對比中見其眞誠、可貴，而且報恩的形象較能與他的老成個性相配合。

四、結論

中國的傳統戲劇中，有專爲老人所設的角色——老生，老旦，不過，他們多是配角的性質；但在敬老尊賢的傳統社會中，他們的地位似乎未曾受到質疑——至少表面上是如此。而西方學者在「老人與社會變遷」的研究中，認爲一個人的生命週期：

> 依傳統的概念，包括四個階段：童年，青年，成年和老年。我們一直被引導去相信：生命的目的和意義，主要存在於三個成年角色的扮演——婚姻，親職以及男人的職業。……扮演這三個中心的成年人角色，一直被認是生命週期的頂點，揣其主要原因，用劇場的比喻，這些角色是我們的文化劇本(cultural scripts)所規定的、所苦心經營的。在社會的教導下，這些角色的扮演爲個人所期求，早已預做準備。當個人接近成年期之時，制度結構和公共意見影響個人委身於這些角色，一旦委身之後，就得完成執行角色任務的責任。[9]

這文化劇本，也適用於中國的傳統社會。如果將它放在明清時代八股文化[10]的社會中，這角色中心應可歸爲二，即：婚姻和仕宦，而二者的關係，往往是息息相關。

在才子佳人的傳奇劇中，男主角所追求履踐的，就是這個成人的角色與責任。至於老年人，多半是退出了這個文化劇本，如果不願退出，恐怕就會產生與「敬老尊賢」的傳統社會相牴牾的現象。全明傳奇生腳中的老人，就是在生命週期的頂點之後，繼續追求這社會委身的任務與責任，於是就受到不少侮慢，也在努力有成之後，掙回了不少光彩。爲什麼他們蹉跎到老？爲什麼受辱？在分析了老新郎與老門生的形象之後，本文進一步探索：他們蹉跎到老的社會背景爲何？他們受辱的社會因素何在？而作者又如何透過他們的成就，解決這種不平待遇，鞏固老人應有的社會地位？本人僅就劇本呈現的現象，分析於後。

首先，探討蹉跎到老婚姻未成的社會背景。在張老身上，所呈現出的現象，是世俗執著門當戶對的理念，對孤貧者一向輕慢，更何況是老翁？而張老的生活和期許，也一向不同於世俗，他破除老少貧富的觀念，生活自適自得。只因韋小姐突然闖入他的生活空間，才引燃他的春心發動，欲成夙世情緣。劇中侮慢他的代表，韋恕夫婦、韋固和媒人等，所針對的都是他出乎常人的婚配標準。他用十萬貫太平錢，堵住世俗的輕蔑，贏得他所愛。他又藉成仙，引起人們對他的嚮慕與尊崇。作者透過他夙世仙眷與韋固姻緣天定的事實，更爲「破除老少等閒觀」的思想做了最有力的證明。

至於使神童鮮于同功名晚成的社會因素又如何呢？主要的應是黑暗的科場現象。如第十六齣陳名易的一番自白（已見前文）。又如第九齣鮮于同的一番感慨：「別的寫出來笑殺人，狗鼠狐貓亂嘈嘈，到博得盲試官紛紛圈點。更有生成相難入眼，跛疕高矮，一個個都襲了聖天子濟濟衣裳。辜負俺才華燁燁，擔閣俺相貌堂堂。」這都因爲考官舞弊營私。作者特別在第十九齣，透過考官錢爲上的一番話，諷刺科場弊端，並刻劃出一個貪婪的考官形象，他說：「我想此番分試，百年難遇，若不乘此機會趁些銀子，豈不錯過！故此稍弄手腳，做得一兩卷。今日尚未看到，趁此燈下清淨，正好搜尋。」又說：「從來科場一事，原是爲國求賢，關防甚密，但邇年私通關節，習成常套，人人如此，怪我不得。」更高唱道：「進士掄才，權當做舉人納稅。」「看文如走馬看花，一半是文章，一半是圈點，加上好評語。」極盡諷刺。

鮮于同參與年輕人的競爭行列，所受到的侮慢是來自多方面的，包括表親梁潤甫，年少秀才群，考官蒯遇時，市井小民（如當壚婦，報子）等；即使他考上了，也仍受考官及同儕陳名易等人的輕慢。他憑著不屈的意志，考上了功名，令親友改觀；再以誠篤，知恩圖報的實際表現，改變其座師的偏見。而一段三世報恩的佳話，流傳在說書人的口中。這「月旦在鼓兒詞，公評在野史篇」（第三十五齣）的社會典範，以及百歲福壽雙全的理想形圖（第三十六齣），是地位鞏固的明證。不過作者將功名晚成大抵歸之於：「功名自有前生分」「利名何必苦奔忙，遲早須臾在上蒼」（第三十六齣），並用乩賭、旅夢、證夢等神蹟，作爲證實的線索。這命定的思想，是針對黑暗的社會，無可挽救或不便直接抨擊而發的吧！

總結婚宦路上的坎坷，對老人尤其殘酷。作者欲扭轉世人「貴少賤老」「嫌貧愛富」等觀念，塑造出「不平凡」的老人形象，再鞏固老人的社會地位。但是，這畢竟不是常態中的老人，因而又必需透過「命定」的思想，來堅定人們的信念，讓這科舉文化中士子永遠的夢，終能有實現的一天！而這以老人爲主角的劇本，在全明傳奇中所占的比例極少，卻很能透露出一個社會現象——就是沒有完成成年的中心任務的老人，在以金錢功名爲地位取得標準的社會中，其社會地位是不如「敬老尊賢」所標幟的那麼崇高和穩固。

註釋

❶ 郭英德《明清文人傳奇研究》，（台北文津出版社，民國八一年一月，頁五六。）

❷ 王士儀等《戲劇欣賞》，（台北空中大學出版社，民國七七年七月，頁八五。）

❸ 參張庚，郭漢城《中國戲曲通史》第貳冊，（台北丹青出版社，民國七四年十二月，頁三三四至三三五。）

❹ 同❷，頁八八。

❺ 青袍記演梁灝八十二歲，獨占狀元郎事。徐渭《南詞敘錄》列於當時流傳之南戲戲文，故暫置不取。

❻ 據莊一拂《古典戲曲存目彙考》，（台北木鐸出版社，民國七五年九月，頁一一四九。）

❼ 同❻，頁一一八一。

❽ 明代科舉，選一定的秀才做貢生，貢生可以充任雜職小官，這辦法使不能從科目出身的知識分子，也能達到做官的目的。被選定爲貢生的方法之一，是按年資挨次輪推，這一年挨著了，就叫出貢；本人不願，就讓次一人遞補，是謂讓貢。

❾ 朱岑樓譯《變遷社會與老年》，（台北巨流出版社，民國七七年四月，頁一八七至一八八。）

❿ 陳柱以爲：明之文學，詩與文多不外因襲前人，不特不能過之，且遠不相及，惟傳奇，八股爲其所創造，而八股尤爲普遍。降至清代，取士仍用八股。故明清兩代，實可謂爲八股爲文化之

時代焉。（陳著《中國散文史》，（台北臺灣商務印書館，民國六九年八月，頁二六六至二六七。）

論西廂故事中鶯鶯紅娘角色的轉化

吳達芸

一

〈鶯鶯傳〉在中國小說史及文學史上是一篇非常重要的作品，它直接影響到宋元明清種種據以改寫的西廂故事系列，如所周知，〈鶯鶯傳〉之後，除宋之鼓子詞、轉踏外，西廂故事最重要的當然是金董解元的《西廂記諸宮調》與元王實甫的《西廂記》。

根據林宗穀論文《西廂記二論》指出，除《王西廂》外，元明清三代改編西廂故事的小說、雜劇、傳奇（南戲）、弋陽腔劇等知有三十三家，至於其他劇種的地方戲及說唱體裁的改編本還不在此之列❶，到了現代，更有多種的平劇與舞台劇繼續改編創作，足見西廂故事膾炙人口、源遠流長的盛況。

特別值得注意的是，歷代西廂故事的改寫，常不墨守成規，因襲承舊，往往或是借瓶裝酒另成佳釀，或者添枝加葉，大動手術，以至原先的悲劇變爲喜劇，原是主角的鶯鶯成爲配角，配角的紅娘成爲主角，原本乍現即隱的老夫人成爲對崔張二人命運極具宰制力量的法統代表等，凡此都是西廂故事饒富趣味的研究課題。本文的重點便放在「鶯鶯」與「紅娘」兩個角色，觀察其女性形像的塑造與衍變的現象，進而思索中國社會不同時代的市井文化意識對它們的影響，以及由此引發的一些文學讀解問題。

二

基本上，〈鶯鶯傳〉雖爲愛情悲劇，其主要取向，倒不是以「以色取寵」「色衰愛弛」爲思想背景，導引出負心漢、棄婦吟之類的愛情悲劇情節。由於女主角鶯鶯出身高門大族財富甚豐，男主角張生對她眷戀傾心之初，便不必爲門戶的當對與否，以及爾後由於男尊女卑的社會地位，會令男主角陷於感情包袱及道德譴責的壓力而猶疑，以至於無法自由抉擇地享受愛情。其所展現的反而是一種世俗自然原始的兩性關係，以放縱情欲，自由滿足地抉擇性色之慾爲目的。

但是由於受到寫作時代與作者身份的影響，〈鶯鶯傳〉整篇情節主題的發展脈絡，原是以男性文人的角度出發來思考兩性的情愛及人際社會關係。自從陳寅恪先生的力作〈讀鶯鶯傳〉發表後，這種觀點更對後世讀者的閱讀方向，引起很大的影響。他先由以下的論證出發：

> 「會真」一名詞亦當時習用之語。
> 真字即與仙字同義，而「會真」即遇仙或遊仙之謂也。又六朝人已侈談仙女杜蘭香萼綠

華之世緣，流傳至於唐代，仙（女性）之一名遂多用作妖豔婦人或風流放誕之女道士之代稱，亦竟有以之目娼妓者，其例證不遑悉舉。

再引述唐代進士與娼妓之密切關係，並考證〈鶯鶯傳〉爲微之自敘之作，而微之元配韋氏之姻族十分顯赫，乃推得以下之結論：

> 然則鶯鶯所出必非高門，殆無可疑也。唐世娼妓往往謬託高門。若鶯鶯果出高門甲族，則微之無事更婚韋氏，惟其非名家之女，舍之而別娶，乃可見諒於時人，蓋唐代社會承南北朝之舊俗，……凡婚而不娶名家女，與仕而不由清望官，俱爲社會所不齒，此類例證甚夥……明乎此，則微之所以作鶯鶯傳，直敘其自身始亂終棄之事跡，絕不爲之少慙或略諱者，即職是故也。其友人楊巨源李紳白居易亦知之而不以爲非者，舍棄寒女而別婚高門，當日社會所公認之正當行爲也。否則微之爲極熱中巧宦之人，值其初具羽毛，欲以直聲升朝之際，豈肯作此貽人口實之文，廣爲流播，以自阻其進取之路哉！❷

由於透過歷史文化的觀照舉證歷歷論述確鑿，許多讀者及學者便以之做爲破解文本的密碼，對〈鶯鶯傳〉的了解便多採用以下的觀點：「如唐傳奇中，像鶯鶯傳，霍小玉傳等所寫的有關於士子與妓女的愛情故事，始亂而終棄，就是當時社會情況的一種寫實。」❸

這種觀點固然也頗能輕易地破解文本中許多引人疑竇的情節，例如張生寧可以情欲之不克自禁（「索我於枯魚之肆」）爲由，貪圖露水歡愛，而不願暫耐一時，以明媒正娶方式贏得高門之女，並可因而長相厮守；或毫無預示地即將鶯鶯捨棄，將對方剖心瀝肝至性至情，兩情之間極其私密的情書公諸於世，以爲他人茶餘酒後談助等。

這既是一種讀解方式，筆者以爲我們也可以採用一般讀者對〈李娃傳〉情節之閱讀態度來看本篇。論者謂〈李娃傳〉中作者寫高門大族子弟淪落、婚娶狹邪倡女，乃至李娃之節行瑰奇等情節，都是針對當時門第觀念的反動，對五姓世家頗有諷刺之意。則〈鶯鶯傳〉中對鶯鶯形象之塑造，何嘗不可視爲對五姓女之反動？既高門大族自視甚高，社會上隱然以禮法之維繫者視之，即連李唐宗室之女都被視爲狂放浪漫不重禮法，不如高門之女，則鶯鶯之行徑豈不亦與之相埒毫不遜色？而張生對鶯鶯之無視其身份展開大胆追求，終而棄若敝屣甚至斥若妖孽，豈不更是對五姓女直接之諷詈？〈李娃傳〉之反動說法既然能廣被接受，則〈鶯鶯傳〉的反動說也理應獲得一些支持才是。但平心而論這也只能視爲作者創作時內在心靈的蠡測而已。

我們還是應當重視作者在創作時努力呈現的藝術經營，將作品視爲一種獨立的客觀存在，接受作者在文本中所提供的所有思想、形象、設計等訊息，只有通過對它本身實事求是的分析才能獲得本篇作品之思想意義和藝術價值。

我們相信：文學作品的不朽意義，在於它的文本是建立在多重意義的基礎上。文本是召喚性的語符結構；讀者要想通過文本感受藝術形象，就必須用自己炙熱的情感和有血有肉的經驗去融化語符，塡充圖式，重構形象。由於重構者的個性不同，經驗不同，所處的文化環境也不同，必然有所選擇、改鑄和創造，通過文本所重構的形象和實現的意義也就包含多種可能性。文學讀解作爲一個精神操作過程，就是要充分調動讀者的想像和理解，把作品文本中的空白進行塡補，把未定點加以確定化，把蘊含的各種意義潛能加以現實化，從而使作品文本這種圖式化框架由物的形式變成讀者實際感受到的有生命的鮮活東西❹。

從元稹透過〈鶯鶯傳〉此一文本所提供的情節看來，以小姐鶯鶯的身份自有其大家閨秀的矜持（所謂「貞愼自保」），也有掌上明珠任性使氣的個性，當然與只求一時之歡或唯利是圖，不重眞情實義的一般娼妓性情不同。老夫人寺中設宴謝恩的那一段，是鶯鶯的首度出場，在母親召喚後的兩個「久之」才肯出現，猶且「常服睟容，不加新飾，垂鬟接黛，雙臉銷紅而已」，「因坐鄭旁，以鄭之抑而見也，凝睇怨絶，若不勝其體者……張生稍以詞導之，不對，終席而罷」，這些表現，與其說是謹守禮法之男女授受不親，因而做出嚴毅不喜的態度，倒不如說是任性使氣，以至連做出違逆母親意旨之不馴抗拒都在所不惜。

鶯鶯的第二次出場則是將「夜半以情詩誘騙張生前來西廂幽會」做爲藉口以達到面斥張生「以禮自持，毋及於亂」之必要手段，並自謂「非禮之動能不愧心」。這種大胆行徑更與前面任性而爲之千金小姐習性，彼此呼應。

可是距十五夜的義正詞嚴，僅僅才隔三夜，却又一變而爲「嬌羞融洽，力不能運支體，曩時端莊不復同矣」的主動投懷送抱，未免太不可思議，前後判若兩人。關於導致此一人物塑造有違情理發展的明顯瑕隙，筆者認爲原因可能是由於作者身爲男性所致。

「女性學」提供我們思考：在文學領域中，文化是男性的這一事實，一直影響著讀者的見解。也就是說，所謂正確的理解方式就是男性的理解方式，所謂女性的觀點，實際上也受到了男性文化的影響。在男性化的文化背景中，男女都是以男性形象的模特兒來觀察對方的。也就是說，男性爲了使鏡中的自我變成女性，一直通過鏡中男性自我的投影在文學作品中表現女性的言行，即沒有把作爲本質上不同於男性的「他者」的女性看作男性的對手，而是用男性的「他我」來代表女性。女性雖然一直閱讀文學作品，但從未發現文學對女性的描寫有什麼不妥之處。儘管女性在現實世界中有自己的位置，可是在文學的虛幻世界中却無立錐之地。產生這種現象的原因，是由於作家在創作過程中，一直把鏡中反映的男性經驗當作女性的經驗來描寫，而又始終沒有覺察到這一點❺。

維金妮亞、吳爾芙在她那篇著名的演講稿「自己的屋子」（原名「婦女與小說」）中說過這一段發人深省的話；她說她想知道英國婦女在古老的過去到底是怎麼過日子的？却發現只以依麗莎白女王的時代爲例，「那個時代好像每兩個男子中必有一個能作歌寫十四行詩的，但是沒有一個女人在那燦爛的文學篇頁上著上一個字，這眞是一件長時以來費人思猜的事。我自問著，婦女生活在什麼樣的情況下呢？」她於是查閱有關十五世紀的史書，其上記載著「女兒如果拒絕嫁給父母挑選的男士，就會被鎖在屋子裏，被毆打，在屋子裏被推搡著，大家把這事看得很平常。」而即使在其後兩百年的司都華王朝時代「婦女自己選擇丈夫，在中上階級的人家來講，仍然是例外之事。」但歷史學家毅然說：「然而，即使如此，莎士比亞筆下以及那些信而有徵的十七世紀的回憶錄中的女性……全不缺少個性與性格。」吳爾芙指出，「自古以來，在所有詩人的篇章中，婦女像燃燒的篝火般，光彩熠熠」「莎士比亞筆下馬克白夫人有她自己的意志，」「莎翁劇中的羅莎琳是一個動人的女孩」，並且「小說中……我們還覺得她們是千變萬化的呢；英勇的和平凡的；光耀的和卑賤的；秀美無倫的和醜陋無比的；像男子一樣的偉大，有人甚至覺得比男子更偉大，但這不過是小說中的女人，事實上，宛如崔維爾炎教授所指陳的，她是被鎖了起來，被毆打且被在屋裏推搡得東倒西歪的。」

因此，吳爾芙說，女人就以這樣一種很古怪，很複雜的動物般的形像出現了。在想像中她是最重要的；實際上，她是完全無關輕重的。她自封面到封底充溢於字裏行間；但在歷史上却杳無踪影。在小說中，她主宰著帝王及勝利的征服者的生活；事實上，她却是那受父母之命，強行把指環套在她指上的任一個男孩子的女奴。在文學上，多少富於靈感的句子，多少深刻的思想自她的唇邊吐發；而在實際生活中，她幾乎不能讀書，幾乎不能拼字，只是她丈夫的私有財產。吳爾芙說，如果一個人先讀歷史，再讀詩篇，女性在其心目中會成了一個多麼怪異之物——一隻小蟲却長了蒼鷹的翅翼，一個充滿了生命與美的靈異之物，却在廚下剁著羊脂油：「對十八世紀以前的婦女，我們毫無所知，我的心中沒有一件實例可以供我去反覆思索」，……「總而言之，自早上八點鐘到晚上八點鐘，她們都做了些什麼？」❻。

我們也可藉此思考唐代的文化，在女性的生活方面，留下了什麼實錄？或許也只是一些男性歷史家的遠觀資料、一些男性作家的虛構創作？筆者以爲鶯鶯十五夜至十八夜，不過三日光景，在元稹筆下却行徑判若兩人的表現，正是因爲那是一個兩性之間的了解十分疏離封閉的社會之故。沒有女性小說家（當然女性少有受教育機會，連女性知識份子更少有）對女性心理做詳細之自我刻劃，而男作家只能以對同性較多之體驗觀察揣摩之，難怪俗云：「女人心海底針」正是男性面對疏離的女性心理的反應。男作家若擅長觀察，對女性心理之掌握，多半也只能看到有如浮出海面之冰山一角的行爲，再如鏡中觀影般，以男性的心理加以揣度，其所得答案與實際便可能相去甚遠了。〈鶯鶯傳〉中寫張生初見鶯鶯，便爲她行止之異於一向所見之女性，而「自是惑之」（但也可能因此反而蔚成他對鶯鶯之好奇與迷戀）。張生再見鶯鶯時，已是夜半被誘騙去西廂痛罵之際，作者描述他的反應爲「自失者久之」則大出意料之外的困惑自不待言。第三次則是睡夢中突然而至的投懷送抱，而鶯鶯竟然「終夕無一言」，以至於張生天亮起床後，「猶自疑曰：豈其夢邪？」他不敢確定是實是幻，則其心中之惑更是無以言解。爾後鶯鶯十餘日的杳無音訊，必令他對鶯鶯之用情半信半疑，以至再相容隱後，「張生常詰鄭氏之情」，可見他仍是不放心不甚明瞭這個女孩之大胆到底是何緣故？何以毫無顧忌。即使他們感情已然穩定，作者以一段較長的篇幅敘述鶯鶯之個性性情，也只能客觀的敘述其表現於外之行爲；如「崔氏甚之刀札，善屬文，求索再三，終不可見。往往張生自以文挑，亦不甚覩覽，大略崔之出人者，藝必窮極而貌若不知，言則敏辯而寡於酬對，待張之意甚厚，然未嘗以詞繼之。時愁艷幽邃，恒若不識，喜慍之容亦罕形見。異時獨夜操琴，愁弄悽惻，張竊聽之，求之，則終不復鼓矣。」面對這樣的接觸及了解，張生對鶯鶯個性所得結論仍是「以是愈惑之」，累積以上的五惑，可見男主角或女主角的關係，表面行爲上似乎在進展，而且似乎速度甚快，但對女主角的內心世界却反方向的愈發疏離。而作者也不利用小說體裁的方便，在情節中針對這些疑惑，對女主角心理稍加刻劃，以提供讀者了解，令人不由得要認爲這位男作家，是很誠實地將他對女主角女性心理之疑惑不解和盤托出的——如果眞有一個現實的描模對象的話，則這種困惑也許就是實情——也正因如此，女主角行徑之前後迥異，當然無法期待作者的刻劃告知，也唯有靠讀者自行補白了。

附帶一提的是：今日的讀者，尤其越爲年輕之大學生讀者，依筆者之教學經驗，他們多不需任何附加之歷史註解，便能立即體會掌握鶯鶯之個性並無任何怪異難解前後矛盾之處，甚至可以逕下判語曰：此即「悶騷」，視其行徑爲顯然可以此一語而中的，乃因今日兩性間之接觸與了解十分開放，面對鶯鶯之「物之尤者」——行爲出常，與衆不同覺得無甚可「惑」之處，而能了解人性各異，見怪不怪了。

筆者對鶯鶯之讀解，則依同爲女性之心理予以揣測加以補白。配合鶯鶯前兩回任性大胆「非禮之動能不愧心」之個性觀之，十八夜之行動，依鶯鶯相府千金閨門謹嚴之家風思考，她絕非短暫之間便毫無理由地先嗔怒後深愛，竟能突兀地將自己獻身於自己曾處心積慮痛詈深責的人。我們不妨這麼認爲：第一回二人初見時，鶯鶯雖在怨怒之下對張生冷然相對，一席之間不發一語，然則向無機會見到陌生異性的深閨女子，面對這位「性溫茂，美風容」的「恩人哥哥」；對方即連自己任性使氣無禮相對，都能保持斯文有禮的風貌頻頻相問，必在鶯鶯心中留下了十分美好的深刻印象吧。第二回之見面，鶯生之盛怒相責，可想而知是大家女子自幼在禮法制度調教、男女授受不親觀念薰陶下，面對異性不由正軌的傳遞春詞露骨示愛；其感覺對方此舉不啻誘之犯錯，乃有輕賤羞辱其人格之聯想，因此義正詞嚴予以峻拒；一方面可說是禮教制度下之制約反應，另方面也可視爲不得不爾之自我防衛——否則毫無拒絕對方之表示，豈非默然心許接受？[7]但是鶯鶯雖在盛怒之下，並且正如她那篇議論所表現的謀慮周詳、面面俱到，她也算計清楚地罵完就走，連可供張生反駁的機會和時間都省掉了。但以她精細之人，事後細思張生當場之反應，仍然保持如前之温茂斯文，面對她之「無禮」(她亦自承爲「無禮之動」)並無任何惱羞成怒、翻臉要脅之態(夜半無人又在自己閨房)，於暗暗稱奇之下，反而益發興生好感吧？心中對張生進而不忍、抱歉、深有悔意；鶯鶯這三天的心情勢必翻來覆去無限掙扎衝突，而再靜觀張生毫無報復情態，益覺其原衷之不具歹意，誠屬正人君子，乃更覺自己之冒昧、衝動、傷害對方之不可原諒，終至潰防，而主動獻身，這或許是做爲補償的行動吧？當然這些都只是筆者自女性角度爲情節空疏處所作的補白，盡量期其合乎原作之情理。而這一切女性內心掙扎之心理活動，又豈是很少接觸女性之張生所能了知？也許連作者，也是因爲不知，只好不予描繪刻劃吧。當然這也與唐傳奇之寫作雖已「作意好奇」，然而仍是小說體裁之初初草創，於人物心理刻劃方面仍少嫻熟技巧。設若以今日現代小說技巧來處理這些情節，想必細膩生動得多了。

如此讀解鶯鶯之主動投懷送抱，就鶯鶯的個性而言，已能言之成理，不必假手他人推波助瀾，然而有些讀者却認爲或係機智熱情的紅娘奔走其間，進行撮合，終於說動鶯鶯，使她三日之後有了重大的改變。紅娘之主動積極及頗具影響力，作者曾如此描述：「紅娘斂衾携枕而來，撫張曰……」以及「俄而紅娘捧崔氏而至，至則嬌羞融冶……曩時端莊，不復同矣」，「撫張」及「捧崔」兩個動作，正可以看出紅娘可能具有的主導性。崔、張二人戀愛事件的過程與高潮，紅娘之知情甚至助成顯然是順理成章之事，因此有些讀者面對前述鶯鶯難以理解的行徑時，便歸因於全屬紅娘在其間撮合所致。而也就是在這種思考之下，改寫後之西廂故事，紅娘的份量便越來越重了。

〈鶯鶯傳〉中的鶯鶯不管她在信中表現出對愛情多麼勇敢磊落的態度，不卑不亢坦率眞誠地將自己對張生的愛——即使知曉對方可能負心——表示出來，張生終究還是辜負了她，並且還負得十分坦然毫無愧疚抱歉之意（否則可能便會像〈霍小玉傳〉的李益一樣，因爲慚愧而避不見面），各自婚嫁後，張生甚至還想與鶯鶯見面，而且透過其夫傳話，不怕他起疑。而飽受失戀之苦的鶯鶯，一反過去的任性，冷靜了下來，「自從消瘦減容光，萬轉千迴懶下床，不爲旁人羞不起，爲郎憔悴却羞郎」面對舊情，檢點傷口，她不諱言對張生曾經有過深愛，然而也誠實說出「爲郎憔悴却羞郎」，對負心張生的深切憾意無法釋懷，就在此一「羞」字中表露無遺。

鶯鶯雖不願再見張生，也就是規避了再見張生引起舊情的機會，但仍於張生臨行之際寄與「還將舊時意，憐取眼前人」之句，希望張生珍惜眼前的妻子，則更顯示鶯鶯已走出激情衝動，而能以較寬闊的視野來看取愛情、看取現實、看取人我之間的關係了。

以上是筆者的「讀者反應」，一個即將步入廿一世紀的女性讀者，面對九世紀男性作家描寫女性愛情的小說之讀解。而中唐的讀者，却幾乎全都是男性，這篇作品基本上是男作家寫給同性讀者看的，這樣的考慮勢必也影響到作家在創作時的情節設計。

人們一般都認爲讀者的作用僅僅表現在閱讀和欣賞的過程中，至於文藝創作，完全是作家、藝術家的事，與接受者沒有任何關係。「接受美學」則提供了另一種角度的思考。它認爲作家爲了更好地實現作品的價值，在創作伊始和創作過程中，不可能不想到讀者的鑑賞，即使那些標榜將自己的書藏之名山的作家，說穿了他只是不想爲當世所賞，但仍然著眼於未來的讀者。梅拉赫（Meilakh）認爲作家的頭腦中都有自己的「接受模型」，從開始構思到作品寫成的整個創作過程，都要始終不斷地同想像中的讀者打交道。作家想到自己作品的思想傾向和審美內容是適應和影響那些讀者的，如何獲得讀者的最好反應，從分析讀者的審美心理結構來尋找、安排自己作品最佳的內在結構。作家想像中的讀者，就是他的「接受模型」。作家都希望能有更多的讀者閱讀自己的作品，並希望讀者能喜歡自己的作品，所以任何作家都有自己的「接受模型」，都要依靠一定的「接受模型」。杜思妥也夫斯基就有這樣的經驗，進行創作的時候，經常考慮讀者可能產生怎樣的反應。伊瑟爾（Wolfgang Jser）提出「隱含讀者」的概念，認爲作家在寫作過程中，頭腦中始終有一個「隱含讀者」，寫作的過程便是向這個「隱含讀者」敘述故事並與其對話的過程。「隱含讀者」，不是指某一個具體的、現實的讀者，它是指作家在文本結構中預先設計和規定的閱讀的能動性，因此，本文的每一個具體化都表現了對「隱含讀者」的一種有選擇的實現。❽

準此以觀，〈鶯鶯傳〉中張生無以克制情欲「索我於枯魚之肆」的說法，以「尤物禍己妖人」作爲負心的藉口（即使不將張生以亡國禍水的歷史引證作爲責任卸脫的藉口，我們也可以這麼理解；男性對於在色欲方面表現過於主動積極的女性，由於有背於傳統以爲之兩性生理本能，乃不由得興生畏懼或厭惡心理，妖孽之說，可能是因此而生之幻覺或說詞，其根本癥結則在於氣餒自己之不能「勝」之，操縱或主控之），以及面對脫軌行爲卻自評爲「善補過者」的言說等等，都是同性之間才說得出口的理由，因此作者創作當時的「隱含讀者」是男性，且是與作者身份類似的當代知識份子，這乃是站在同性觀點書寫異性、批判異性的意見。

然則，張生始亂終棄的行徑，後來引起許多不同時代讀者的惋惜或憤慨，例如北宋毛滂便在詠鶯鶯的〈調笑令〉中諷刺張生爲「薄情少年如飛絮」；趙令時〈商調蝶戀花〉鼓子詞更以「棄擲前歡殊未忍，豈料盟言，陡頓無憑準」予以譴責。這些反應加上了創作形式的改變，接受模型的不同，西廂故事的情節發展、人物塑造、主題意識之衍變，也就成爲勢所必然了。

董解元的《西廂記》諸宮調是一部相當成功的說唱文學，諸宮調的特點是唱白相間及集合若干不同宮調的不同曲子咏一件事，業已採用由多元視角敘事的美學形式，可隨時隨地刻劃各個角色複雜的內心活動。爲了將事件說得具體生動活靈活現合情合理，達到吸引聽衆的目的，角色增多了，線索繁複了，敘述細膩了，事情的交代轉折、心理的變化起伏，無不求其曲盡其致委婉動人，使聽衆獲得身歷其境的效果。爲了去掉〈鶯鶯傳〉始亂終棄的悲劇結尾，《董西廂》在情節及角色的改創方面眞是煞費了一番苦心。王實甫的《西廂記》雜劇雖是《董西廂》的改作，但因演出形式的不同，在戲劇衝突的經營分配、典型人物的塑造刻劃上充分予以寫實化、豐富化，以至於《王西廂》的出現，幾乎使《董西廂》掩沒無聞。有關二本在情節的改編、人物的擴充深化等方面的成就，本篇不擬贅述，在此只想就紅娘這個轉悲劇爲喜劇的戲劇關鍵人物的出現，討論其創設心理與形象特徵，並針對其與女主角鶯鶯之間戲份的調動改變等現象作一分析。

三

紅娘在〈鶯鶯傳〉中僅出場三次，其作用乍現猶隱、似有若無。到了西廂故事系列，却成爲舉足輕重的人物，由小姐身邊的陪襯人物（名符其實的丫環），成爲與男女主角鼎足而三的重要角色，甚至成爲旋乾轉坤的關鍵人物，影響此變化之因素著實耐人尋味。

原因之一，筆者以爲唐傳奇的創作都是文人在書齋中的構思，雖已「作意好奇」，使「小小事情悽婉欲絶」，但以今日小說藝術的技巧衡量，其在人物心理刻劃上不夠細膩曲折而有所局限，已如前述。因此，在小說情節上，只以主角的故事爲主線，配合行動心理予以展現，主角以外的角色，譬如紅娘，則只作局部枝節之處理，雖然一言一行有時也饒富生姿意態，但常只是曇花一現而已，作用完成便不再出現。原因之二是檢視唐傳奇的作家，他們偏於自身文士之性別及身份接觸之熟悉與方便，幾乎不曾在小姐身邊的丫頭身上作文章。〈紅線〉中的紅線雖爲「青衣」，然而是節度使身邊之「內記室」，允文允武，是該篇中的主角，後來還知道她的「前世」是男性犯錯「陰司見誅」，才「降爲女子，身屬賤隸」的，所以歸根結底，在作者心中她應算是「男性」。〈虬髯客傳〉的紅拂、〈飛煙傳〉中的步飛煙，雖是侍婢、侍妾之流，但也是出現在官宦（男性）身邊的人物。李娃、霍小玉雖爲娼妓，加上鮑十一娘等色欲之媒仍是當時男性可自由接觸之女性。可見唐傳奇作家用心著墨之下階層角色，除妓女外，顯然並沒有活色生香市井熟悉的女性小人物。原因之三則爲〈鶯鶯傳〉之寫作，既然主線凸顯一位不同凡響熱情主動的女主角，加上當時由於李唐宗室不守禮法，社會風氣開放，已足以產生這樣風格的女性，則鶯鶯一人便可披曉自己的命運，不待紅娘在旁增加助力，因此紅娘的份量之加重不起於唐，大略可作如是觀。

元代的工商業以及城市化的生活比前此的朝代更爲發達，而戲劇的發展就正需要這樣的土壤。立足於商品經濟上的都市生活，節奏快、人的社會性強、競爭激烈、思想活躍、衝突廣泛、劇變層出不窮。因此需要這樣一種藝術，把長期爲宮廷、村社，乃至家族服務的詼諧調笑與歌舞雜耍，予以統一到社會性的舞台上來，把那逢鄉作場、途歌巷咏的講唱以及爲節日、宗教活動服務的表演藝術，綜合爲商業化很強的、爲市民階層服務的戲劇，首先就要改變那種反映著周而復始的自然經濟特點的美學趣味，改變反映著自給自足的生活節奏的輕吟慢唱、順序鋪述；要在限定的長度內（市民看戲，不能像鄉村一年一度的社火慶典那樣；不厭其長、不厭其慢；另外，文化素養提高了，也有能力欣賞跳躍性更大的藝術），表現生活的衝突狀態和激變節奏，描繪人的個性和能動力量。這就是爲什麼元雜劇的結構體制，要由講唱文學的敘述性的順序交代，發展爲戲劇體的場面集中的行動的原因。[9]

元代的大都，非但在政治上，在商業上亦堪稱爲東方的中心大都會。隨著城市商品經濟的繁榮，平陽與眞定等地區的雜劇藝人也紛紛向這裏集中，使北雜劇在這裏獲得了進一步提高和發展的機會。加上這兒有許多勾欄可供演員經常演出，有衆多的「觀者揮金與之」，可以保證演員的生活，在彼此競賽互相觀摩的情況下，新編劇本便不斷出現了。而廣大的市井，對於各種劇目的愛惡和取捨，在客觀上起了督促演員和作家的作用。[10]

此外，元代是中國古代最重商的時期之一，經濟上的開放與思想文化的開放相呼應，帶來某種生動的社會局面。加上科舉制度被廢除達八十年之久，與此相應的，反倒是思想文化的較爲解放，知識份子反倒在治世務實方面得以自由發展。在道德風俗方面也開放得多，對個性的束縛相對的也顯得輕多了。[11]

而大都的市民層包含各行各業的工匠（官匠、民匠），經紀人、買賣人、小販、小吏、侍從、奴僕以至醫卜星相之流。元代依身份職業，把人強分爲十級，文人被貶到了最低下的地位，淪爲「八娼、九儒、十丐」的地位。文人社會地位的低下，不僅使他們能夠比較深入地了解被壓迫者的思想感情和生活願望，而且在審美觀上也能與廣大人民群衆相接近，加上才藝卓越，自然創作出許多思想平等（階級的對立不那麼強烈）、熟悉生活、洞曉世情、少有腐儒冬烘氣的作品來[12]。這就是《王西廂》的創作背景，它深刻地影響了劇本的情節構思與人物塑造。

既然相國小姐以及斯文書生都已不再是往日高不可攀或前途無量的階層，舞台上所顯露的光采，只是迴光倒影和緬懷往昔，因此他們也往往可以成爲盡情調侃的對象。而原屬下階層，在傳奇時代上不得枱盤的卑微人物，成爲戲台下市井民衆最熟悉親切的家人。因此紅娘贏得了群衆的同體感，作者乃將精力集中在紅娘這個創新人物的塑造上，並將一切的優點都給了她。

試從《王西廂》中曲調演唱的分配來觀察，全劇五本，每本均由一個楔子與四折組成。除了第五本第四折由崔、張、紅輪唱之外，張生和紅娘都各自唱了一整本的四折（張生唱第一本、紅娘第三本）另外再加三折；合計唱了七折。鶯鶯則穿插其中三本，共唱了五折。楔子雖然較短，但是等於開場，五個楔子中，紅娘專司唱了兩次、張生一次，鶯鶯則是與紅娘合唱了一次。經由以上的統計也可清楚見出王實甫實是有意提昇紅娘的戲份，成爲全劇之冠。夏志清說：「假如說元稹是鶯鶯的主要創造者，假如說董解元簡練而帶感情筆下的張生的戀情《王西廂》不能溢美，那麼王實甫成爲這個故事的最後塑造人的大功，在他給紅娘一個實際上比鶯鶯還大的角色。」確是獨具慧眼⓭。這樣的戲份安排，表示這位戲劇大師肯定了紅娘在這齣愛情喜劇中舉足輕重的地位，同時也意味著對接受模型；也就是對市井大衆喜愛口味的揣摩，已有相當的掌握。

關於紅娘在《王西廂》的喜劇作用，張淑香作了非常深入而生動的描述：假如說張生和鶯鶯各自是一塊泥，那麼紅娘就是把他們調和起來，使之結合爲一的水。紅娘在《西廂記》中的重要性，就是她溝通了張生和鶯鶯這兩個愛情的虔誠香客，像神話中的月下老人，法力無邊，使有情人終成眷屬。她又是《西廂記》的喜劇效果交響之核心，她既活潑、風趣、俏皮、機敏，又多謀善辯、有同情心、有正義感，更喜歡惡作劇和挖苦人。這種種性格特徵匯成了萬花筒的作用，呈現出多采多姿的人生。她這面喜劇的彩鏡也照出張生的瘋魔滑稽、癡呆荒唐，也照出鶯鶯的狡滑作假、矯扭可笑，甚至也照出老夫人的謬談與張恒的卑鄙。所有這些人物納入她喜劇的法眼，洞穿他們荒謬詼諧的本相，而投射給我們許多趣味盎然的笑料。⓮

紅娘是鶯鶯的貼身丫頭，她的職務應在照顧侍候鶯鶯的日常生活起居，可是由於古代閨秀的生活世界狹窄接觸人少，生活之單純可想而知，以致貼身丫頭也成爲小姐的心腹、親信。在封建社會時代，紅娘的身份雖是奴僕，但是依今日的社會關係來看，紅娘卻像鶯鶯的機要秘書、發言人兼貼身保鏢（雖然她一樣柔弱，但是她起碼可以代受刑責、作斥候，而事實上，她當然應該會比千金小姐「健壯」）。鶯鶯一家人旅居在外住在寺廟之中，常有與外界接觸的機會，身爲千金小姐的鶯鶯雖然知書識理，但因活動範圍侷限，又受禮教約束，自我被壓抑扭曲，常有違心之舉，反倒有任性使氣作假擺架、遇事畏懼、臨事要賴的作風，這從鶯鶯遞簡、賴簡及拷紅後面見母親的羞懦都可見出。相較之下紅娘由於常常與外接觸，見識人事較多，加上沒有禮教之薰陶壓制、身份包袱之束縛，凡事反而自在天然、快人快語反應機敏、敢做敢當。鶯鶯與張生在寺廟大堂中初遇乍見便互生情愫，張生這邊立即積極想利用紅娘達到與鶯鶯互通款曲進一步來往的目的。鶯鶯那邊則暗含在心，她關心在意張生的蛛絲馬跡還是紅娘細心敏感自己發現的。鶯鶯顧及身份在向紅娘百般遮掩下却也要利用紅娘傳書遞簡，以至於第一次之寫詩邀約鬧出賴簡之情事，將張生折磨得死去活來。這些都是鶯鶯自作主張，心事未與紅娘說出時的行徑，但等到鶯鶯眼見自己使性對張生造成了傷害後，便不敢再造次，第二次寫詩邀約後便考慮到向紅娘商量討教了，於是第四本的楔子便出現這樣的場景：

（旦上云）昨夜紅娘傳簡去與張生，約今夕和他相見，等紅娘來做個商量。（紅上云）姐姐著我傳簡帖兒與張生，約他今宵赴約。俺那小姐，我怕又有說謊，送了他性命，不是耍處。我見小姐去，看他說甚麼。（旦云）紅娘收拾臥房，我睡去。（紅云）不爭你要睡啊，那裏發付那生？（旦云）甚麼那生？（紅云）姐姐，你又來也！送了人性命不是耍處。你若又番悔，我出首與夫人。你著我將簡帖兒約下他來。（旦云）這小賤人倒會放刁，羞人答答的，怎生去！（紅云）有甚的羞，到那裏只合著眼者。（紅催鶯云）去來去來，老夫人睡了也。（旦走科）（紅云）俺姐姐語言雖是強，腳步兒早先行也。

可以見出紅娘是熱心腸充滿同情心的人，她對張生的上當受騙感同身受，便做了鶯鶯的良知，督促她去履踐赴約，在這個當兒，什麼禮法、後果是全不在她的考慮之列的。另一方面她又保護著鶯鶯，提醒張生「他是個女孩兒家，你索將性兒溫存，話兒摩弄，意兒謙洽，休猜做敗柳殘花」（第三本第三折）「你放輕著，休諕了他！」（第四本第一折）他倆約會時，他在門外把風。待到老夫人知曉，東窗事發將受拷問時，她固然一時埋怨：「姐姐，你受責理當，我圖什麼來？」，但隨即安慰鶯鶯「姐姐在這裏等著，我過去。說過啊，休歡喜；說不過，休煩惱。」（第四本第二折）紅娘面對老夫人的拷問，勇氣十足甚至有餘裕提醒老夫人：「夫人休閃了手，且息怒停嗔，聽紅娘說」，於是侃侃說理，先直陳利害，再細訴根由，更提供建議，不僅只是「化干戈爲玉帛」，化解了滿天烏雲，並且還讓原來盛氣責人的老夫人自承己錯，成全了崔張的好事。紅娘此處之口若懸河滔滔不絕，豈不替換了〈鶯鶯傳〉中鶯鶯長篇大論怒責張生的議論角色，成了頗具大將之風的巾幗英雄？但是她到底又得聽命於大家長，因此她之侍候鶯鶯，還兼帶著提防鶯鶯遇災難、出差錯，負責她的平安，第四本第二折當崔張幽會事發，她面對老夫人的拷問前，還向鶯鶯自白：「我到夫人處，必問『這小賤人我著你但去處行監坐守，誰著你迤逗的胡行亂走？』若問著此一節呵如何訴休？你便索與他個知情的犯由」。足見她還是老夫人派在女兒身邊的監視者，而這也正是一開始鶯鶯的戀情，常常需要防著紅娘的緣故吧。

紅娘雖然出身微賤（書中並未提及她是否家生奴，但也必是窮苦人家的孩子），但過的却是衣食無缺的生活，在主人面前自有一種自在風範。就身份而言，她未來的命運似又與鶯鶯有不可分離的關係，「納婢爲妾」原是順理成章的事，第一本第三折紅娘伴鶯鶯燒香，祝禱曰：「願俺姐姐早尋一個姐夫，拖帶紅娘咱！」就有這個意思。然而從後面情節發展看來，紅娘似乎全部拋開這樣的想法，只是純然的面對張生這個她口中心中的「傻角」，看他多情得痴傻、疼他無端被鶯鶯賴騙、憐他讓老夫人的出爾反爾左右擺佈、惜他的敏捷文采，才不顧利害仗義直言，助他成全愛情。這樣的無我犧牲，紅娘的人格比起自顧不暇的鶯鶯來似應該高尚些。此外筆者以爲王實甫還有藉著身份微賤人格高尚的紅娘反襯富貴男女畏縮懦弱虛僞狡詐的意圖，整齣戲在老夫人與鶯鶯營構的接二連三的虛假詐僞情節中進行，紅娘穿行其中，早就看穿眞相有所喟嘆了。張生雖然眞實坦率，但又因陷溺情愛無以自拔，反成十分滑稽軟弱可笑之人。紅娘便在這樣的倒錯氛圍中成爲唯一理智清明、人格坦蕩、直道而行的正面人物，這樣的情節以及人物典型，想必令在座的市井大衆深具同情而大快人心吧。

四

事實上，《王西廂》掛頭牌的應是紅娘，只是仍有實無名而已。直到進入民國，乃有以《紅娘》命名的平劇出現。平劇四大名旦之一的荀慧生，在約一九二四年至一九三五年的十一年間，與京劇作家陳墨香等文士合作，大約整理、移植、新編了約四、五十餘齣平劇⑮，逐漸形成了荀派藝術的基本劇目，其中代表作之一即是《紅娘》。

荀慧生自幼學河北梆子花旦，後改學平劇，青衣、花衫、花旦、刀馬無一不精。體態婀娜、長短合度、扮相俊美。據說《紅娘》一劇中，他有許多大胆的獨創，如將地方戲曲調應用到平劇中，〈聽琴〉一場，運用了「漢調」唱腔，增強了舞台畫面的詩意、豐富了演唱色彩。此外他本熟諳「蹺」工，但是後來却毅然將其廢棄，在《紅娘》中創造出大步圓場的步法，打破舊框框的束縛，看來俏麗而洒脫，將人物的爽朗、熱情的性格表現得極爲鮮明突出。而將《西廂記》中原來的主角由鶯鶯改爲紅娘爲主，即爲荀所創始。⑯

考察「花旦」這種腳色，齊如山先生《國劇藝術彙考》中說，在元雜劇中很少見到，只《繼母大賢》雜劇中之喜時秀用此名。其名之由來，殆因此腳色一則穿的衣服花麗，二則動作輕佻活潑之故。有人說現在的花旦大致與古人的小旦及貼兩腳相同，但古人的小旦、貼，有時不過是正旦的幫襯，並無年輕花梢性質。則「花旦」二字，是近百餘年來才盛行的，此腳色在梆子戲中極佔勢力，也最難學，由於得總合青衣、閨門旦、花旦、刀馬旦等，各戲路子不同，唱作各異，所以難學。梆子班中的花旦，確也有與崑腔中之小旦、貼相同之處，比如崑曲中丫環，即多以小旦貼扮演，梆子班中這種情形也很多⑰。

由此可見《紅娘》之作，乃是針對荀慧生最拿手的花旦戲編寫出來的，所以改以丫環爲主角。在編寫時，恐怕未必有轉化角色戲份、刻意提昇丫頭紅娘地位的意圖。事實上《紅娘》的情節依然因襲《王西廂》的舊路。主題仍以男女追求愛情的自由爲目的，而且由於劇作者及演員皆屬男性，即使已經進入民國時代，在意識上仍以功名之達成做爲補償男女不顧禮法自由戀愛所犯罪愆的手段，在女性自我意識的覺醒這方面，並未見有任何新意及突破。

另有大陸劇作家田漢⑱也曾將《西廂記》改編爲十六場的平劇，在其一九五九年寫的〈西廂記前〉中說：

近年除越劇《西廂記》外，京劇只有陳水鍾改編的《紅娘》，以及地方戲的《拷紅》等單折。這些戲突出紅娘雖是不錯，但把反封建的主要人物鶯鶯退居次要地位，也是一個缺點。

我很早就想把這個戲加以新的處理，讓鶯鶯表現得較主動，較強烈；也更突出紅娘爲社會正義和爲別人幸福獻身的精神，讓張生較有思想意境，而不是一個色情狂的文士。尤其想讓劇的矛盾衝突愈到後來愈尖銳而不是逐漸減弱。

《西廂記》的主要矛盾是青年情愛與門閥地位的矛盾。「崔家三代不招白衣女婿」，只是因爲孫飛虎的突襲才逼使崔老夫人把鶯鶯許給任何能退賊兵的人，及至兵退身安，老夫人又背信悔婚，這是很自然的事，鶯鶯與張生叛逆性的結合以後，老夫人爲顧全家聲不得不承認既成事實，但她又立逼張生應試，說「不得官，休來見我」。一方面，鶯鶯却囑咐張生：「得官不得官都要及早回來。」倘使張生一舉成名，衣錦而歸，矛盾自然解決了。《西廂記》原作正是如此，只能由鄭恆的造謠播弄，製造些次要矛盾。可以設想，倘使張生不得官，矛盾必然會嚴重起來。鶯鶯如堅持立場會更顯出她的高貴品質。按《會真記》張生原是下策的，我們便讓他布衣長劍回到蒲州，這場鬥爭以鶯鶯和她母親的完全決裂而告終。這樣是不是更有意義也更有戲劇性呢？⑲

田漢的這篇前記，正反映了中共自一九四二年延安平劇研究院成立以來毛澤東對平劇所提出的政策，即「推陳出新」。一九四八年十一月廿三日華北《人民日報》發表的社論指出廣大農民對舊劇還是喜愛，觀劇是生活中重大事件，要有計劃有步驟地進行舊劇改革工作，就中平劇流行最廣，影響最大，乃提出要對舊劇進行審查，以免不加批判地任其到處上演，在廣大群衆的思想中傳播毒素。對於對人民有利或者利多害少的該加以發揚和推廣。檢查在該文所提諸多值得推廣的條目中，田漢《西廂記》合乎的優良標準該是「反對家庭壓迫、歌頌婚姻自由急公好義」吧。田漢在該文發表的次年七月被任命爲「中華全國戲曲改進會籌備委員會主任」[20]《西廂記》之改寫當是執行此政策下的創作，恢復以鶯鶯爲主要角色後的《田西廂》，其筆下之鶯鶯又是個學騎馬、吟木蘭辭、嘆已身居亂世却鳴不高飛不遠的女子。當她遇到張生後，便隔牆與他朗聲應酬詩句，當孫飛虎前來擄婚時，如董王、二西廂一般，她立即提出「母親哪！事到如今只有將孩兒獻與那賊漢，才保得一家性命哪」並提出如此做的五點利益以說服其母，顯出她是一個思想快捷仗義奉獻自我的人。待張拱（張生）修書退了賊兵後，她立刻對紅娘毫不諱言她的傾心「他胸中似海洋豈可斗量，筆尖兒橫掃那半萬兒郎」。當老夫人悔婚要鶯鶯叫張拱哥哥時，在酒宴上她生氣了竟憤然擲杯，掩面而下；如此激烈的動作，是以前諸本都沒有的。然而「賴簡」一節，鶯鶯却仍如各本西廂故事，保持她捉摸不定突然翻臉的原型，田漢不知何故此處並未做任何改變，也未交代鶯鶯心理；顯得角色前後人格有些矛盾。至於崔張二人首度雲雨相會；各本都刻意著墨之情節，《田西廂》却全數跳過，一字未提而緊接「拷紅」。結尾處則是《田西廂》最突出之設計；張拱三場下第被老夫人逐出，鶯鶯欲待尋死又想遠走，正在孝思親恩下反覆掙扎，復被老夫人惡聲惡氣逼婚鄭恒，終於與紅娘雙雙旅裝騎馬去私奔落魄歸鄉途中的張珙了。相遇後之二人，張珙唱：「長安下第人憔悴，難得賢妻草橋來」。鶯鶯則唱「蝸角虛名何足貴，與郎君布衣粗食也暢心懷。」

《田西廂》於鶯鶯之設計確實十分獨特用心，騎馬私奔落第張生的結尾，更令人清楚覺察在國家政策下的文藝傾向，也反映了另一時空的特質。然而這樣的鶯鶯個性，總似不像中國古代女性典型，就以今日我國女性行爲觀之，與母共餐、怨怒母親，以至擲杯而起的舉動，也是相當唐突的！

五

荀慧生的《紅娘》劇本，格於時空阻隔，倉促之間筆者並未能找到原作。但是手邊得到一本於一九五一年，由號稱當時「寶島南部各票房之冠」的「高雄成功平劇社」刊印之《紅娘》劇本，封面《平劇選》三字爲齊如山所題，內有梅花館主燕京散人之序。梅花館主歷敘民國以來平劇腳本刊印之淵源，燕京散人則指出：「荀之新劇，大半爲陳墨香所編，而《紅娘》則出自陳水鐘之手筆。」縷述荀慧生當年演出此劇盛況，並指點以後之演出者對紅娘角色該如何掌握，見解十分精準深刻，當爲行家。因此筆者揣測此劇本殆極接近荀慧生之原作[21]，爲了以下之討論方便，暫稱之爲「近荀本」。

一九八九年大陸戲曲家潘俠風重編出版的《舊劇集成》[22]，計劃編入傳統劇目一百齣，其中亦有平劇《紅娘》，潘本《紅娘》乃是以荀本爲基礎再予加工編創的（以下簡稱「潘本」）。

台灣這麼多年來舞台上搬演的西廂故事不計其數，《紅娘》的劇本更層變不窮，乃因「中國戲曲強調演員的個人表演風格，因此，同是一個劇目，却風格迥異。」㉓茲因手邊有平劇名伶魏海敏在電視上公演之《紅娘》錄影帶，唱作俱佳，審其詞曲應也間接源自荀本再予編創（以下簡稱「魏本」），乃將三種《紅娘》之不同略作比較，藉以對照不同時空背景之市井文化及人物類型。

整體說來，「近荀本」之文辭較爲俚俗油滑，更接近市井口味。人物，特別是紅娘，在語詞方面常顯得通俗粗直。「潘本」除保留紅娘之重要荀派唱段外，將每一角色出場之唱辭幾乎皆予改寫得較爲斯文典雅。相較之下，「近荀本」之紅娘顯得比較純樸天眞，「潘本」紅娘則老成持重。「魏本」則以「潘本」爲基礎，在重要情節上添枝加葉使更合情理，因此其紅娘便顯得格外聰明慧黠。

孫飛虎虜婚時，「近荀本」是紅娘在鶯鶯提出獻身爲老夫人否決後，主動提出「待我紅娘捨身替主吧！」「潘本」紅娘則在鶯鶯提議獻身爲老夫人否決後質問：「難道就束手就擒不成嗎？」老夫人只好提出若有退敵妙計，許鶯爲妻的主意。以二本比較，可見「近荀本」紅娘較爲純眞自然見義勇爲。「傳簡」一節，當鶯鶯前面責備紅娘爲張生傳簡，後却又要紅娘傳簡，十分故作姿態時，「近荀本」紅娘曰：「小姐，想我紅娘也不是專門給人家傳書遞信的，我有什麼好處？我不去了」。「潘本」則爲：「我爲你們的事跑前跑後，挨駡受氣，我爲的是什麼？況且您又不願意，我不去了。」相較之下，「潘本」紅娘之說話便較委婉曲折，不以自我爲重。張生赴約西廂偷溜進園一段，「近荀本」寫紅娘以棋盤遮掩張生靠近鶯鶯之唱詞爲：「叫張生隱藏在棋盤以下，我步步行來你步步爬，放大胆，忍氣吞聲休害怕，祇當作親生子你隨著親媽。」「潘本」則改爲「叫張生隱藏在棋盤之下，我步步行來你步步爬，放大胆，忍氣吞聲休害怕，這件事倒叫我心亂如麻。」二本紅娘說話之粗雅，個性之天眞、老成由此判然可分。雲雨私會一節，當紅娘被崔張二人撇在門外時，「近荀本」之紅娘口白：「張相公！張相公他們也就顧不得我啦，想他二人雙雙同入羅幃，竟將紅娘關在門外，紅娘啊紅娘，你這算何苦啊。」接唱：「小姐呀小姐你多豐采。君瑞呀君瑞你大雅才。風流不用千金買，月移花影玉人來，今宵勾却了相思債，無限的春風抱滿懷，花心摘、遊蜂採，柳腰擺，露滴是牡丹開，一個半推半就驚又愛，好一似那襄王神女會陽台，不管我紅娘在門兒外，這冷露濕透了我的鳳頭鞋。」「潘本」紅娘則白：「張相公！張相公！張——看他二人將門關上，已稱心願，老夫人哪老夫人！如今你是枉費心機了！」接唱之詞，首五句與「近荀本」相同，之後爲：「一對情侶稱心懷，老夫人把婚賴，好姻緣無情地被拆開，你看小姐終日愁眉黛，張君瑞只病得骨瘦如柴。不管老夫人的家法厲害，我紅娘成就了他們魚水和諧。」「魏本」則唱詞與「潘本」同，口白處略作更動爲：「看他二人已成美事，方稱我心願，老夫人哪老夫人，如今你是枉費心機了。」三本比較之下，「近荀本」紅娘將自我看得很重，唱詞部份於對二人此刻歡會之揣想中，流露嚮往之心境，因此更覺自己被撇棄門外之委屈。「潘本」紅娘則依然無我，而能全心同情二人，爲助成二人之好事甚爲自得，兼帶爲老夫人之枉費心機而高興。「魏本」於「方稱我心願」，一「我」字之增加，反而顯得紅娘之機心，似欲存心與老夫人較量一番誰輸誰贏之意，反而減少了無私助人之美意。

「魏本」值得一提的是於張生請紅娘遞簡的情節之後，紅娘提出一個辦法，要張生夜晚於花園彈琴透露心情，她趁機觀察鶯鶯反應是否有意，再決定要否爲張生傳簡。於是乎便增添了如下的情節：當二女焚香已畢預備回房時，張生的琴聲傳來了，唱詞曰：「鳳飛翱翔兮四海求凰，無奈佳人兮不在東牆，張琴代語兮聊記衷腸，無奈今日兮慰我徬徨。」鶯鶯聽琴不由怔忡，唱詞曰：「猛聽得西廂內琴韻響亮，不由得我閨中人心意徬徨，分明是效相如願配鳳鸞，怎奈我女兒家難做主張。」而鶯鶯的心情一五一十看在紅娘眼裏，她全都懂了，乃唱曰：「我小姐呀紅暈上粉面，紅娘心中這才了然，只道他守禮無邪念，款款的深情他流露在眉間，脈脈含羞一旁站，這樣的矯態我見猶憐，罷！罷！罷！那顧得受牽連，我成全他們的好姻緣！」此段張生「鳳求凰」之曲調十分古雅，情節宛若相如琴挑卓文君之故事[24]，配以鶯鶯二女聽琴之舞姿，舞台氣氛十分動人優雅，將崔張幽微心靈之暗通默契藉此烘染而出，而紅娘之暗中觀察鶯鶯，明裏向張生點破也很靈動活潑，可以見出改作者之用心[25]。而此情節之增加，便顯出紅娘之聰穎慧黠，不像前面諸本中之紅娘糊塗蒙昧，一派天眞不明鶯鶯究竟地爲張生傳簡。「魏本」紅娘便是如此老練不做沒把握的事，當她觀察出鶯鶯的心事後，我見猶憐，便下定決心，不顧受牽連，也要成全他倆的愛情。而以市井意識觀之，此處之紅娘，豈不像現下台灣之經濟頭腦一般，精打細算，不作沒把握的生意？

以上將鶯鶯與紅娘自《鶯鶯傳》以降角色之分配轉化以至情節之改變做一比較分析，由此可以觀察小說戲曲中人物類型之轉變，與不同時空影響下的意識型態，頗有微妙的關係。順便也檢視了一下男女兩性在創作與誤解上的差異。

六

最後，要提一提一篇非常特殊的西廂故事〈孫飛虎搶親〉㉖。由於篇幅所限，本文不擬對這篇極具創意的劇本再做詳細分析，在此僅略提一點讀解心得，當做是這篇冗長論文的尾聲。

姚一葦以「一個低劣的學徒開始謙卑地向傳統學習，甚至我企圖使戲劇上的一些古老傳統獲得某種程度的復活」這樣的心情，於一九六五年寫了這一篇〈孫飛虎搶親〉㉗。雖然其中角色的名字作了一番改變，如叫做張君銳、崔雙紋（早在《金西廂》中即稱鶯鶯爲「雙文」）、阿紅，但可以清楚察見西廂故事的痕跡（孫飛虎和鄭恆則因襲舊名）。情節則在原作的基礎上作了一番荒謬的顚覆。

姚一葦在這篇作品中任意拆解、組合、扭曲、捏合綿亙了幾世紀以來西廂角色的身份和情節，譬如：讓強盜孫飛虎是一個「唇紅齒白眉清目秀」人好心細的文士，雖然風聞他是一個殺人不眨眼「又粗又大又麻又禿背又駝」的惡魔。讓落榜落魄的張君銳還要勞煩富有的孫飛虎爲他出主意與他換衣改身份，以便與崔雙紋見上一面。讓久別重逢、對面而坐的崔、張、紅三人相對無言，宛如三具木偶。讓鄭恆成了威風凜凜神氣十足的將軍，舞台上的今天正要迎娶崔雙紋。讓迎親的行列聽聞孫飛虎要來搶親時，在鄭恆的建議下，崔紅二人互換衣裳交換身份。讓孫張二人爲了互嚐不同「職業」而再互換衣服。讓落入賊手發現孫飛虎原來温柔體貼的崔，又與阿紅換回衣服。讓聽聞鄭恆即將反攻的崔再度提議換回阿紅衣服，爲其峻拒後，二人展開扭打並「是一場生死決鬥」。全劇由一尾聲作結，路人甲乙在茶亭相見，一說孫飛虎被擒正法、一說殺的是替身張君銳。一說鄭恆今天要娶崔雙紋，一說崔雙紋可能失踪了，意思是娶的是阿紅。……

全劇就結束在這樣的顚倒混亂中：丫頭變小姐、小組變丫頭、文士變強盜、強盜却斯文，以至於眞正的身份究竟是什麼？「我」到底是誰？彼此究竟有何差別？是否外在的裝扮形式就改變了實質的內在？是否都不過像劇中娶親背景的老鼠行伍一般卑瑣微賤？醜陋可厭渺小，而分辨不出有何差別？

如果面對這樣荒謬顚覆的情節，容許我們在字裏行間尋索其特別強調的對白，以蔚成這齣戲的讀解匙鑰的話，我們找到這樣的段落：

第三幕後半，崔、張、孫、紅四人在一起的一場：他們四人將以下的八句話各自輪流說了一次：「我們沒有哭過、笑過、愛過、希望過！」「我們沒有選擇，也沒有被選擇。」「我們不能辨別，不能思，不能了解。」「我們只是躲在我們的衣服裏。」「我們是躲在洞裏。」「我們是老鼠。」「老鼠老鼠老鼠」，這樣的吟誦、這樣的強調、這樣的心聲是何意思？當孫飛虎離開，只剩崔、張、紅三人，他們談起鄭官人會不會回來時，張說：「鄭官人不會打敗，鄭官人是一定會回來。」崔問：「那我們能做什麼？」阿紅說：「我們不能做什麼，我們只有等待。」張將此句又重複了一遍。崔再問：「我們除了等待，就不能再做什麼？」阿紅說：「我們還可以希望。」張也又重複此句一遍，接下去就是沉默。

我們是否也可沿用前文解讀西廂故事之心得看待姚作？斯時斯地（一九六五年，解嚴前的台灣），將情節做這樣的顛覆、角色做這樣的轉化，反映的是一種對鄉國轉換、身份轉換，「沒有選擇」、「只有等待」的荒疏心境與荒謬省悟呢？實在耐人尋味。

註釋

❶ 見林宗毅《西廂記二論》（台北：台大中文研究所碩士論文，一九九二年六月）頁四八。

❷ 前引文具見陳寅恪〈讀鶯鶯傳〉，載《陳寅恪先生論文集》，（台北：九思出版公司，一九七七年十二月），頁七九一—八〇〇。

❸ 見張淑香〈元雜劇中的愛情表現與其社會意義〉，載《元雜劇中的愛情表現與其社會意義》一書，（台北：長安出版社，一九八〇年四月），頁一一八。此句下之注則標明：「見臺師靜農著『論唐代士風與文學』一文，文史哲學報，第十四期，頁八；以及劉開榮著『唐代小說研究』頁六四，商務印書館。」

❹ 此段語文見龍協濤著《文學讀解與美的再創造》第一章〈文本對象與接受主體〉，（台北：時報出版，一九九三年八月），頁三四。

❺ 見富士谷篤子編著〈女性學導論〉，林玉鳳譯。（台北：南方叢書出版社，一九八八年三月），頁一〇七、一〇八。

❻ 見維金妮亞·吳爾芙著《自己的屋子》張秀亞譯。（台北：純文學出版社，一九七三年四月），頁五一—五六。

❼ 有關鶯鶯此處反應之讀解，另一頗值深思而有趣的說法是：「讀者或許會覺得鶯鶯此際的表現未免有點矯情，問題是要理解一個少女在封建制度下所處的生活地位。須知在以男權爲中心的封建社會裏，對於一個少女來說，把愛情獻給一個男子，這乃是生死攸關的大事。她並不是不

知道張生對她的熱戀，她自己又何嘗不存在一個青春少女的情思？但是，一個處女怎麼能夠輕易跟一個男子苟且結合呢？這不但跟她貞愼自保的習性不合，而且跟她對私情結合存在著不得不有的戒心分不開的。」（郭豫適著〈一支淒婉動人的戀歌──評唐代小說〈鶯鶯傳〉〉，載《中國古代小說論集》，（上海：華東師範大學出版社，一九九二年二月），頁二四二。按，在〈鶯鶯傳〉中，張生首次托紅娘所傳之書爲「春詞二首」，並未明載內容爲何，是否提出要鶯鶯與他「苟且結合」？如郭文之分析？讀者無可求證。然則郭文此處明確如此解析，並謂一個少女視獻愛情給男子，乃是一件生死攸關的大事，並視男性之寫情書示愛，便是苟合之邀請，可謂又是一種男性閱讀反應。本篇讀者若以茲與筆者之女性讀者反應對照觀看，當是一件有趣的事，故抄錄於此以供對照。

❽ 同注❹，頁四七。

❾ 此段語見平海南〈論《南西廂》的敘述性〉，載《戲曲藝術》一九八五年第三期，頁七一。

❿ 此段意見參見〈北雜劇的形成與發展〉，張庚．郭漢城《中國戲曲通史》，（台北：丹青圖書，一九八五年十二月），頁九九──一〇〇。

⓫ 同注❾，頁六八、六九。

⓬ 同注❿，頁一〇〇、一〇一。

⓭ 見夏志清〈熊譯西廂記新序〉，載《愛情、社會、小說》（台北：純文學出版社，一九六九年），頁一五四。

⓮ 同注❸，〈西廂記的喜劇成分〉，頁一九五。

⓯ 《中國京劇史》中卷，第三二章「旦行演員」第一節「青衣、花旦、刀馬旦、演員」之「荀慧生」條曰：「荀慧生演出的劇目有三百多齣，其中經陳墨香等文士協助整理、移植、新編的近四

十齣，逐漸形成荀派藝術的基本劇目。主要包括《丹青引》、《紅娘》……等。」（頁六六三）但同書第三五章「劇作家、評論家、教育家、活動家」第一節「劇作家」之「陳墨香」條則曰：「在一九二四—一九三五年間，他與荀慧生長期合作，爲之編寫，整改劇本五十餘種。」（頁八〇六），同一書有兩種說法，今將之綜合引錄，並附註於此。本書，北京：中國戲劇出版社，一九九〇年十一月出版。

⑯ 同注⑮，頁一〇九—一一〇。

⑰ 見《國劇藝術彙考》第十章「腳色名詞」花旦條，（台北：文化圖書公司，一九六二年元月初版）頁四二六。

⑱ 田漢字壽昌，生於一八九八年。一九四九年大陸易手後，被任爲「文化部劇曲改進局」局長、「全國戲劇家協會」主席、「中華全國文學藝術界聯合會」副主席。一九六六年因寫劇本《謝瑤環》而遭清算。他的劇本創作甚豐，五十年來所寫劇本不下七、八十部。（資料參考李立明《中國現代六百作家小傳》，香港：波文書局，一九七八年七月，頁五八）。

⑲ 見《田漢文集》第十卷「戲曲」（北京：中國戲劇出版社，一九八三年十一月），頁四四九—四五〇。

⑳ 同注⑮，參考二四六、五一六、五一七、五二〇。

㉑ 筆者手邊借閱者，爲成大國劇社顧問梁小鴻教授珍藏四十年的手印本，承他慷慨借予，並代錄兩種《紅娘》演出錄影帶，在此一併致謝。

㉒ 該書編者介紹中謂：「遠在一九三七年春，編者曾在天津創編以簡譜記錄唱腔的京劇劇本《舊劇集成》，先後出版一六集，暢銷南北各省。爲弘揚民族藝術，保存戲曲資料，潘先生在《舊劇集成》的基礎上，重新加工編輯了目前這套……」在〈《紅娘》劇尾附談〉中則指出「《紅娘》

經過荀慧生先生幾十年的精雕細刻，……在今天京劇界「十旦九荀」的情況下，這齣戲就成了京劇舞台上最流行的花旦戲。」可見潘本《紅娘》承自荀本《紅娘》，再予加工編創。（《京劇集成》，北京：新世界出版社，一九九一年一版。）

㉓ 見潘俠風〈《紅娘》劇尾附談〉，同注㉒。

㉔ 林宗毅指出西廂故事頗受相如文君故事影響，於此可謂又是一證。林君意見見其論文頁三四、三五，書同注❶。

㉕ 據載荀慧生當時有〈聽琴〉一場戲，然而「近荀本」、「潘本」皆未見著錄，故於此仍作「魏本」之編創思考。

㉖ 〈孫飛虎搶親〉劇本，一九六五年發表於《現代文學》，頁五七。後收入《姚一葦戲劇六種》（台北：華欣文化事業中心，一九七五年三月）。

㉗ 見姚一葦〈《孫飛虎搶親後記》〉，《現代文學》第廿七期（台北：現代文學雜誌社，一九六六年二月），頁一五四。

地理書與方志中的關公傳說

——以其地形地物傳說爲例

洪淑苓

關公是個家喻戶曉的人物。集名將、英雄、義士、聖神於一身，論歷史人物對民間的影響，其深其廣，無人能出其左右。有關他的傳說，除了散見於前人的筆記雜談之外，今人也收錄不少相關的傳說故事集❶。但是本文所要利用的材料，卻是更不被人注意的地理書和方志這一類的典籍，試圖搜羅其中的關公傳說，從這個角度來看民間所塑造的關公的形象，並探討其中所蘊藏的庶民情感與思想。

在地理書、方志中，泰半列有山川、古蹟等卷目，而該卷每個條目下，往往有「某人某事即此地」、或「傳爲某人某事之處」的說明、敘述。這類記載雖然簡略，但卻可視爲佚史，有稽考史迹的意味，也代表了流傳於民間的傳說紀聞。雖然不似今人採集到的傳說，具有情節變化、豐富生動的內容，以及首尾俱全的故事形式，但是在「歷史性」、「可信性」、「解釋性」等特質上，卻是符合「傳說」的要求❷。因此，這些資料應可視爲傳說的材料來討論，和今人採集的傳說故事，可以互相對照，有的還可以作爲沿波討源的依據。

地理書與方志中的關公傳說，概屬於地形地物的傳說，也就是地方風物傳說的一類，與物產特產傳說、習俗信仰傳說鼎足而三。所謂地形地物傳說，即針對某地的地名、地形地物之來源或特徵作解釋的傳說❸。而檢索相關書志，宋元之前，以地理書爲多見，自《水經注》、《元和郡縣志》以迄《輿地紀勝》等，都可得到若干資料。明代以降，地方修志之風氣漸盛，朝廷也敕令進「一統志」，可資利用的材料也就更多了。而且隨著關公形象的深入民間，方志中所見的地形地物傳說，在其相關的關公事蹟上，也呈現比較詳細而多樣化的內容記載。因此明代可說是一個大的斷限，不僅書籍的性質有所改變，就其記載的關公傳說而言，也表現新穎的面貌。是故，以下第一節即敘述明代以前地理書中的關公傳說；第二節專述明代方志、一統志中的材料；第三節爲清代的材料；第四節，承上文所述，討論其中的關公形象，第五節綜論其中所蘊藏的情感思想；最後總結全文。

一、明代以前的相關材料與傳說

在北魏酈道元的《水經注》中已見與關公相關的記載，例如白馬城、樊城、江陵舊城、益陽縣關羽瀨等四處❹，其注文都可與《三國志》互相發明。但譬如「江陵舊城」所注：

> 舊城，關羽所築，羽北圍曹仁，呂蒙襲而據之，羽曰：「此域吾所築，不可攻也。」乃引而退。❺

按呂蒙襲江陵事，見《三國志》關公本傳與呂蒙本傳，呂傳較詳。但這裡記關公說「此城吾所築，不可攻也」，卻不錄於正史，就是屬於佚史傳聞了。

唐李，吉甫的《元和郡縣志》記白馬縣「白馬津」與沅江縣「關州」，前者乃關公爲曹操斬顏良處，後者爲關公戍守益陽時屯兵之處，這也可以找到史實記載作根據，一在建安五年，一在建安二十年❻。

宋初樂史的《太平寰宇記》則出現：關州、石瀨廟、故尉城、關瀨、益陽故城、甘寧故城與關壯繆故城、銅柱名勝、武陵山、三山石下城等九處相關記載❼，關州、關瀨已見前引，益陽故城、甘寧故城與關壯繆故壘等條目，都和關公鎮守荊州，與東吳呂蒙、魯肅、甘寧等人對峙的戰事有關❽，這一組地物共同呈現出這段歷史的輪廓。故尉城、銅柱名勝以及三山石下城，是關公與程普相拒的史迹❾。武陵山青泥池，則是關公和樂進相拒之地❿。以上八處，大抵皆有史事可考，縱使宋代去漢已遠，但因爲有時、地、人、事的配合，彷彿證據確鑿，仍然具有史迹的意味。最特別的是石瀨廟這一條，其文曰：

> 在（平江縣）東，湘州記曰：石子山溪，西有小溪，溪水映徹。關羽南征，嘗憩於此，因名關瀨。今廟亦以此名之。⓫

這是湖南平江縣的一處古蹟，和益陽縣的「關羽瀨」（見前引《水經注》，《太平寰宇記》

作「關瀨」）並不相同。只說「關羽南征，嘗憩於此」，時間與史事都是模糊的，而且題爲石瀨廟，可見原本即有此名（石瀨），後才因關公而改名關瀨，附會之說顯而易見。

是故，由南北朝至宋初，所見的相關地形地物傳說，大抵都是史迹，就某地與史事扣合，而界於歷史與傳說之間；其眞實性因年代湮遠，已難究其端詳，然而卻是正史的補證。但《太平寰守記》的「石瀨廟」卻開啟另一先端，其傳說敘述，已逐漸脫離確切的史事，而代之以關公個人的行動、經歷。因爲沒有詳實的時間背景，事件又非關兩軍對抗的大事，很容易被有智之士斥爲子虛烏有，但這卻是道道地地的「傳說」——由庶民百姓集體創作、口口相傳，直到被文人採集記載；它也許不符合正史，但百姓仍然視之爲眞實可信。

南宋王象之的《輿地紀勝》就有更多這一類的記載。該書共得五條資料，除「故關州」已見於《元和郡縣志》之外，其餘都是「舊傳」云云，沒有確切的時間背景。試引其文如下：

(1) **卓刀泉** 在江夏東十里，劉備郊壇下。舊傳關羽嘗卓刀於此，有廟在泉上。[12]

(2) **虎跑泉** 在京山。舊傳關羽駐兵於此，山高無泉，士卒渴甚。夜有虎蹲哮而石間泉湧。[13]

(3) **漢城基** 在長壽縣南七十里。瀕大江。舊傳關羽嘗屯兵於此。

(4) **關王嶺** 在京山縣北。上平如掌，有毬場及故城壘形。[15]

這裡，「關王嶺」雖未言因關公而命名，但以同在京山縣的地緣關係來看，可能和「虎跑泉」是一組相關的傳說。「卓刀泉」與「漢城基」也是新見的記載。這裡都用「舊傳」一詞，可見其「傳說」的意味。而所言「嘗卓刀於此」、「嘗屯兵於此」等事件，也無從查考。特別值得注意的是「卓刀泉」和「虎跑泉」都是講泉水的來源和關公事蹟有關。

水，是一切生命的源頭，爲民生所必需。庶民百姓把泉水的湧現和關公繫連在一起，流露的正是對偉人英雄的紀念與感佩。「虎跑泉」說「夜有虎蹲哮而石間泉湧」，又顯示了靈物助人的因素。而關公率領軍隊，行軍所到之處，求取水源是爲要務，則傳說的內容也符合常理。因此其事雖難以分辨眞僞，但所編造的事情卻足以取信於人，這正是傳說的特點所在。

南宋的《輿地紀勝》出現這種性質的關公傳說，應與其時對關公的崇敬有關[16]。因此超越了前代所見的材料，而別開生面。但是著名的關公玉泉山顯聖傳說，在宋代諸書中，述及當陽玉泉寺的，卻未見收錄。推測這個傳說應在宋元之際才興起[17]。

元代部分，筆者尚未查獲相關的地形地物傳說，但這並不表示元代的書志中沒有關公的事蹟記載，至少在祠祀卷帙下，仍列有關公祠廟，由此可以了解元代關公信仰的情形，關公的傳說自然也隨之流佈，未曾中斷[18]。

二、明代一統志與方志中的關公傳說

爲便於對照，首先羅列《明一統志》中的關公傳說，接著再以各府縣的方志資料作比較。《明一統志》成書於明英宗天順年間，這裡使用的是商務印書館影印文淵閣四庫全書的本子⑲（以下頁碼所注「商務本，頁某之某」，即指該本子之某冊某頁），所見資料如下：

(1) **關聖故宅**　在許州。俗云一宅分兩院。今有祠存焉。（卷二六開封府，頁廿五；商務本，頁四七二之六四〇）

(2) **卓刀泉（甲）**　在府城東一十里。漢昭烈郊壇下。世傳關忠義嘗卓刀於此。泉側有忠義廟。（卷五九武昌府，頁十三；商務本，頁四七三之二〇三）

(3) **關羽洞**　在大別山之右。其洞乃一巖穴。三國時蜀將關羽嘗憩於此，故名。傍有武安王廟。一名藏馬洞。（卷五九漢陽府，頁四五；商務本，頁四七三之二一九）

(4) **磨刀石**　在關羽廟。舊傳關羽磨刀處。又大別山頂亦有此石。（同右）

(5) **刷馬灘**　在漢江南一十五里。舊傳關羽嘗刷馬於此，故名。（卷六十承天府，頁十；商務本，頁四七三之二二九）

(6) **飲馬泉**　在府城西南一十里。舊傳關羽嘗飲馬於此。（卷六十襄陽府，頁卅三；商務本，頁四七三之二四〇）

(7) **馬跑泉**　在京山縣北一十里。漢關羽駐兵於此山，無水，士卒渴甚。夜有虎咆哮，馬驚跑地，因而得泉。至今民資灌溉之利。傍有卓刀石尚存。（同右）

(8) **擲甲山**　在府城龍山門西北隅。滿將軍關羽棄甲於此，故名。今有羽廟在焉。（卷六二荊州府，頁四；商務本，頁四七三之二八八）

(9) **關羽瀨**　在益陽縣西南五里。漢昭烈入蜀，留關羽鎮荊州。後吳遣呂蒙取桂陽、長

沙、零陵三郡，羽爭之。吳使魯肅屯益陽以拒羽。即今青泥灣關羽瀨是也。（卷六三長沙府，頁十六；商務本，頁四七三之三二九）

⑽ **卓刀泉（乙）** 在雀婆井傍。蜀漢關羽過此渴甚，以刀卓地出泉，故名。後人喜其甘洌，又名清勝泉。（卷六四常德府，頁廿八；商務本，頁四七三之三六四）

⑾ **故關州** 在沅江縣東南五十八里。蜀漢關羽屯兵處，故名。（同右，頁卅二；商務本，頁四七三之三六六）

右所引述，比諸《輿地紀勝》又勝之許多。除「故關州」、「關羽瀨」、「卓刀泉（甲）」、「馬（虎）跑泉」承前文諸書之外，其餘七則，都是始見於此。又以「卓刀泉」來看，甲在湖北武昌，乙在湖南常德，名、事相同，而地點有二，可見這是喜愛附會於歷史名人的手法。而「虎跑泉」變爲「馬跑泉」，在解釋上也有所不同：《輿地紀勝》說是因爲「虎蹲踕而石間泉湧」，《明一統志》則說是因「虎咆哮，馬驚跑地」而致，保留了「虎」的因素，卻又以「馬」來更換其中主角。

至於「關聖故宅」，講的卻是關公羈留曹營，與二位皇嫂「一宅兩院」，關公夜讀春秋，不及於亂的事。這本非正史所記，而是小說戲曲所搬演者⑳，也成爲傳說附會之所在。《明一統志》的這些記載，在方志中也可以找到印證。例如：

⑴ **卓刀泉（甲）** 在縣東一十里。漢昭烈郊壇下。世傳關羽嘗卓刀於此。傍有羽廟。

（《湖廣圖經志書》卷二武昌府江夏，頁十二）㉑

(2) **藏馬洞** 在大別山北。舊志云：蜀吳交戰，關羽伏兵於此，藏其馬於洞中。洞側有關公祠。（按：《明一統志》作「關羽洞」）（《嘉靖漢陽府志》卷二方域志漢陽縣，頁十七）㉒

(3) **磨刀石** 在大別山北。（同右，頁十六）

(4) **卓刀石** 南漳之曰望，……又南二十里曰卓刀石。漢關將軍往來荊襄，於此屯兵，卓刀在上，其迹猶存。（《承天府志》卷四山川，頁四）又：掇刀石，在州城南二十里。關將軍嘗息兵掇刀於石，其石巑岏碧色，痕跡儼然。後人建廟於此。（《承天府志》卷十九古蹟潛江縣，頁七）㉓。

(5) **刷馬漢** 在漢江南十五里。關將軍嘗刷馬於此。（《承天府志》卷十九古蹟鍾祥縣，頁三）

(6) **馬跑泉** 富水河在縣東九十里，源出關王嶺，……在京源山南數里，……其旁舊有振衣亭、馬跑泉，在張良山陰里許。相傳漢關將軍駐兵於此，亦有卓刀石。（《承天府志》卷四山川，頁八）又：馬跑泉，在縣北十里。關將軍駐兵於此，無水，士卒渴甚。夜有虎咆哮，馬驚跑地，因而得泉。至今民資灌溉。（《承天府志》卷十九古蹟京山縣，頁五）

(7) **關瀨潭** 在治西南五里。漢昭烈入蜀，留關羽鎮荊州，後吳遣呂蒙取桂陽、長沙、零武三郡，羽爭之。吳使魯肅屯益陽以拒羽。即今青泥灣關羽潭是也。（《長沙府志》卷三地理紀益陽縣，頁十七）㉔

(8) **卓刀泉（乙）** 武山，府西三十里，一名河洑山，……太和觀，……觀下有卓刀泉，又云德（按：應作「清」）勝泉，崔婆井，水甚清洌，往來人皆掬飲，後有關公廟，其後又有崔婆廟。（嘉靖常德府志》卷二地理志本府，頁二）又：卓刀泉，府西三十里，河洑山下，蜀將關羽過此，以刀卓泉，故名。後人喜其清洌，又名清勝泉。（同上，頁八）㉕

以其敘述和《明一統志》相對照，可以看出有的條例二者是互相因襲的，但是譬如「卓刀泉」強調「卓刀」「其迹猶存」、「掇刀」「痕跡儼然」，則方志更顯露了「可信性」的特點，以今之石痕來捉高其可信度。

此外，也有獨見於方志者。例如：

(1) **走馬岡**　縣東南六十里。漢關羽練軍處。（《襄陽府志》卷六山川宜城縣，頁四）㉖

(2) **青泥池**　在樠木山下。三國志：樂進與關將軍相拒青泥山，即此城。（《承天府志》卷四山川，隸鍾祥縣，頁七）

(3) **撤石山**　在仁惠寺東、關將軍撤石戒兵之嶺也。（承天府志》卷十九古蹟潛江縣，頁九）

(4) **磨城、麥城**　磨城在縣東四十里。荊州記云：麥東域有驢城，沮水西有磨城。伍子胥築以攻麥城者。諺云：東驢西磨，麥城自破。又二十里爲麥城，相傳楚昭王所築。後關將軍爲呂蒙襲，走麥城，即此。（同右，當陽縣，頁十二）

(5) **玉　泉**　在縣西五十里，又名珠泉。泉從地中湧出如珠。其南爲天台智者道場，即

關將軍遣鬼工所造。（同右，頁十三）

據右所引，「青泥山」已見《太平寰宇記》的「武陵山青泥池」，其餘都是明代才有。而「磨城、麥城」的傳說記的是伍子胥，但也把關公遇難的事記進去，「走麥城」亦是小說戲曲所敷演者，在正史上並沒有這麼確切的地點㉗。又，特別要指出「玉泉」條目，其下所記「關將軍遣鬼工所造」，也就是關公玉泉山顯聖之傳說：《承天府志》刊於明萬曆卅六年，修纂時間可能更早；而明代萬曆年間，關公的信仰已達到白熱化，進封之爲「關帝」㉘，在方志中收錄宗教上的顯聖傳說是極其自然之事。又有小說《三國演義》的推動，「玉泉」便成爲一個特殊的傳說地點了。

就明代所見資料而言，其地形地物傳說對於關公事蹟的附會，更大大脫離了史事的範限。「關羽洞」（「藏馬洞」）、「刷馬灘」、「飲馬泉」、「走馬岡」這些傳說與「馬」有關，但仍不知確切的時間、事件，只是一位武將率兵走馬可能會有的作息活動。但是把這些附會在關公身上，就透露了庶民百姓對關公的特殊情感。像「卓刀泉」這樣的傳說，其主旨也應與「馬跑泉」的傳說相似，亦即以重要的水源來紀念關公。而「磨刀石」、「卓刀石」一類的傳說，也是以石形、材質來題名，而且和關公作繫聯，石的存在矗立，無疑是一種最佳的證明。

明代也多出了和關公敗陣、殉亡有關的地形地物傳說，「擲甲山」、「麥城」、「玉泉」等條目屬之。在其簡略的敘述中，我們不容易掌握其中的情感，但這些傳說的形成與呈現，爲多多少少表示庶民百姓對關公殉亡的關注，從兵敗卸甲，到成神升天，都有相關的地形地物來標注這一段歷史。

三、清代一統志與方志中的關公傳說

有清一代，各省修志風氣更甚。爲了方便起見，仍先列《大清一統志》資料。《大清一統志》成書於清高宗乾隆年間，這裡使用商務印書館影印文淵閣四庫全書的本子（標示方法如前引《明一統志》[29]，所見有七處：

(1) **卓刀泉** 在江夏縣東十里。《明統志》：在漢昭烈郊壇下。世傳關忠義卓刀於此。（卷二五八武昌府，頁卅九；商務本，頁四八〇之卅六）

(2) **馬跑泉** 在京山縣西北二十里。《明統志》：漢關忠義駐兵於此山，無水，士卒渴甚。夜有虎咆哮，馬驚跑地，因而得泉。（卷二六三安陸府，頁廿三；商務本，頁四八〇之一六〇）

(3) **關忠義廟** 荊州府城關廟有五：一在公安門內，一在擲甲山內，一在南門內，一在石馬頭，一在草市。石馬頭之廟最古。惟在南門內者，相傳其地即聖督荊州時府基。明初建，萬曆中重建。（卷二六九荊州府，頁七；商務本，頁四八〇之二三六）

(4) 走馬岡　在宜城縣東南六十里。相傳關忠義練兵於此。（卷二七〇襄陽府，頁十四；商務本，頁四八〇之二六八）

(5) 洗馬池　在宜城縣東六十里。相傳關忠義洗馬於此。（卷二七〇襄陽府，頁廿三；商務本，頁四八〇之二七二）

(6) 關瀨　在益陽縣西南。三國吳志、甘寧傳：寧隨魯肅鎮益陽拒關忠義，擇選銳士五千人投縣上流十餘淺瀨，云欲夜涉渡。肅便選千兵益寧。寧乃夜往。關聞之，住不渡而結砦營。今遂名此處爲關瀨。水經注：縣有關瀨，所謂關侯灘也，南對甘寧故壘。昔關侯屯軍水北，孫權令魯肅、甘寧拒之於是水。（卷二七六，頁卅八；商務本，頁四八〇之三八五）

(7) 關洲　在沅江縣東南五十八里。元和志：建安二十年，孫權遣呂蒙襲長沙、零陵、桂陽三郡，先主引兵五萬下公安，令關公入益陽，此洲蓋其屯兵處，故名。（卷二八〇，頁十三；商務本，頁四八〇之四七六）

右引七則，大抵皆見前所引，但稱關公都用「關忠義」，這是奉乾隆皇帝敕令之故。第(3)例「關忠義廟」下提到「擲甲山」，而同卷內未見列出，但仍可推想這與《明一統志》卷六二荊州府的「擲甲山」爲同一地名，即相傳爲關公棄甲之地。而其南門忠義廟，傳爲「聖（關聖，即關公）督荊州時府基，也是一個古蹟。這裡面又有「洗馬池」未見前引，殆與《明一統志》卷六十承天府「刷馬灘」類似。

其次，清初所刊的一些通志，例如《江南通志》㉚也有兩則資料：

(1) **劉關二城**　在壽州正陽鎮，與潁州接界。先主與關羽分城屯軍在此。（卷卅五輿地志古蹟、鳳陽府，頁廿一）

(2) **卓刀泉**　在含山縣西七十五里東關嶺。舊傳漢壽亭侯卓刀飲馬於此。（同右，頁十七）

這兩則傳說皆未見前引，其地屬「鳳陽府」，約當今安徽鳳陽一帶；尤其含山縣之「卓刀泉」，與《明一統志》所述的湖北武昌「卓刀泉」、湖南常德之「卓刀泉」對照，顯然又是同名、同事，而屬第三地的傳說了。又如《河南通志》也有兩則資料：

(1) **八里橋**　在州□□□傳爲□□□漢關壯繆處。（卷八關津橋梁・許州，頁二〇五）

(2) **關公挑袍處**　在州城西門外八里橋，相傳爲曹操餞關公於此。（卷五二古蹟・許州，頁卅五）

合此二條目，講的就是關公離曹營時，曹操追隨而至，贈金不受，勉強接受所贈錦袍，但爲防詐，關公乃以刀挑袍受之。兩地皆在河南許州。按挑袍故事，也是史傳所無，爲小說戲曲所敷衍者㉜。

又如《湖南通志》㉝云：

飛虎寨　在縣北門內。宋知潭州辛棄疾建飛虎軍於此。舊傳爲關壯繆與黄忠戰處。今建廟。（卷三二地理古蹟、長沙縣，頁七）

飛虎寨在長沙縣。按黃忠駐守長沙時，劉備南定諸郡，忠遂委質，隨從入蜀。關公與黃忠對戰，應在此役。但正史未見此說，《三國演義》則有「關雲長義釋黃漢升」（第五十三回）而此地本爲宋代辛棄疾建飛虎軍處，顯示著這是一個軍事要塞。

再其次，各省縣的方志也有可觀的資料。如《當陽縣志》㉞云：

(1)　秣馬山　近萬城，相傳關帝督荊州時秣馬處。其下有軍器窖，犯之即雷電作云。（卷一方輿山川，頁二）

(2)　麥　城　在治東東南五十里，沮漳二水之間。傳楚昭王所築。三國時關侯爲孫權所襲，西保麥城即此。（卷二古蹟，頁五）

「秣馬山」傳說，未見前引，而且「犯之即雷電作」的神異作用，也使關公傳說增加了神祕色彩，觸犯這個地方便是犯了禁忌，因此才會雷電交作，而「麥城」條目下所云「西保麥城」之語，也可看出修志者對關公殉亡的避諱，不忍直書，顯示對關公的崇敬。

又如《江陵縣志》35有云：

(1)**蚌　城**　在馬牧城東三里。《太平寰宇記》：在燕尾州上，相傳歲饑，人民結侶拾蚌憩。此亦關聖所築，以防吳魏。或云城隨洲勢，其形似蚌，故名之。（卷廿三名勝古蹟，頁三）

(2)**俞潭城**　在郡東北七十里，鄰襄堤，爲關聖屯戍之所，翼城左右，大冢對峙，以意度之，皆爲壁壘。（同右，頁四）

(3)**烟　墩**　在城東南。關聖守荊州時所置。今江堤上每數里猶有一如阜者，是其遺蹟也。（同右，頁五、六）

(4)**摩旗臺**　在城西北五里。相傳關聖鎮荊建幟處。（同右，頁十二）

(5)**石馬槽**　在府治內。相傳關聖飼馬物。今隸卒飲馬於此，輒鳴躍不前。（同右，頁二十）

按江陵古屬荊州之地，係關公一生事業所繫之處，縣志對於關公事蹟便多所附會。這五則傳說，俱皆未見前引。而且在行文時，凡稱「關聖」，在原書版面上一律是弔行書寫的形式，可見編修者對關公的崇敬。這些傳說所述的築城、戍守、建幟等事，彷彿將關公在此地的經歷再現。特別是「石馬槽」儼然是一個紀念文物，具有考古、歷史的價值。而且一般人任意飲馬於此，其馬「輒鳴躍不前」，這也和上引「秣馬山」的軍器窖傳說一樣，凡人不可隨便　冒犯此神聖文物，否則他的馬就會出現反常的反應。

在清代方志的關公傳說上，可見到小說戲曲的影響，也看到信仰力量的滲入；前者在明代一統志已有「關聖故宅」之例，後者則可說是清代方志的一個特點。

四、傳說演進與關公形象

以上三節由時代的先後來看關公傳說，就橫剖面的地區分布而言，這些傳說的地點，大多集中在湖北、湖南與河南省境內，少數在陝西、四川與安徽境內[36]。尤其湖北，古稱荆州之地，更多這方面的關公傳說。荆州的守與失，是爲關公一生事業的關鍵時期，因爲這樣的地緣關係而促成了大量的傳說出現。

以傳說內容的性質來看，早期的《水經注》與《元和郡縣志》之相關條目係以「史蹟」的型態出現，由此陳述關公與曹魏、東吳諸將對陣抗拒的事蹟，顯示了「於史有據」的濃厚成份。第二個時期是兩宋時代，逐漸出現史蹟、史事之外的地形地物傳說，可名之曰「古蹟」型態的軼事傳說；其中有的是在「史蹟」的基礎上加上了考古，例如《輿地紀勝》的「故關州條云，發現了銅戟石鏃[37]；也有的是到宋代才出現的史蹟遺址，如《太平寰宇記》的「桐柱名勝」條；還有無確定年代史事的；這些條目以其去三國時代已遠，故籠統以「古蹟」傳說涵蓋，表示此「史蹟」的範圍更廣，其所說載的傳說也大多偏向軼史的性質。第三個時期是明代，除了承襲前代的傳說之外，更受到小說戲曲的影響，出現「文學影響」下的地形地物傳說。第四個時期是清朝，踵繼前代之外，也出現強調神聖禁忌的地形地物傳說，它的特色可以用「聖蹟」傳說來凸顯㊳。

從以上的分析，我們也大略可以了解這些地形地物傳說的發生來源：其一是依託歷史，其二是起諸軼聞，其三是源自小說戲曲，其四則是信仰力量的滲入。對於關公形象的塑造，大體說來也是循此四個線索可得。

依託歷史的，由南北朝至唐代諸書，以及北宋《太平寰宇記》的大部分資料，都是記述了正史上可見的戰役及其故址，例如：關公在白馬城斬顏良，此係其爲曹操拒敵（袁紹）建功（建安五年）；在武陵山青泥池與樂進相持不下，致劉備求援於劉璋，可見樂、關兩人的實力相當，而蜀軍終究屈於下風（建安十七年）；在樊城力克曹仁，「水淹七軍」，「威震華夏」，關公名聲由此顯揚（建安廿四年）；在益陽與魯肅、甘寧對壘（建安廿年）以及江陵城終爲呂蒙所奪（建安廿四年），則爲關公與東吳諸將的攻守成敗之績；類此地形地物傳說，綜合起來，也就顯示了關公一生戎馬的勝利與失敗，這一代名將的興亡，可說完全以史傳來規範。

起諸軼聞的，其所涉及的關公事蹟就比較廣泛。例如屯兵紮營之事，有漢城基、蚌城、俞潭城、煙墩、麾旗台等遺址與傳說，這些地方比起關羽瀨、關洲，信實的程度自然比較低，但是後代叢出的這類古蹟遺址，卻使得關公戍守攻戰的行跡有所落實，遺址的點愈多；關公個人的戰史也就更清晰、具體。第二類是練兵之事，走馬岡、撒石山兩地屬之。其傳說的作用也等同於上述一類。第三類是與馬有關的，馬跑泉的象徵意義已見上文分析，另外有洗馬池、涮馬灘、飲馬泉、秣馬山、藏馬洞的傳說。衆所周知，關公的座騎赤兔馬是一匹出色又有靈性的馬，名馬與英雄搭配，相待益彰。這些傳說就顯現了關公和馬的親密情感。因此爲之刷洗、供給飲水與草料；藏馬洞說「蜀吳交戰……藏其馬於洞中」，頗有英雄愛惜名馬，不忍之致危的含意。洗馬、飲馬之事，非關兩軍交戰，但卻是一個武將對其座騎的平常照料，從這微小瑣事不難想像關公雖爲將領，卻仍有平凡平實的作風。第四類是與刀有關的，卓刀泉、磨刀石、卓刀石（掇刀石）屬之。關公所使用的青龍刀，在民間傳說中也是赫赫有名。這裡卓刀泉傳說與馬跑泉有異曲同工之妙，都象徵了關公可以爲衆人開闢水源的意義。而磨刀石，顧名思義，也就是以石磨刀，以求其鋒利；這也是英雄珍愛寶刀，必須勤加維護的表現。至於卓刀石，以刀「卓」其上，卓者，植立也，這個動作表現了刀的質地厚韌而銳利，也表現了使刀者的氣力強健可以貫穿岩石，刀與人互相映襯。從這四個方面來看關公事蹟，可說具有大概的輪廓，也有細微之處。身爲一名武將，他的屯兵紮營、訓練兵馬、以及日常生活裡的洗馬、磨刀諸事，也一一被指繪出來。如果說「依託歷史的」地形地物傳說記錄了關公重要的戰事，這一類「起諸軼聞」的地形地物傳說則建構了關公個人的生活史，具體而微。

源自小說戲曲的，有「關聖故宅」、「八里橋」與「關公挑袍處」三則。這三個地形地物傳說，都與關公身繫曹營（建安五年）的經歷有關，由此正可襯托出關公「義」的形象。關聖故宅，係關公與二皇嫂「一宅兩院」，顯現關公不淫亂的剛正品格，而且「夜讀春秋」，恰好加強這種正義的精神。八里橋與挑袍處的傳說，顯示關公不受曹操的財賄，去意堅決，但接受贈袍，則爲合宜之計，不失人情義理。由此可見小說戲曲對關公形象的刻畫，深深影響民間，是故也因此而衍生出傳說的地點。

「玉泉」、「秣馬山」與「石馬槽」三個地形地物傳說則可以代表「信仰力量的滲入」這條線索。玉泉山附會了關公顯聖的傳說，而且顯示了關公和佛教的關係，關公成爲佛教的伽藍神（保護神）也是因此而起。後二者則是以關公的神性貫注到他所經過的地方和器物，而且也和他的馬有關。馬的神性由此也可窺見。這些地形地物傳說代表了關公成神之後，所渲染出來的神聖特性。這其中的關公和馬，都是聖神的形象。

綜合這四條線索以探求此中的關公形象，可知大體上仍以武將爲身份表徵，但在其一生經歷上，則以重大戰役、屯兵戍守以及照料刀馬爲表現重點，由此呈現關公個人的生活史；在其精神象徵上，則以正義精神爲標竿，但這有賴小說戲曲的闡發。此外，也表現了關公是「神」的身份，雖然數量極微，但亦有畫龍點睛之妙。

五、傳說故事與庶民情感

地形地物傳說對事物所作的解釋是一種想像的產物。這種想像，是因自然山水或亭台樓閣的特殊景致所激起的，是以視覺美爲出發點的想像。譬如常見的「望夫石」傳說，主要是因這「人形化」的石塊而形成解釋其特徵的傳說[39]。想像，可說是地形地物傳說的基本要素。例如上述關公傳說中的「磨刀石」、「卓刀石」，必然是因爲石上痕跡確鑿，宛如砥礪過、有物豎立過，因此才想像出磨刀、卓刀的事情。

但是地形地物傳說又往往喜愛與歷史人物，歷史事件結合，歷史人物活動的遺跡經常就構成了某一名勝古蹟的特徵來歷。「這當然是與爲了增加解釋的可信程度有關，但也不能排斥其中包含了民衆對歷史人物的懷念或褒貶之意」[40]，從廣泛的角度來說，喜談歷史、講究事物的歷史感，本就是我國民族的特性，因此表現在傳說上面的，就是與歷史人物相連，而且某個人物也會因此而成爲「箭垛人物」，諸多類似的傳說都集中在他身上，投射出某種意義。譬如「魯班」傳說，就塑造出一個能工巧匠的形象[41]；或者因爲某個人物和其地方有相當關係，便出現大量的傳說，例如蘇東坡曾貶謫嶺表，因此在現今廣東境內，便有許多與他相關的古蹟與傳說[42]。荊州一帶有許多關公傳說，也是同樣的道理。

結合對山水景物的想像與對歷史人物的緬懷，是爲地形地物傳說的兩大支點。這也是這類傳說的普遍結構。但是選定什麼樣的歷史人物來繫連，卻也得相關的條件配合。上面舉蘇東坡傳說之例，即是因地緣條件的配合。其次，身份的配合也很重要。關公的「磨刀石」、「卓刀石」傳說概屬於「試劍型」傳說類型；這類型的傳說，以石爲解釋對象，但試劍、磨刀的某人，「或是英雄，或是神仙，或是帝王，但多少總要與其地或劍與殺人等，有相當關係的」[43]，換言之，不曾舞刀弄棍的人，絕不可能有「試劍型」傳說的出現。所以，關公「洗馬池」、「刷馬灘」，王羲之「洗筆泉」、蘇軾有「洗墨池」[44]，這就是武將文人的傳說涇渭分明的地方。

特別還要提出來的是，選定某個歷史人物作爲傳說中的主角人物，這就表現了庶民百姓對某人物的情感。在前述三種因素結合下，與關公相關的地形地物傳說，所呈現的正是對關公的崇敬。這不僅限於「聖蹟」傳說，「馬跑泉」與「卓刀泉」傳說也可以作說明。庶民百姓因爲崇敬關公，因此把某處的泉水附會爲關公所鑿，雖然是因爲當時士卒渴甚，因此暗中如有神助，探得水源；就是在千百年後，「水甚清洌，往來人皆掬飲」（《明一統志》「卓刀泉」）、「至今民資灌溉」（《明一統志》「馬跑泉」），飲水灌溉之利，是泉水爲人所稱頌之處，但人們願把這功勞加諸關公身上，就是表現了對關公的崇敬。開闢水源，在神話故事已見之，聖人、偉人、英雄都可以有如此神奇能力，而能夠造福後世萬民，可以總名之「文化英雄」[45]。在這一點上，民間傳說也無意中塑造了關公形象的這一面。

※ ※ ※ ※ ※ ※ ※ ※

最後，讓我們把眼光拉回現代。今大陸對《三國演義》之研究十分熱烈，所編《三國演義辭典》（沈伯俊、譚良嘯編著，四川巴蜀書社出版，一九八六年一月）也列有「名勝古跡」一項，有關關公的，有三四十則之多；湖北也出版了《荊州風物話三國》，作爲旅遊叢書（鍾揚波主編，湖北人民出版社出版，一九八三年八月），也就是此地風景名勝的傳說故事集，以關公爲主角人物的，約有四十則之夥。這樣的數量，當然比古代的地形地物傳說數量更豐富，而且敘寫也比較詳贍。如果接續上文依時代劃分時期，現代所編撰的相關傳說，在其特性上，就具備了「觀光名勝」的特質。譬如從《荊州風物話三國》所見，「石馬槽」傳說並留有文物石馬槽一件，「卓刀石」傳說也保存了關公的青龍偃月刀，這些都保存在荊州博物館內。至於「馬跑泉」、「洗馬池」……等遺蹟故址，更可以「按圖索驥」，按照觀光地圖所示，實地憑弔緬懷一番。

婁子匡嘗言，「一位活在人們心裡的英雄，在有關他底生前身後的傳說之中，都會獲得人們的『報答』和『紀念』。」㊻對於關公的「報答」，帝王頒封、民間崇信，已可得知其意；而對於關公的「紀念」，地形地物傳說正是一種「永恒的紀念」，歷古至今，每一個相關空間物都負載著關公的傳說，以及後人對他的敬愛懷念，這正是不容抹滅的民族情感。

註釋

❶ 例如《三國故事傳說集》，湖北省咸寧地區群衆藝術館編，一九八三年出版；其中約收錄八十一個傳說，與關公有關的，約廿二則，又如《關公的傳說》，張志德等編，山西人民出版社，一九八六年出版，本書完全以關公事蹟爲主，共收錄四十五個傳說故事。就李福清先生所提供與筆者所見，自一九八三年以迄一九九〇年，大約有十種傳說集內數錄了有關關公的傳說。

❷ 參見譚達先：《中國傳說概述》（台北：貫雅出版社，民國八十年），頁一至十。另，頁廿七至卅六「爛柯山型傳說」，也以古代地理書、志怪筆記、地方志等材料爲分析依據。

❸ 有關地形地物傳說的探討，以鍾敬文〈中國的地方傳說〉爲最早，作於一九三一年，今彙入《鍾敬文民間文學論集（下）》（上海：上海文藝出版社，一九八五年六月，一版一印），頁七四至一百。鍾文以「地方傳說」（Place Legend）爲名，包含自然物（山川、特種草木鳥獸等）與人工物（城郭、井橋、街衢、墳墓等）之傳說；這裡面除了「特種草木鳥獸」之外，都屬地形地物的範圍。事實上，「特種草本鳥獸」這一類也應該區分出來如程薔《中國民間傳說》（浙江：浙江浙江人民出版社，一九八六年五月，一版一印）在「解釋性傳說」下就分爲山川名勝傳說、谷地土特產和動植物傳說與習俗傳說三類，這和「地方風物傳說」的概念是相似的，只不過他側重在「解釋性」，也就是這些傳說的共同性質，而非就其內容題材來分；其「山川名勝」即等同於「地形地物」，但「名勝」一詞又容易引起爭議，有些故事所解釋的，也許只是村里小地而非「名勝」。張紫晨《中國古代傳說》（吉林：一九八六年七月，一版一印）更仔細區分了名

勝、園林、地方風物、建築、土特產、食品菜餚、手工藝品、風俗習慣等傳說類別，這些也都涵攝在廣義的地方風物傳說下，但他更把「地方風物」獨立出來，成爲狹義的說法，而包括地方古蹟傳說、地方景物傳說、地方名稱傳說三小類。張的「風物」概念與內涵，與「地形地物」最爲接近，但爲避免與廣義的「地方風物」混淆，本文仍使用「地形地物傳說」一詞，最直接、素樸，凡是用以說明地形地物之來源，外形特徵或名稱的，無論小大，聞名與否，人工或自然所成，都統攝在此名目下。

❹ 參見《水經注》（台北：世界書局，民國五十二年），頁八四、四十、二五、七九。

❺ 同右，頁七九。

❻ 參見《元和郡縣志》（台北：台灣商務印書館，影印文淵閣四庫全書本，民國七十二年），卷九，頁二三〇、二三一。

❼ 參見《太平寰宇記》（台北：文海書局，民國五十一年）卷一一三頁八「關州」、卷一一三頁十「石瀨廟」、卷一一四頁四「故尉城」、卷一一四頁十「關瀨」，「益陽故城」，「甘寧故壘」、卷一一五頁五「桐柱名勝」、卷一一四頁七「武陵山」、補闕卷一一四頁六「三山石下城」。

❽ 建安二十年，劉備既定益州，孫權欲索回長沙、零陵、桂陽三郡，劉備不從，權遣呂蒙率衆進取。而後劉備自還公安，遣關公爭三郡。時魯肅、甘寧往益陽，與關公相拒。參見《三國志》卷五十四魯肅、呂蒙傳，卷五十五甘寧傳。

❾ 參見《三國志》卷五十五程普傳，但本傳中並未述及故尉城、桐柱名勝、三山石下城等地。

❿ 參見《三國志》卷卅二劉先主傳、卷十七樂進傳。事在建安十七年。

⓫ 同註❼，卷一一三頁十。

⑫《輿地紀勝》（台北：文海書局，民國五十一年），卷六六頁七。
⑬同註⑫，卷八四，頁五。
⑭同右。
⑮同右。
⑯《輿地紀勝》成書在南宋寧宗嘉定年間。在此之前，北宋徽宗崇寧年間已敕封關公爲「崇寧眞君」，這就超出了對前賢的謚號，而進入宗教崇拜的範圍，可見北宋末葉以後，關公信仰逐漸隆盛。參見黃華節：《關公的人格與神格》（台北：台灣商務印書館，民國五十六年），頁一三二至一三八。
⑰參見黃華節：《關公的人格與神格》，頁一一〇至一一六。
⑱參見羅杭烈：〈文學和歷史中的關羽〉，《社會科學戰線（長春）》一九八三年一月。羅文以歷代方志爲材料，論述關公信仰之興起，間及形象之討論。但他說「宋代方志現存四十種左右，記關羽祠的似乎只有《咸淳臨安志》一條」，據筆者所見，《太平寰宇記》卷一一三平江縣「石瀨廟」條，已有關廟（見本正文引）；《輿地紀勝》卷八二西南路襄陽府古跡，亦「關將軍廟」（頁九；文海本，頁四八四）；可見方志材料廣博，搜索之下，難免疏漏。在「元代的關羽」一節，羅氏就收錄相當多條目，並且從明代修纂的方志中，發現元代所建的關公祠廟，甚爲難得。由此也可知現存元代方志較少，在搜羅材料上有其囿限。
⑲李賢：《明一統志》（台北：台灣商務印書館影印，民國七十二年，初版）。
⑳在《三國志平話》已見「一宅兩院」情節，而「秉燭達旦」則在明代傳奇戲曲中才見搬演。
㉑薛綱：《湖廣圖經志書》，明嘉靖二年刊本。中央圖書館藏，微卷影印本。
㉒賈應春：《嘉靖漢陽府志》，明嘉靖廿五年刊本，《天一閣藏明代方志選刊》冊五四（台北：新

文豐公司影印，民國七十四年，初版）。

㉓ 孫文龍：《承天府志》，明萬曆三十六年刊本。中央圖書館藏，微卷影印本。

㉔ 徐一鳴：《長沙府志》，明嘉靖十三年刊本。中央圖書館藏，微卷影印本。

㉕ 陳洪謨：《嘉靖常德府志》，明嘉靖廿七年刊本。同註㉒，冊五二。

㉖ 吳氏：《襄陽府志》，明萬曆十二年刊本。中央圖書館藏，微卷影印本。

㉗ 依《三國志》卷三十六關公本傳、卷五十五潘璋傳，關公殉難地點在「臨沮」。而《水經注》：「漳水出臨沮縣東荆山南，逕臨沮縣之漳鄉南，潘璋禽關羽于此。漳水又南逕當陽縣，又南逕麥城。」以此而言，臨沮、漳鄉、麥城，大約都在當陽縣境內鄰近之地，《三國演義》第七十六回下「關雲長敗走麥城」，與《三國志》所指地點應是大小之分。參見黃華節：《關公的人格與神格》，頁五八。

㉘ 明神宗萬曆四十二年，敕封關公爲「三界伏魔大帝神威遠震天尊關聖帝君」。有關關公的神格問題，參見鄭志明：〈明代以來關聖帝君善書的宗教思想〉，《中國社會與宗教》（台北：台灣學生書局，民國七十五年，初版），頁二八四至二九一。

㉙ 和珅：《大清一統志》（台北：台灣商務印書館影印，民國七十二年，初版）。

㉚ 黃之雋：《江南通志》，清乾隆二年重修本。據影印尊經閣本（台北：華文書局，民國五十六年，初版）。

㉛ 孫灝：《河南通志續通志》，清光緒八年刊本。同右。

㉜ 《三國志平話》有「曹公贈雲長袍」情節，元雜劇《關雲長千里獨行》第四折亦演此事。

㉝ 曾國荃：《湖南通志》，清光緒八年刊本，據影印尊經閣本。同㉚。

㉞ 阮恩光：《當陽縣志》，清同治五年刊本，民國廿五年重印本（台北：台灣學生書局影印，民國

五十八年，初版）。

㉟崔龍見：《江陵縣志》，清乾隆五十九年刊本（台北：台灣學生書局影印，民國五十九年，初版）。

㊱前文提起的古地名，以地理地名辭典對照，約當今之省市如下：㈠湖北省—樊城（襄陽縣北）、江陵舊城（潛江縣西）、江夏單刀泉（黃岡縣）、虎跑泉與關王嶺（京山縣）、關羽洞與磨刀石（漢陽縣）、擲甲山（江陵縣）、卓刀石與撒石山（潛江縣）、刷馬灘與青泥池（鍾祥縣）、秣馬山，麥城與玉泉（當陽縣）、摩旗台等四處（江陵縣）、洗馬池與走馬岡（宜城縣）；㈡湖南省—益陽關羽瀨（漢壽縣東）、關州（沅江縣）、石瀨廟（平江縣）、故尉城、三山石下城與飛虎寨（長沙縣）、桐柱名勝（衡山縣）；㈢河南省—關聖故宅（許昌縣）、八里橋與關公挑袍處（許昌縣）；㈣安徽省—劉關二城（鳳陽縣）、卓刀泉（含山縣）；㈤四川省—武陵山青泥池（長壽縣）、漢城基（長壽縣）。

㊲《輿地紀勝》卷六八頁七「故關州」：「建安二十三年，……今關羽入益陽，此州蓋關羽屯兵之所，故以爲名，沅江知縣陳剛在任，土人有以銅戟石鏃示之者，云得之法華城。然是城即古關州，乃關羽屯兵之所。」

㊳除了本文所見，清人周廣業、崔應榴所編的《關帝事蹟徵信編》（清道光年間刊本，中央研究院史語所藏）卷十三「名蹟」引《聖蹟圖誌》：「關山，在滁州西北三十里，山上有石台，有帝坐痕。來往人輒以小石投之，取中其間者爲生子之兆。」可見傳說中的關公行跡，也有「生子之兆」這樣的祈祝效用，這即顯示了信仰的力量，而此地也屬於「聖蹟」之類的了。

㊴參見鍾敬文：〈中國的地方傳說〉，《鍾敬文民間文學論集（下）》（上海：上海文藝出版社，一九八五年，初版）頁八三。

㊵ 程薔：《中國民間傳說》（浙江：浙江人民出版社，一九八六年，初版），頁一二七。

㊶ 魯班，春秋時魯國人，名公輸班，又叫魯般。當時已有一些關於他能夠製造攻城的雲梯，曾發明木鳶、機車等木作工具和武器的傳說。秦漢以後，魯班逐漸成爲技巧和智慧的化身，並被神化，明清以後且被工匠奉爲祖師魯班可稱爲「巧匠」的典型人物。

㊷ 據張冠英：〈蘇東坡浪跡摭志〉一文，在廣東境內與蘇東坡有關的古跡記載，共有五十七處。見中山大學《民俗周刊》第六十六期。

㊸ 鍾敬文：〈中國的地方傳說〉，同㊴，頁九十。

㊹ 「洗筆泉」、「洗墨池」二處見《明一統志》卷六十一，頁卅四。

㊺ 馬昌儀：〈文化英雄析論〉，《民間文學論壇》一九八七年第一期。

㊻ 婁子匡：〈鄭成功〉，《神話叢話》，北京大學民俗叢書冊十五（台北：東方文化供應社影印，民國五十九年，初版）。

中國話本小說人物之命運觀

——中國話本小說裡的算命先生

周純一

一、前言（動機與方法論）

長期閱讀話本小說對隱藏在字裡行間的宿命觀念，產生相當程度的好奇，尤其對作者在布排情節時有意透露兆頭使情節的推展在一條冥冥中的軌道運行，以說明天命之不易，人力甚難抗衡。另一方則往往安排具有推算命運能力的人去幫助他人窺探命運，甚至試圖去改變命運。這似乎又說明了天命靡常。這兩個現象似乎充滿了對立性的矛盾：「天命不易」使人物受到絕對性的擺布，變得渺小與無助，但也突顯天命的無比威信，使得人物的成敗得失有了最合理的藉口；「天命靡常」則突顯了窺探天命的過程中，具有窺天能力的算命先生能夠洞見天命的無常，在人物命運遇厄時，具有鑽隙投機、知機趨避的超人能力，同時也反映出天命的變幻和不測，予人以不可信賴及無所依循之感。對這兩極的衝突提出一個命題，然後從話本小說中去尋找應用的情況，就事論事，以觀察人物在處理命運時的思惟反應，庶幾可以說明話本小說作者所反映的命運觀。

由於中國話本小說之結撰，充斥著相當普遍的宿命觀念。因此，探討的範圍就會顯得龐大而不準確。筆者乃選擇以實際從事算命行業的人物，做爲探討的對象。此人物必須具備算命技術，有算命的職業場合與儀式，有利益交換的事實。在話本小說的情節中，又能因算命而使情節有特殊性的發展，這類型人物是本文探討的主角，對於無關緊要的卜筮、神仙點化、良朋規勸、神通知命等情節，由於不在「以算命爲業」這個範圍內，因此捨而不談。

有了動機和研究範圍，最緊要者莫過於方法論的使用。由於此文以探討中國民間「算命」這個符號的意義爲主，就必須在「算命」這個文化大流中尋找和話本小說相對應的關係，以檢視作者描摩其當代人的算命情形，及其本人的天命觀和對算命內容的認識程度。有鑑於巫卜星相在中國已成爲一相當複雜與神祕的行業，非一般讀書文人憑幾本相書就能一窺究竟，筆者打算在第二段專述中國巫卜星相存在之事實與意義，如此可以先釐清整個文化背景，對於「算命」在小說話本中的行爲意義，有較清楚的定位。

第三段欲透過對話本小說有關算命的表層現象的敘述，追索結構層次的深層意義。對檢視這些表層行爲的驗證程序，大抵以詰問原著者爲何要安排算命的情節？什麼人需要算命？什麼樣的人物擔任算命先生？當算命先生有什麼特殊的條件？安排那些場合和儀式做爲算命的空間？怎麼進行算命程序？算命人的語言有何特色？求算者的反應如何？算命之後的後續動作如何？算命先生面對求算者回覆天命應驗與否的反應。筆者欲從這些表層敘述，以挖掘隱藏在其文化背景中的深層意義，進而歸納出文化的普同特性。❶以檢視「算命先生」這個角色人物究竟能否成爲典型人物或形成中國人對命運觀的典型理論？

第四段「保持與喚醒」。乃針對中國話本小說中透露的深層意義，探究話本小說之作者如何從無意識的保持「集體表象」的宿命觀，到有意識的操縱文字或語言爲工具，作爲宣傳「破除宿命觀」的表層行爲。之間的存在意義，這一個演變過程改變了什麼？沒改變什麼？能否歸納出普遍的原則以供後人參考？從生動的直觀到抽象的思維，能否再從抽象的思維回到具體形態的創造，這是筆者大膽的奢望，希望透過本文的寫作，喚起小說研究者對命運情節安排的重視，對於布置一個具有先知能力的角色時，所可能引發的連鎖情況較能掌握。至少作者在塑造人物時有個清醒的立場，不至於被潛意識的好惡和意識裡的情緒波動所影響，冷靜地去虛構另一個話本的命運結構。

第五段「結語」。研究話本小說中算命生生的算命行爲，並不是要揭露作者是否懂得這套技術的眞象，而是欲透過作者對算命行爲的描述，深入檢討算命這個文化行爲在虛構的世界裡和眞實世界中究竟有那些潛藏在深處的原則。從原始思維對命運的神聖性信仰到近代人對命運世俗性交換理論的事實，這似乎說明中國人在表層生命態度上有極大的轉變，但是深層地裡層是否仍是宿命和窺天的集體意識在隱隱作祟，是值得商榷的課題。筆者借用維柯在《新科學》中對神話的精華在於神話產生了「詩性人物性格」❷，用此名詞來爲「算命先生」做深層意義的註腳，主要目的只想避開外在形式典型人物塑造的誤會。

這一篇論文是個人的一個新嘗試，在「人是尋求意義的動物」這個前題下對於文化中「算命」這個行爲進行表層和深層結構的探索。我實際推展思緒的過程中，經常自我詰問：如何去理解對象？如何理解對象的那些現象才是好的理解？有了理解如何去解釋對象？如何解釋才能證實這解釋是有效的？是否有其他的解釋方法更爲有效？我個人並非算命專家，我憑什麼解釋算命的行爲？個人亦非專業的話本小說撰述作家，我又如何去衡量他們在塑造小說人物時塑造的心態如何？以上種種詰問，是深受文化人類學影響的產物，如若按照這套嚴格的認識模式，必須花費巨大的篇幅來檢討「認知本體」、「意義外殼」和「象徵意義」之間的複雜關係。因此，這篇論文眞正的價值不在爲算命先生這個典型人物的意義下較完善的註腳，更希望自己透過文化的一個缺口（算命這個符號），進入深層的隱喩意義中，去發覺人類潛藏在深處的思惟。個人也因爲探索這個新課題，重新檢討自己的認識態度與知識結構，利用「算命」這把刺激的利刃，將對象的時空切割成段，再將之排列成新的文化成品，事實上是重整了自己的認識模式和知識結構。因此，我事實上是藉著想要發現話本小說中算命先生的本質，去挖掘作者如何塑造人物的心態，但仍舊必須回過頭來去尋找解釋人和自然關聯的途徑，在這一過程中我受文化人類學的影響是很大的。

二、從中國巫卜星相之存在看話本小說之應用

從甲骨卜辭可知遠在商代人民，凡大小事情均需請巫占卜，渴望知道未來是一種普遍的人性。《易經》事實上是一本專業巫師的占卜書。先秦以龜蓍卜爲主；漢代有雞骨卜；到晉代巫

師流行卦卜。至唐代敦煌出土了三套誘人的占卜書：《陰陽書》❸、《星占書》❹《烏占書》❺。另外敦煌民間問卦的風俗實情可見伯三八六八、伯四七七八《管公明卜要訣一捲》、伯三八〇三《占卜書》殘卷和伯三三九八《卜法》。從古代專門的卜官到現代卜人的完全民間化，有學者認爲是反對迷信運動所致❻，才完全走向民間化。唐代算命術飛速發展並確立了體系，李虛中、僧一行、桑道茂等人甚有影響，李虛中經韓愈《殿中侍御史李君墓誌銘》的宣傳，後人竟將李尊爲命理學家開山祖師❼。在算命的方法上，到徐子平所創的「四柱」法後，宋代開始大行天下，由於傳播得很快，算命已不僅是命理家的技術，連通儒學者也大多精於命理。❽元代崇尚算命風氣依舊，陶宗儀《輟耕錄》記載元富家子短壽之命卻因救一婦人而改運的故事，似乎已滲入了積德足以扭轉天命的思想。時至明代已抵一算命之高峰，命理相書如雨後春筍般湧出❾。有清一代算命術依然盛行不墜，加上紀昀、愈樾等人推波助瀾，社會上問命、研命、改命的風氣越熾，著作也競相問世。❿綜合以上文獻資料，似乎只看見一條隱隱的大流，而從事算命的人在大流中操持這些時代的相術著作爲需要知命的人服務。事實上完全不是這麼一回事，如果我們要想深刻的認識中國人如何地從事算命這件事情，就不能做憑著歷史流中冰山露頭的一角來判斷。那些潛伏在冰山角之下，屬於「隱諭」不可知的部份，不被記載的部份，才是中國人算命的眞相。在唐、五代，由於敦煌文獻出土的相書，使我們驚訝唐代卜卦的存在特質，⓫和相法、星法的複雜⓬，而眞正算命術的形成也就在唐代⓭，成熟期則在宋代。而宋以後是話本小說相當繁盛的局面，這些算命術也就自然而然的流入文人的筆尖，成爲話本小說的人物所共同關注的焦點。

由於本文不在探討中國相命術的眞相，只想探索話本小說中相命先生在整個虛構世界裡所產生的意義。自然不宜多費筆墨去評斷作者對相術的認知程度和塑造相命先生的合理性與否，然而僅憑上述簡單的算命歷史和粗略的敘述巫卜星相諸方術，自然不足以做爲吾人探討宋明以來話本小說中有關「算命」情節之文化背景，這是因爲民間相術的分類遠比一般文人主流相術要複雜多了，其術語和名相亦已成爲體系龐大的專業語言系統，每個專名又各有特定的內容，像宋代的算命術士稱「星翁」、「參照」；卜士稱「占人」；陰陽家稱「地仙」、「撥准」。明代纂經算命的叫「打卦的」、仙書的叫「相人」。明清之際的術語更多，甚至以隱語稱呼[14]。清代甚至將算命、相面、拆字諸事行當總稱爲「巾行」，分類更是細密[15]。這許多民間的分類，說明了算命這個行業所累積的民間智慧已經相當的複雜，而民間說話人或話本小說創作者生活在江湖之中，必須接觸到許多形式和內容不同的算命行爲，說話人在有意無意間將所見所聞的印象，融入所編的故事中。因此，研究話本小說中的算命行爲，若僅憑情節表面簡單的描述，想瞭解隱藏在背景裡的其他隱喻因素，是不可能掌握到這一個別行爲在這行業裡之眞實意義，或時代精神，因此費了一些筆墨在正文和附註中說明算命這行業的複雜性和分類情況。使得在探討話本小說人物時可以從中尋找出對應的符號。

至於中國爲何會「命相之術」愈趨發達，理由除了民眾對天命的窺測更有興趣外，預知天命，再進一步改運的「可能性」在民眾心中增加信度，客觀外在兵災、人禍、疾病，意外層出不窮，也是造成對未知命運產生強烈需求的心理因素。有需求自然就產生供應者，專業相師競相以誘人的姿態，出現在最熱鬧的市集，提供命運的指點，以換取衣食所需，同時也和同行在強烈的競爭中，取得某種妥協的平衡，這種局內人的關係網，一般局外人是不易理解的。況且窺探天命之術本身就帶著神聖性，從業人員大抵視爲不傳活命之本，對於一個說話人或話本小說撰述者而言，更是難以登堂入室以窺堂奧，所以吾人在檢視書中人物時，萬不可太認眞了，只宜當作是算命行爲的虛擬，不宜以命理之實際理論相責難。畢竟都是局外人，在虛構的世界裡挑剔虛構的命運，實在是沒有必要的行爲。只要對人物安排與命相過程描述得觀衆能懂，這要比賣弄專業知識，襲用大套術語要平實得多了。走筆至此，吾人似乎已釐清相命術本身是一種神秘難懂的專業技能，文人寫的是一回事，民間傳的又是另一回事，而話本小說作者所寫的相命描述，只爲了通俗敘述或閱讀方便，即便是作者眞懂得相術，也不可能花太多的文字去替一個虛構的人物實施「眞算命」。亦即是「算命」本身這件事或這個符號，在專業行裡、業餘人士眼裡、在作家心中和表現在作品中的「存在」意義，有著極大的不同，有此認識之後，吾人再檢視話本小說中有關職業相命家的時候，就不易引起認知上的某些誤解。

在話本小說中，最易發現的窺命現象就是表現在作者或說話人本身上，從入話的安排到回目的點題，無一不在表現說話人的全知全能和預知結果的獨特觀點。這種特性與職業算命人的靠術求解是不同的，說書人的全知是早已對腹書的熟透，故做姿態的透露端倪，以引起聽者觀者的興味，並非靠與天的溝通或用術的窺得，因此對話本小說作者的預知未來情節，不予以探討。

其次，在話本小說中作者塑造一些功能特異的角色，像《走馬春秋》全知全能的孫臏；《查潘鬥勝全傳》能知前因後果的瘋僧；《躋雲樓》的覺迷道人指點迷津；《回頭傳》的教鑼祖師，此外像《封神演義》的諸天神佛；《西遊記》的如來佛、觀音、悟空等等，都不能歸類在正常的算命先生行列，因爲在這些虛構的世界裡，能知未來過去的能力是變得相當普遍，反而使得命運顯出脆弱的態勢，無形中對人絕對的支配減低很多。這個部份的情節在話本小說中佔的比例很大，人物的神通不同，任意虛構皆可，故不在探討範圍。至於夢中指點、自我問卜，凡人不幸言中、爲目的喬裝卜者、廟中解籤、宗教點化都沒有涉及到命相的職業技能和交換行爲，執行者更非專業命相家。因此上述諸情節雖有窺天之實，卻非職業算命家所執行，於本文主題不符，亦在略去之列。

撇去以上情節，就只剩下專業的算命先生，以特定的場合爲故事人物解決命運上的疑惑，並收取報酬。當故事人物要求爲命運做某種調整時，算命先生有其個人的風格，拒絕或同意然後引起情節的變化，爲了在探索過程不致於重複，我已經經過初步的挑選，以九種類型來探討話本小說作者對算命先生的塑造。

第一，算命先生對求卜角色的態度，就是作者自己對筆下人物的評介，這以《金瓶梅》第二十九回〈吳神仙貴賤相人〉和第四十六回〈妻妾笑卜龜兒卦〉爲討論對象，作者完全不顧現實情理的評斷，值得吾人注意。反而吳神仙成了作者的傀儡，成了可憐的代言蟲。

第二，作者安排書中主角在無意間遇到相士，相過之後斷定必死之命，主角回家說與妻聽，遂被妻與姦夫利用，勒斃於家。算命先生居此地位，可謂相之準矣，亦害之慘矣。這一類型的故事甚具有反諷性。我選擇浦琳的《清風閘》第六回〈野飛雄教場賣卜、孫大理回家風鑑〉及第七回的〈大理河廳上喪命，小繼清風前妝瘋〉作爲探討的內容。

第三，作者在說故事前先點明行善可「化窮爲貴」的立場後，安排主角慕相士名去看相，以解家中多病之厄，相士以家中小僮，「相能妨主」。主角於是遣之。後被遣童子做善事改運，發跡後返拜主人，乃設計取笑相士，但被相士點破，指行善變相，非命相有誤。這類型故事，我擇《初刻拍案驚奇》卷二十一之〈袁尚寶相術動名卿，鄭舍人陰功叨世爵〉爲探討內容。

第四，彈詞小說的算命先生在內心刻劃上較爲細膩，將算命先生之苦境及當時較詳細的儀式幾乎是照搬一遍。彈詞小說之描摩人物欲求使觀衆身歷其境，因此在敘述上格外寫實。這一類型我以《三笑姻緣》第十七回〈卜詈〉爲探討內容。

第五，話本小說人物命原註定不好，被算命先生羞辱後，算命先生建議他改八字，遂顚倒八字另排五星運限，書於新紙之上。不料竟因此而改運，作者於故事之結尾不忘吹擂一段八字不是人改，還是天改的宿命觀點，但增加了行善積德能感動天心的說法。這個類型我舉《無聲戲》第三回〈改八字苦盡甘來〉做爲探討內容。

第六，小說作者藉算命先生的相術精準，展現作者自己對命理的認識深度。相命先生變得無關緊要，而是整個命理的過程是充滿內行的功夫。這類型我舉《紅樓夢》第八十六回〈受私賄老官翻案牘，寄閒情淑女解琴書〉中，算命先生解元妃八字的一段來討論。

第七，作者根據眞實事件，虛構一算命先生，命相不準卻連番誤人，致使主角一再犯錯，我以吳趼人的《九命奇冤》從第二回〈馬鞍街星士談星〉一直到第四十四〈講風水信口開河〉都是此類型算命先生的德行。而吳趼人的《瞎騙奇聞》更使得瞎編的算命先生落了一個慘死的下場。

第八，作者先立意要掃除迷信，再援例說明迷信之害，談及命理星相之部份，自然是對算命先生攻擊倍至，下場自是無話可說。全篇籠罩在批判的陰影裡，故事情節顯得呆板功利，這類型的作品我以壯爲的《掃迷帚》爲代表。作者已先存成見，因此故事寫來就一面倒。在這種話本小說裡的算命先生完全是挨打的對象。

第九，作者安排一職業算命先生爲人卜算，卻被他人所破，因而生怨，欲置他人於死地之複雜心態。此類型以《陰陽鬥異說傳奇》爲代表。這種算命先生可稱之爲善嫉惡毒的同行攻擊者。

綜合以上九種，大抵是話本小說作者對算命先生和算命行爲處理的不同方法，詳細分析將在第三段展開。

三、話本小說中「算命」符號之表層意義

在這一段裡，筆者將儘量描述話本小說中種種虛構情境中的算命現象，當我們想研究一個對象時，最簡單的方法就是不帶任何觀點，仔仔細細地觀察對象是如何存在的。現在欲研究算命先生和他的算命行爲，最緊要地就是如何充份認識算命過程的整個表層敘述意義。

爲何作者要安排故事人物以算命的行爲？這個行爲的安排意味著有新人物的加入，也就是算命先生。欲理解「爲何安排算命的情節？」大抵是主角人物遇到困厄或耳聞有靈驗之神算，

來。

激起窺探命運之念頭。亦有不少故事人物是在閒來無事，偶遇卦攤，被卦攤之招子吸引，因此進行問卜，引起新的情節。不論算命之動機爲何，最主要之關鍵在於「算命」本身具有相當神秘的吸引力，人物們足以藉此媒介而瞭解自己的命運，因此樂於花少數的金錢去理解自己的未來。

什麼人需要算命？算命是應供需問題所產生的行爲，有強烈的需求以後，才會有相對的供應者。需求者的需求慾望必須充份得到滿足後，才能完成供需的行爲。首先像《無聲戲》的蔣成最需要看相，他的八字太差，運道極厄，連算命先生看了相都不忍拿他的錢。這種人最需要算命。此外廣東木魚書《二荷花史》卷一〈問卜尋踪〉是主角在尋人；《拍案驚奇》卷二十一的王部郎因家眷不寧乃問卜以趨避；《金瓶梅》六十一回的西門慶爲染重病的李瓶兒算命。是一種盡人事聽天命的行爲；《三笑》十七回〈卜詈〉是唐府家人尋找唐伯虎而問卦；另有許多人只是爲了考驗算命先生的相術是否準確的無聊動機：《紅樓夢》八十六回元妃的排八字和《雪月梅傳》第三十回岑公子弟兄往水月庵試探江西星相先生，基本上就屬於戲弄性質的看相。此外，有很大比例的看相行爲是故事人物在偶然的機會，並非有意問卜，卻因此無意中之舉動，引起相當鉅大的情節變化，諸如《清風閘》的孫大理在教場無意的向相師野雄飛問卜，竟引來殺身大禍。綜視以上現象，大抵有兩個趨勢以解釋什麼人需要看相？其一爲有事要問者，其二爲無事找事者。對話本小說之作者而言，並無特定條件限制。

什麼樣的人物用來當算命先生？這是一種身份認定的探討，算命先生本身已是一種身份的符號，但是當我們欲探討這些算命先生用什麼形象從事專業算命工作時，就有很大的不同了。

像《廿載繁華夢》第十二回的相士志存，是華林寺的和尚；《聊齋誌異》第五十四回的相士是彈三弦的男瞎子；《幻中遊》第二回的相士曹奇，道號通玄子，又稱曹半仙，是打著天台山學道人的招牌行卜；《拍案驚奇》卷二十一的袁尚寶是神相袁柳莊的兒子，以嫡系眞傳作爲招攬。其他相士各有用世之法，大抵以授自名家神算妙法爲口號，而以怪異形象行走江湖，較能吸引顧客。

算命先生的形象如何？他又必須具備什麼條件才能招攬顧客上門？由於這是一門具有神聖性功能的行業，太過平凡的裝扮不易引人注意，因此，大多數的相士都有不俗的外觀。像《雪月梅傳》的相士江西眞鐵口是六十上下年紀、鬚髮斑白、骨格清癯。這是最簡單的描述，但亦最有效，他利用年齡白髮的信度，再加上骨清的仙風，來描述相士的成熟和不俗。《九命奇冤》的相士江西馬半仙，他「頭戴瓜皮小帽，身穿藍布長衫，外面罩著一件天青羽毛對襟馬褂，頸上還圍著一條玉藍綾子兒硬領。黑黑兒，瘦瘦兒，一張尖臉，嘴唇上留有兩撇金黃色的八字鬍子，鼻子上架著一個玳瑁邊黃銅腳方老花眼鏡，左手拿著一枝三尺來長的符旱煙管……右手掌著一柄白紙面黃竹骨的摺疊扇，半開不開，似搖不搖。」這種打扮即是爲了求「異」以吸引他人的注意，是生意包裝的一種手法。至於具有神性的算命先生，像《陰陽門異說傳奇》的周公，他的形象是：「頭扎三梁寇、八寶攢，身穿著皂羅袍，上繡蟒龍而如鍋底黑又亮，目如星星起毫光，端坐上面排八卦，賽過靈山一位神」。這段描述透露出民衆對於算命先生有「神性」的要求傾向。至於民衆對算命先生具備那些專業技能，一般是不會很在意的，民衆只在意這個算命先生算得準不準，而準不準的認定大多是憑口傳得知，僅有少數是與主角人物有某種程度的交往，譬如《混元盒五毒全傳》中的相士袁柳莊是書中人物謝白春父親的朋友，因此引起其他人看相動機。《無聲戲》中命運乖厄的蔣成，也是目睹其他衙役稱讚華陽山人相術極準，得了許多現實的利益後，自忖命差不如前去一試，這是標準的受人影響後前往算命的例子。《幻中遊》主角石茂蘭是聽說相士精準名聲，慕名前往後，親眼見卜所被裡三層外三層擁得水泄不通，更堅定看相的念頭。

算命的場合和儀式究竟是如何的進行？在話本小說中有許多描述是省略的，像《聊齋誌異》的瞎子算命、《雪月梅傳》的眞鐵口算命、《廿載繁華夢》的志存和尚、《紅樓夢》替元妃算命外省所薦的算命先生等，都是省略看相儀式及場合因素的。作者的用意只在藉算命之行爲，求得命運批斷的結果。因此不願在儀式和場合上多費筆墨。但亦有作者很詳細地描寫「場合」者，《幻中遊》相士通玄子的寓所擺設和對聯、畫軸等⑯，可以吸引名流雅士前去算命，至於那些附庸風雅之輩更是不在話下。至於在場上擺攤的設施則如《清風閘》野雄飛相士的陳設：「望見一個大篷子，下面是布褡的。有一張小竹桌子，上面擺了一應相書俱有。一張板凳旁有一招牌，上寫著：『流落江湖四十秋，全憑神相度朝謀。吉凶休啟憑君斷，禍福窮通各自由。石崇豪富范丹窮，運早甘羅晚太公。彭祖壽高顏命短，六壬俱在五行中。』」這是很簡單的基本陳設。《七子十三生》第八回在道觀「福貞觀」擺攤的算命先生，他的陳設更爲簡單，在殿旁有許多人圍著算命攤，「上邊一幅白布招牌，上寫飛雲子神相。……旁有條凳兩張。」是道觀內的臨時陳設；《雪月梅傳》第三十回的江西眞鐵口是在尼庵「水月庵」開業的，擺設極簡：「庵門外有個招子上寫著：『江西眞鐵口星相無差』。進得庵門……側首朝東三間客座，門上貼著『眞鐵口寓此』的條子。」可以推斷出算命先生的就業地點大致以鬧市、宗教場所或便於尋找的民宅，這「場地」的因素並非生意好壞的關鍵，最關鍵仍在靈驗消息能夠宣傳出去。

至於算命的儀式，話本小說的作者亦或簡或繁不一，繁者如《糊塗世界》卷之四相士張心齋整個課卦的儀式：「張心齋吩咐他裝香，點蠟燭，打水洗手。老五去整治好了，又點了三炷香，卻不插在爐裡，橫擔在香爐上，便過來招呼。伍瓊芳過去朝上打了三拱，自己默禱一遍下來。張心齋便走上去，也是打三拱，用手摸著那三根香舉起來，舉了一舉，便插到爐裡去，又用手摸著課筒，便搖起來。一面搖著，一面嘴裡念道：『天何言哉，叩之則應；神之靈兮，有感斯通。今有湖北漢陽府伍某，爲占疑難事，吉則告吉，凶則告凶，但求神應，莫順人情，伏希明示。』念完，便倒了出來，用手摸了一摸，又放到筒裡去。連搖了三次，又把課筒在香頭上轉了一轉，念道：『內象已成，吉凶未判，再求外象三爻，合成一卦。』念完，又倒了一次，便把課筒放在原處，袖著手走了過來坐下……。」接著又是一套套的問話術語，使求卜者感覺神聖氣氛籠罩下命運的解答似乎即將躍出。《三笑》裡的算命先生要先拜祖師爺，焚香謨拜後才祝禱：「天地無私，日月照臨，今有唐姓，有事干瀆。伏祈祖師，有凶見凶，無凶見吉。初爻見重，重上見赤，赤上見單，是爲離象。不動不變，再求外象。三爻合成，一卦交赤。赤是爲坤象。卦爲地火明夷，重變爻變單，爲雷山小過。……」從話本小說中描述儀式的文字，發現在卦卜的儀式較爲繁複，面相、測字、批八字等算命方式的儀式較爲簡略，且各類型的算命型式，幾乎都離不開相書。相書幾乎成了命理的聖經，明眼人可以將觀相的心得用相書的原則去推算吉凶，瞎眼的算師亦能憑著熟背相書，將聽來的八字，或摸骨，或摸面相等方式爲人算吉凶與流年。在話本小說中的算命先生大抵有一套獨特看相式，《清風閘》的野雄飛先看相，再看五行，要求卜者咳嗽一聲，前走三步，後走三步，兩斷吉凶。《海公小紅袍》第十三回的陳爺假扮相士爲人相命，請被相者左手一看、再請行步。與上述情節相同。有些算命先生甚至不需開口，即能斷人吉凶禍福，《幻中遊》的通玄子屬於這類人物。

至於算命先生批算的結果，所表達的語言模式，才是求算都和研究者最關注的焦點，以下筆者打算按照前述九種類型，探索該類型算命之表層意義與反映出來的裡層結構意義。

第一類型的卜者，幾乎是作者的替身，《金瓶梅》作者利用了吳神仙替西門慶相了個「不少紗帽戴」可惜「不出六六之年，主有嘔血流膿之災，骨瘦形衰之病」；李瓶兒是「三九前後定見哭聲」；潘金蓮是「人中短促，終需夭壽」；孫雪娥的「一生冷笑無情，作事機深內重」；春梅則「山根不斷，必得貴夫而生子；兩額朝拱，主早年必戴珠冠」。這種用語基本上是不會出現在眞實社會算命先生身上的，所以有這種強烈批判性的字眼，完全是作者對故事中人物存著相當主觀的情緒反應，有意利用來暗示重要人物的命運，卻忽略了塑造一個職業算命先生的專業特質。

第二類型的算命先生是整個故事製造事端的關鍵，《清鑾閘》的相士野雄飛若不告訴主角孫大理：「行人如醉酒，難過明日丑。」斷其必死。大理乃回家告訴孫強氏，引起強氏殺人動機，乃在時限內縊死大理。這個故事中的算命先生表現出只能知命，不能解運的特質，這樣的算命先生帶給命運不吉者永遠是無解無助的恐懼，對於這類型的算命先生而言，算命只是增加生命的負擔而已，不如不算。野雄飛若是相術不精，胡下斷言，則孫大理的多言而亡，完全是他害死的，於此，可知算命先生的命相結論，對一般民衆是有很大的信服力的，孫大理的死亦有可能是命不該死，遇相士而遭讖遂「不幸言中」。

第三類型的算命先生像《拍案驚奇》的袁尚寶，他的相術可稱十分精準，不但能相人之厄運，更能建議求算者趨避之道。所相之小僮，因行善積陰，改變命運，終能發跡有成，返回欲戲袁尚寶，卻被一眼視破，充份展現算命先生的眞才實學。袁尚寶相師的這一個類型是屬於替求卜者解運，卻不替其他人排解困厄。帶著濃厚的功利色彩，也許這類型算命先正是眞實人生的寫照。

第四類型是屬於方言性的算命先生。《三笑姻緣》的算命先生基本上是過得很窮困的生活，作者安排這個算命先生角色的時候，已塑造他成爲靠欺哄以謀生的人，由於他的卦常不準，因此上門者少，生計難度，他自禱祖師爺能降下靈卦，以改善生活。這類型的算命先生是很值得人同情的。

第五類型是很特殊的算命先生類型。《無聲戲》的算命先生華陽山人替蔣成看八字時，發現蔣成八字奇差，他不想算也不想收蔣成的錢，弄得蔣成啼哭起來，山人沒辦法只好用「改八字」的建議哄騙蔣成，寫了新八字給蔣成。未料這紙竟起作用，改變蔣成一生運道。此類型算命先生基本上仍秉持「天意難改」的觀念，對求卜者雖無實際的法術可施，卻充滿了人類的關懷，「改八字」雖屬荒謬，終歸善意，在事實上解不了迷讖時，仍能給予求卜者心理安慰，是屬於很有同情心之算命先生。

第六類型是《紅樓夢》八十六回對元妃八字的分析，書中相士連名字都不具，只是曹雪芹藉以展示他精通命理的才華，他用了相當的篇幅形容元妃的「飛天祿馬格」，因此有精研相術的學者⑰按元妃八字覆算之後，斷定曹雪芹是相當懂得命理的，而這類型的相命先生角色最是可憐，連個名稱、別號都沒有，只做了作者發揮命相的替身，而面目五官是完全模糊的。

第七類型算命先生是屬於相命不準，卻又巧言替人相命的角色。《九命奇冤》的馬半仙完全是看人說話，極盡欺騙造假之能事，使得愚笨的主角一再犯錯，種下犯罪之因，而馬半仙在所斷不準之情況下，欺騙主角是風水所限，更引起一連串的凶殺命案。這類型之算命先生是具有巧言令色，見風使舵之本事，是否害人他不管，只計是否有收入。《瞎騙奇聞》的算命先生，因騙送命，自食其果。

第八類型的算命先生是屬於最無力感的角色。像《掃迷帚》的作者「壯者」，他在小說開端處已大聲疾呼破除迷信，他所塑造的算命先生則完全活在爽弄迷信的陰影中，一個瞎眼的算命先生任鄉人狂毆毒打，不開口、不問手，幾乎被打死。這類型算命先生被作者有意展示最狼狽的部份，只是個反面教材的工具而已。

第九類型是算命先生在爲人相命時，是表示爲民解困，但是當有同道能改變自己的命象結果時，卻現出了野獸般殘忍的面貌，欲置同行於死地，對求卜者的生死是漠不關心，他所關心的，只在求得自己維護卦象的準確。《陰陽鬥異說傳奇》本是一個神話故事，但主角的周公是以職業算命先生用世，他只斷人必死，當桃花女救人一命時，周公卻千方百計欲殺桃花女，這敘述的表面彷彿是神仙鬥法，事實上可以看出算命行業的彼此競爭和相害。這一類型的算命先生只關注卦象的準確和自己的聲譽，對於求算者的態度只當做是利益交換者，而對於多管閒事，破壞他卦斷的同行，則是趕盡殺絕。

粗略地將算命先生分成九類，只是個人草率的看法，一定仍有遺漏的部份。吾人從這許多類型去觀察「算命先生」這個符號，似乎在小說話本中有許多超現實的意義，這些書中人物事實上和現實人生裡的算命先生是不同的，我想留到下段再做普同性的探討。至於典型性的可能已被我的分類打破了，除非是建立了包括這九類型的典型。

四、「保持與覺醒」：對命運塑造的奢望

中國人似乎一直潛藏著對天命的畏懼，始終相信有一條冥冥的命運之路擺在每個人的面前，雖然有許多人在意識的表現是反對命運的存在，但誰又能證明在潛意識裡沒有命運的陰影。寫這一篇文章，我一直在提醒自己，是在探討話本小說中虛構的一個角色，並不是在談算命先生和人生的關係。或者算命先生的理論究竟代表什麼意義。事實上要經常保持一個清楚的立場是很不容易的，儘量不要把虛構的情節當做眞實事件來批判，要穩定自己的認知，以觀察這些話本小說表層敘述的重點在那裡，作者的敘述立場又在那裡？當清楚地將這些表層現象詳細分類以後，又能提出什麼深層的看法？我打算用「保持」與「覺醒」這兩極的態度來解釋話本小說的作者，在面對塑造算命先生這個角色以執行情節中的窺天行爲時，有的採取了頑固的「保持」態度，以維護一向天命不易，相士鐵口的立場。另一作者則採激烈的「覺醒」姿

態，將算命當做迷信，視相士爲神棍。這兩種極端的態度事實上都只是片面的視角，每一種類型就介在其間搖擺。就算命先生的性格塑造，是可以有無限的空間，有無數的描述字眼可以表達這個人物的個性和思維。然而，不幸的是：算命先生在中國話本小說中大多只是作者撥弄命運的工具而已。表面的現象似乎是中國讀者比較關心算命先生說出來的話，而不是去關心算命先生爲什麼說這些話，他爲什麻能說這些話？他說了這些話心裡反應是什麼？他無力幫助求算時內心是否有悸痛？能夠將創作焦點置於此處時，作者才開始瞭解以往輕慢的浪擲這個角色是多麼可惜的事。從尊重自己筆下塑造的人物做爲認識開端，檢討作者在創作過程中對命運處理的態度，在「保持」和「覺醒」的兩端中，究竟要在何處定點。有了明確的立場以後，再考慮以時間流順序推進的命運該如何布置，時間上每一個點的空間選擇和隱喻取捨足以使故事的含義深刻、人物生動，終能清楚地完成一本作品。這要比傳統話本的觀點常跳躍不定是進步多了。

有些傳統話本小說的作者表現出對命運的反動，企圖用作者完全操控的態度打擊迷信，或者利用算命先生對命運的改變能力，來說明因果關係或勸人爲善。都只是表面的現象，這些作者在下意識裡對命運的態度仍是相當「保守」的，也許這根源於自古以來中國人對命的原始思維。

事實上從明清的通俗話本中，可以讀到許多宿命觀點的暗示，在描寫算命先生時，依循著一條從古遺留下來敬天畏天的古老心裡，對這執掌神聖性窺天行爲的人，是保持著相當的敬意。但隨著文明的躍升，神聖性逐漸衰退，世俗功能卻逐漸加強，在專業卜官轉變爲民間卜人的時候，也許就出現許多欺騙者或技術不足者，等到算命行業在明清兩代大肆泛濫後，有識之士又大聲疾呼：命運不可信。這其間最大的差異是「話本小說的內容」，而不是眞實人生是否相信算命的事實。沒有改變的部份是在每一個人的內心深處，包括現代作家，仍潛藏著對命運窺探的好奇心。

這篇文章並不能眞正深刻分析算命先生究竟在話本小說中的時代意義，但是藉著這個人物來檢討讀者、作者和角色人物之間面對命運的立場問題，重新檢討舊有的作品，似乎隱隱間對未來新作品的創造有了新的思想觀念。這也似乎是我個人的奢望，希望能夠提供創作者更多的思考空間，對將來作品的命運結構，有更多的發揮。

五、結　語

算命先生生命的基調是具有詩性人物性格，他始終保持著原始思維中與天溝通的特質，同時也具有運用詩般的咒語或歌訣進行儀式的能力。不管他用什麼方式與天溝通，他必須有令民間人們滿意的結論。否則換不到所需的生活物質。由於天意究竟如何？無人能準確驗證，只要供需雙方都滿意就是完成交易了。在人間的眞假和在話本小說中的眞假，都不足以彼此說明這兩個世界對命運處理的態度。最關鍵者仍是在寫話本小說的作者，他如何塑造算命先生在「天命不易」和「天命靡常」的矛盾中，取得觀衆的「信賴」。或開拓出一條新的創作路徑。

算命先生是很特別的身份和職業，他和「先知」似乎具有相同的能力，他必須學會如何用術和天溝通，又必須學很具韻文性的儀式咒語，更須精於命相理論，外表要保持與衆不同的「不俗」，又必須具備接受批判的勇氣，因此，我認爲他具有詩性的人物性格。

在文章結尾處我要深刻的檢討我這一次思維的性質。我是如何去理解對象？我採取文獻學上的扒梳摘取，然後儘可能廣泛閱讀有關中國算命的歷史，但由於時間有限，我對命象的認識仍是膚淺的。在理解算命先生在話本小說中那些描述才是我要的，才是對研究有幫助的，我實在不能說掌握了什麼，只是在大量資料中把算命先生一一請出來，立正站在一起，然後選出可以當代表的加以介紹而已。當我挑好代表並有了歸類後，最痛苦不過的是：斟酌如何用最有效的字眼去解釋這些算命先生所代表的意義，在上文的諸般解釋都是在匆忙中做出來的，我相信讀此文的先進一定會有更好的解釋方法，能更有效的解釋我所提出來的現象。尤其是我並非命理學家，亦非小說話本作家，從事這種高專業性角色的詮釋，實在是很危險的舉動，但是我非常感謝林保淳兄鼓勵我寫這篇文章，並且提供我大部分珍貴的資料，才能有一次嶄新思索的機會。對於如此一次思想的訓練和認識系統的檢討，我唯一的結論是：「不要再講，不要再產生理解別人的念頭。」

註釋

❶ 結構主義大師李維斯託（C. Levi-Strauss）曾指出：「人類文化的普同性只存在於結構的層次，而從未存在於表象的層次。」

❷ 維柯《新科學》人民文學出版社，一九八七年。維柯認爲凡神話的精華在於神話產生了詩性人物性格，聯繫到典型研究對人物性格的關注，我們會發現人物性格本身具有著多麼豐富和深刻的內涵，它決非類型的共性和個別的個性的某種方式的摻合、相加或相生。在維柯提出的詩性人物性格中，有一個重要前提，即創造了這些詩性人物性格的「作家」—質樸而單純的初民們，天生的詩人們—是沒有任何推理能力的。因此，這些詩人們無法把事物的具體形狀與屬性從事物本身中抽象出來，所以詩性人物性格的獲得絕非是詩人們經過概括、上升後獲得的，而是按照當時全民族的思惟方式創造出來的。

❸ 見斯六一九六《陰陽書》殘卷。

❹ 見伯二九四一《星占書》殘卷。

❺ 見伯三四七九《鳥占書》殘卷。

❻ 高國藩《敦煌古俗與民俗流變》頁五：「時代越往後，卜人的官方色彩逐漸地消逝。」這是從漢代開始轉變的，因爲在周代時期已有人反對卜筮之迷信活動了。「武王伐紂，卜筮之逆，占曰大凶。太公推蓍蹈龜而曰：『枯骨死草，何知吉凶？』」（《論衡·卜工》）所以到漢代卜筮漸不爲官辦，而代之以民間的「卜工」，《後漢書·董宣傳》云：「（公孫）丹新造居宅，而卜工

以爲當有死者。」到中古時代敦煌的卜人已經完全代之以民間的卜卦先生了。」

❼ 李虛中《命書》以出生年、月、日天干地支對一個人一生吉凶禍福的推測法，比東漢王充那一套要細緻多了，但還不能形成完整體系，經五代，宋初人徐子平的「四柱」推算法，才正式進入完備階段。

❽ 宋代文人信命之記載較之前代有增加之趨勢。蘇軾《東坡志林》曾述韓愈以磨蝎爲身宮，而東坡本人則「磨蝎爲命，平生多得謗譽，殆是同病。」王辟之《澠水燕談錄》記載澠州三靈人程惟象幼遇異人傳授命相法要訣，後來相人貴賤壽夭極準，當時人張宣徽，問他一個丁酉人命，他答以：「天賓星行初度，不當作內臣，壽數五十四歲。」後果如其言。釋文瑩於《玉壺清話》中提及一則瞎子算命之事，言及瞎子劉童子，擅長《聲骨及命術》，荆南人夏侯正向他求教，劉告以將來必定及第，並有清職，收入除薪俸外，尚有百金橫財。只可惜有了橫財，壽數就終了。後皆一一應驗。以上記載反應宋代讀書人基本是信命的，甚至明顯帶著濃厚的推崇命術的傾向。

❾ 宋濂寫《祿命辨》總結命理學歷史淵源；《滴天髓》託名劉基；沈孝瞻的《子平眞詮》、萬育吾的《三命通會》、張神峰的《神峰通考命理眞宗》等爲有明一代之代表。

❿ 主要著述有陳素庵《子平約言》、《滴天髓輯要》；任鐵樵的《訂正滴天髓征義》；以及無名氏《攔江罔》（後改名爲《窮通寶鑑》）。

⓫ 由於卜卦先生知識水準高低不平，所寫的卦詞水準一般不高，比歌謠要差多了，大多爲混飯吃的工具。（高國藩《敦煌古俗與民俗流變》頁二十七，結論之看法。）又從伯三八六八《管公明卜要訣》的八吉卦，四凶卦來看，很合乎人們花錢聽好運的心理，因此卦的安排也做了功能性的調整，但爲了抓住人民恐懼命運的心理，在伯三八六八《占卜書》殘卷留下的一條半凶卦裡，竟綜合了人生許多不吉之事：1.妻妾火拼；2.遠行不通；3.讒言交狂；4.失爵；5.失財；6.

病者難癒；7.論訟無理；8.孤獨；9.忽遭沒溺等等。使後人可以清楚地理解中國唐代人們對命運的恐懼焦點，和他們強調卦詞內容，卻不重視易的符號象徵。

⑫ 敦煌民間相書有九卷：伯二八二九背面；斯三三九六；斯五九六九；斯五九七六；伯三三九○；伯二五七二；伯二七九七；伯三四九二；伯三五八九。共有九個殘卷《相書》，除第一篇已佚外，只剩三十五篇：2.相軀幹；3.相五官；4.相六府；5.相面；6.相髮；7.相額；8.相眉；9.相眼；10.相鼻；11.相耳；12.相人中；13.相唇；14.相口；15.相齒；16.相聲；17.相舌；18.相頤頷；19.相玉枕頭；20.相背胸臆；21.相心脇腹；22.相奶肚臍；23.相王莖袋器；24.相脾器；25.相腳踝；26.相行步；27.相臂手；28.相毫毛；29.相人面部三亭；30.相男子；31.相女子九惡；32.相額紋；33.相手掌紋；34.相腳足下文；35.相人面色；36.相婦人背痣。可以說從頭至腳皆可看相。至於《星占書》則有七曜告凶避忌的條項：1.七曜日忌不堪用等；2.七曜日得病望；3.七曜日失脫逃走禁等事；4.七曜日生福祿刑推；5.七曜日發兵動馬法；6.七曜日占出行及上官；7.七曜日占五月五日直。（見伯三○八一《七曜星占書》）。

⑬ 在占卜、看相、五大方術（干支、五行、四時、五方、生肖）充份流行之後，逐漸成熟而形成約定俗成的一個命象系統。敦煌《占卜書》已經具備了算命術的基本特點，反映的是算命術剛剛從占卜形態中獨立出來的一種算命術初級的形態。若結合吐魯番出土文書來看，這種結合十二時人命相屬法，似乎在唐代前期已經產生並有了相當的發展，所以在唐憲宗時代出現的李虛中算命術就是很可理解的事了。

⑭ 從隱語系統可以了解中國民間相算之分類已達相當精細的地步。諸如相面爲斬盤、審囚；不語相爲嘿斬、啞黨；算命爲梳牙；抄命爲剪牙；以雀算命爲梟梳，禽推；彈琴算命曰柳牙；推流年爲擠丙子；瞎算命爲念梳；龜算命爲袱包子、蔡梳；灼龜爲燒青煙；量手指爲骨梳；看三世圖爲

番梳；起數爲暈考；丟銅皮爲元片；各色起數爲牽絲；起課爲烹玄；打君知爲闖友；勘輿人爲斬葫蘆；穿山甲等。

⑮ 清代江湖上將相面、拆字、算命等歸入「巾行」。文王課爲圓頭；六壬課爲六黑；批張算命爲八黑；測字總稱小黑；隔夜算命爲代子巾；銜鳥算命爲追子巾、雀巾；量手算命以草糧者爲草巾；量手算命以繩量者爲量巾；敲鐵板算命爲灣巾；彈弦子算命爲柳條巾；拉和琴算命爲夾絲巾；在廟裡或賃屋相命爲挂張；廟內挂張爲陰地；賃屋挂張爲陽地；不開口相面曰啞巾；站在牆邊門首相面爲搶巾；在地上測字爲硯地；板上墨畫測字爲混板；在桌上測字爲橋梁；走茶館測字爲踏青；板上藍畫測字爲藍板；祝由科畫符爲于頭子；畫符而用火爐燒鐵條爲三光鞭；畫符能知病緣者爲叉李子；走鄉送符取義爲劈斧頭。至於有許多通俗的術語，因爲民衆的喜愛被編成相聲廣爲傳播，像單口相聲段子《邵康節測字》、《測西字》、《賽諸葛》、《小神童測字》、《求一毛》、《巧測字》、《小神仙》及對口相聲段子《揣骨相》、《相面》、《怯相面》、《瞎子算卦》、《抽簽兒》等，段段都有很珍貴的算命行業的常識和術語，說明這些內容是民衆耳熟能詳或愛聽樂受的說唱段子，可以提供我們研究通俗文學或命相專題時之參考。

⑯ 《幻中遊》第二回主角抵相士家「果然有個招牌上寫通玄子寓處五字……房前一廈甚是乾淨，往裡一看，後簷上放著一張桌，上面擺著三事，前邊八仙桌一張，擱著幾本相書，放著文房四寶，牆上掛一橫匾寫著「法宗希夷」四字。旁邊貼一對聯，上寫道：「心頭有鑑斷明天下休咎事，眼底無花觀遍域中往來人。」進了內屋但只見「前簷儘是亮窗，上下放著一張四仙小桌，對放著兩把椅子。北山上鋪著一張藤床，床上放著鋪蓋。後簷上掛著一軸古畫乃張子房圯橋進履圖，兩邊放著兩張月牙小棹，這桌上擱著雙陸圍棋，那桌上放著羌笛牙板。」可以從擺設看出這算命先生是極爲清雅的人。

⑰ 請見《中國古代算命術》洪丕謨、姜玉珍編，時報文化出版社，頁二四六～頁二四八。

引用書目

1.《上海黑幕一千種》佚名，收廣文書局「中國近代小說史料彙編」，一九八〇年三月初版。
2.《中國古代算命術》洪丕莫、姜玉珍編，時報文化出版社，一九九〇年五月初版。
3.《權力結構與符號象徵》亞伯納・柯恩著，宋光宇譯。金楓出版社，一九八七年四月初版。
4.《巫術科學宗教與神話》馬林諾夫斯基著，李安宅編譯。上海文藝出版社，一九八七年十二月影印本。
5.《現代英國民俗與民俗學》瑞愛德著，江紹原編譯。上海文藝出版社，一九八八年三月影印本。
6.《心理學與民俗學》R．R馬雷特著，張穎、汪寧紅譯，山東人民出版社，一九八八年八月。
7.《中國民俗探微敦煌巫術與巫術流變》高國藩著，河海大學出版社，一九九三年三月。
8.《敦煌古俗與民俗流變》高國藩著，河海大學出版社，一九八九年十二月。
9.《中國鬼文化》徐華龍著。上海文藝出版社，一九九一年九月。
10.《風俗的起源》楊槩編。上海文藝出版社，一九八八年十一月。
11.《中國古文化的奧秘》馬天瑜、周積明著。湖北人民出版社，一九八六年十二月。

12. 《中國認識論史》姜國柱著。河南人民出版社，一九八九年七月。
13. 《中國哲學概論》余雄著。源成文化圖書供應社，一九七七年。
14. 《破除迷信全書》羅運炎著。見《中國民間信仰資料彙編》王秋桂、李豐楙主編，學生書局一九八九年十一月。
15. 《小說閒談》（四種）阿英著，上海古籍出版社，一九八五年八月。
16. 《古小說簡目》程毅中著，中華書局，一九八一年四月。
17. 《晚清小說研究概說》袁健、鄭榮編者，天津教育出版社，一九八九年七月。
18. 《晚清小說史》阿英著，中華書局影印本，原爲一九三七年五月商務印書館出版。
19. 《明清小說理論批評史》王先霈、周偉民著，花城出版社，一九八八年十月。
20. 《明清小說序跋選》杜云編，廣西人民出版社，一九八九年八月。
21. 《古本稀見小說匯考》譚正璧、譚尋著，浙江文藝出版社，一九八四年十一月。
22. 《中國章回小說考證》胡適著。實業印書館一九四二年原版，一九八二年二月上海書店複印重版。
23. 《中國古典小說人物審美論》嘯馬著，華東師範大學出版社，一九九〇年六月。
24. 《金瓶梅中的青樓與妓女》陶慕寧著，文化藝術出版社，一九九三年三月北京第一版。
25. 《命運的奧義》王溢嘉著，野鵝出版社一九九四年三月。
26. 《金瓶梅描繪的世俗人間》張國風著，書目文獻出版社，一九九二年十二月出版。
27. 《孔尚任與桃花扇》洪柏昭著。廣東人民出版社，一九八八年四月出版。

28.《小說書坊錄》韓錫鐸、王清原編纂，春風文藝出版社，一九八七年十一月出版。
29.《戲曲小說書錄解題》孫楷第著。人民文學出版社，一九九〇年十月出版。
30.《典型結構的文化闡釋》陸學明著，吉林教育出版社，一九九三年二月出版。
31.《古小說論稿》談鳳梁著，浙江古籍出版社，一九八九年二月。
32.《中國小說美學》葉朗著，天山出版社，一九八二年。
33.《剪燈新話與傳奇漫錄之比較研究》陳益源著，一九九〇年七月，學生書局出版。
34.《覺世名言十二樓》等兩種，李漁原著，崔子恩校點，江蘇古籍出版社，一九九一年十二月版。
35.《恨海、痛史、九命奇冤》吳研人著，桂冠圖書公司，一九八四年九月二版。
36.《七子十三生》姑蘇桃花館主人唐芸洲編。光緒卅四年孟夏上海書局石印本。
37.《中國通俗小說總目提要》江蘇省社會科學院明清小說研究中心編，中國文聯出版公司一九九〇年北京出版。
38.《古典小說版本資料選編》朱一玄編，人民出版社，一九八六年八月版。
39.《海公小紅袍》佚名，上海古籍出版社《古本小說集成》據北京圖書館分館藏道光十一年（一八八二年）廈門文德堂刊本影印。
40.《清風閘》浦琳。上海古籍出版社《古本小說集成》根據吳曉鈴藏本。敘原缺，據道光元年華軒齋刻本輯補。
41.《回頭傳》佚名。上海古籍出版社《古本小說集成》根據北京大學圖書館藏清文聚齋本影印。

42.《幻中遊》煙霞主人編次。上海古籍出版社《古本小說集成》根據日本東京大學藏「本衙藏板」影印。

43.《雨花香》石成金撰。上海古籍出版社《古本小說集成》根據上海圖書館藏雍正刊本影印。

44.《通天樂》石成金撰。上海古籍出版社《古本小說集成》根據上海圖書館藏雍正刊本影印。

45.《韓湘子全傳》楊爾曾撰。上海古籍出版社根據九如堂底本校補以人文聚本影印。九如堂刊於天啟三年。

46.《永慶升平前傳》姜振名、哈輔源演說，郭廣瑞撰著。荆楚書社一九八八年一月出版。原刊爲光緒十七年刊本。

47.《陰陽鬥異說傳奇》佚名。上海古籍出版社根據浙江圖書館藏同治刊本影印。

48.《糊塗世界》吳研人。中華書局據光緒卅二年上海世界繁華報館印行之線裝本排印。收於《晚清文學叢鈔・小說二卷（上冊）》一九六〇年五月一版。

49.《瞎編奇聞》吳研人。中華書局據《繡像小說》第四十一至四十六期排印，（一九〇四年）。收於《晚清文學叢鈔・小說二卷（上冊）》一九六〇年五月一版。

50.《掃迷帚》壯者撰。中華書局據《繡像小說》第四十三至五十二期（一九〇五年）。收於《晚清文學叢鈔・小說一卷（下冊）》一九六〇年五月版。

51.《廿載繁華夢》黃小配撰。中華書局據光緒乙巳（一九〇五）香港《時事畫報》連載本景印。收於《晚清文學叢鈔・小說卷三（下冊）》一九六〇年五月。

52.《話本小說概論》胡士瑩著。丹青圖書公司一九八三年五月版。

53.《雪月梅傳奇》陳朗著。蘿暐整理。黑龍江人民出版社根據乾隆朝德華堂藏版為底本，參校申報館本重排而成。一九八六年八月出版。

54.《三笑》吳毓昌撰。上海古籍出版社依光緒四年重刊本重排。曹中孚整理，一九九〇年四月出版。

55.《女仙外史》呂熊撰。岳麓書社以釣璜軒本爲底本，文衡標點，一九八七年九月出版。

56.《二荷花史》愛蓮主人撰。薛汕校訂。文化藝術出版社根據丹桂堂《新刻評點第九才子二荷花史》的影本，參照五桂堂仿刻本訂正。於一九八五年九月出版。

57.《三春夢》薛汕據汕頭馬風所提供之鈔本與陳曙光之石印本《三春夢》補配修訂。書目文獻出版社一九八五年版。

58.《眞金扇》章禹純主編，黑龍江人民出版社，一九八九年二月。

59.《笑史》馮夢龍編。春風文藝出版社據王利器先生藏明閶門葉敬池本校點，於一九八九年三月出版。

60.《新笑府》王作棟整理。上海文藝出版社，一九八九年六月出版。

61.《中國傳統相聲大全》馮不異、劉英男主編。文化藝術出版社，一九九三年四月出版。

62.《拍案驚奇》凌濛初原著。劉本棟校訂。三民書局，一九九二年九月三版。

63.《紅樓夢》曹雪芹著。饒彬校訂。三民書局，一九七三年二版

64.《中國民間秘密語》曲彥斌著，上海三聯書店，一九九〇年八月。

65.《敦煌民俗學》高國藩著。上海文藝出版社，一九八九年十一月。
66.《小說叢考》錢靜方著。長安出版社，一九七九年十月。
67.《中國小說敘事模式的轉變》陳平原，上海人民出版社，一九八八年三月。
68.《彈詞敘錄》譚正璧、譚尋編。上海古籍出版社，一九八一年七月出版。
69.《文化人類學十五種理論》綾部恆雄編，國際文化出版社，一九八八年北京版。
70.《列維・斯特勞斯》埃德蒙、利奇著。王慶仁譯。北京三聯書店，一九八五年六月版。
71.《批評的諸種概念》R・韋勒克著，丁泓、余徵譯，四川文藝出版社，一九八八年一月。
72.《鏡與燈》（浪漫主義文論及批評傳統）M.H.艾布拉姆斯著。北京大學出版社，一九八九年十二月。

論戲曲劇本中的演員

——以詞曲系戲曲爲範疇

林鶴宜

前言

隨著戲曲劇場藝術的受到重視，近年來有關戲曲舞台組織和活動的研究論著陸續被提出。做爲古典戲曲演出者的戲曲演員，他們站在與觀衆實際接觸的舞台前端，完成戲曲最具體的創作，自然也成爲研究的重點所在❶。歷代筆記和曲品、曲論中，頗不乏演員表演技藝的記錄。然而，在傳統中國「娼、優不分」，一概視之爲「風塵賤隸」的現實社會裡，戲曲演員爲了換取衣食，實際上面臨的是極端惡劣的處境。他們如何嚥下辛酸，抵抗種種侮辱和誘惑，忍受心靈的摧殘，來追求自身的理想和幸福？他們又如何看待自身所從事的戲曲演出？所有這一切，只有在戲曲文學裡才得到有血有肉的呈現。

中國傳統戲劇係以唱曲，結合舞蹈和其他技藝，來搬演故事，故稱「戲曲」。中國戲曲浩如湮海，各地方聲腔、劇種繁多，口頭流傳的劇目尤不可勝數。本文以詞曲系劇本爲範疇，試圖從這一最接近戲曲演員的文學形式中，尋求戲曲演員生存的面貌。

在古代，由於粉墨登場的戲曲演員和賣淫的娼妓同隸「樂籍」，因之總是被混爲一談。事實上，他們之間是存在著本質上的不同的！本文首先要釐清兩者的關聯和差異；接著，論述戲曲劇本中演員「藝與色」的造型及其對情節進行模式的影響。再者，從戲曲劇本中對演員艱辛遭遇的描寫及品格的呈現，窺探不同時代市井風貌的轉變及劇作家對戲曲演員的觀照。最後，從故事的結局，也就是演員的下場，探察其背後的現實意義。

現存古典戲曲中，專寫演員故事的劇本，主要包括：宋元無名氏《宦門子弟錯立身》戲文、無名氏《藍采和》雜劇、明初周憲王朱有燉《復落娼》、《香囊怨》、《桃源景》、《蘭紅葉》等雜劇、明末清初李漁《比目魚》傳奇、明末清初桃渡學者《磨塵鏡》傳奇及清末楊恩壽《桂枝香》傳奇[2]等。除了上列專寫演員故事的劇本之外，有些妓女劇中，娼妓爲了展現才藝，取悅客人，也有擅演戲曲者，例如：元代喬夢符《兩世姻緣》雜劇、明代無名氏《玉環記》傳奇、陳與郊《麒麟罽》傳奇、馬佶人《荷花蕩》傳奇、清代孔尚任《桃花扇》傳奇等；還有些劇本，雖不是描寫演員或妓女故事，但偶而也出現演員腳色，例如：明沈璟《假婦人》雜劇、清李漁《奈何天》傳奇等。凡以上種種，都在本文討論的範圍之內。

本文著眼於戲曲演員的「專業性」，一反過去視一切娼妓爲演員；或視一切演員爲娼妓的研究方式，在材料的選取上，刻意過濾掉與戲劇演出不相關的描寫，將關注的焦點，更精確地集中在戲曲演員身上。因此，對於有些劇本出現「劇中劇」，例如：明雜劇《袁氏義犬》、《

同甲會》、明傳奇《一捧雪》、《貞文記》等等；有些劇本描寫非戲劇演出的說唱藝人故事，例如元無名氏《貨郎旦》雜劇、清唐英《女彈詞》雜劇等；以及數量頗豐的大多數妓女劇，由於無關演員的描寫刻劃，或與戲曲演員性質有所不同，並不在討論之列，這是事先要加以說明的。

一、古代戲曲演員的出身與社會地位

最早的時侯，「優」和「娼」本來是沒有分別的。《說文》對「優」的解釋是：「饒也。一曰倡也。」；對「倡」的解釋是「樂也。」；對於和「優」有關的「俳」字解釋則是：「戲也。」段玉裁在「俳」字後有一段注解，說：「以其戲言之，謂之俳；以其音樂言之，謂之倡；亦謂之優，其實一物也。」

《說文》裡還沒有出現「女」字旁的「娼」字，因爲表演音樂歌舞的樂人男女皆可擔任；而「戲」指的也不是「戲劇」，而是「戲謔」、「戲弄」的意思。換言之，在早期，中國正式的戲劇尚未形成；娼妓賣淫也還沒有發展爲較普遍的職業[3]。因此「優」和「娼」無論名稱或實質上，一直是混同的。他們或提供戲謔、或提供音樂和歌舞表演來娛樂人，有時也以「色」來取悅於人。

無論優或娼都隸屬「樂籍」，稱爲「樂戶」。「樂戶」之名始見於南北朝《魏志・刑罰志》：

> 孝昌以後，天下淆亂……京畿群盜頻起，有司奏之嚴制諸強盜。殺人者首從皆斬，妻子同籍爲樂戶。其不殺人及贓不滿百匹，魁首斬，從者死，妻子亦爲樂戶。

樂戶的名稱雖至北魏始見，其制度當可往上推至春秋。《左傳·襄公二十三年》就記有罪人配沒爲工樂雜戶的事❹，可見其事早已有之。樂戶的來源既是罪犯家屬，坐罪之身「婚姻絕於士庶，名籍異於編氓。」（《唐會要》）且世代永爲賤民，其地位低下，固不待言。這樣的制度從北魏明確記載，歷經隋、唐、宋、元、明，一直到清雍正元年，才得以廢除。（見《大清樂典·典樂》❺）

樂戶本屬九寺之一的太常寺管轄❻。到了唐玄宗成立內教坊，認爲：「太常禮司，不應典倡優雜妓。」（唐崔令欽《教坊記序》）也就是說，官府系統的太常寺是爲了祭祀典禮而設，不適合管理爲了四時宴饗娛樂的俗樂百戲。由於玄宗本人的喜好，大大擴展了教坊的規模，使教坊成爲脫離太常寺，直屬宮廷的樂舞百戲機構，直接管理樂戶。

在唐代，教坊所從事的主要係俗樂歌舞和雜技百戲。裡頭雖然已出現「踏謠娘」之類歌舞小戲和「參軍戲」之類科白戲（見唐崔令欽《教坊記》、段安節《樂府雜錄》），但都只具備戲劇的雛形，而且只是衆多俗樂百戲的表演項目之一。到了宋代，情形有了比較大的變化。據孟元老《東京夢華錄》卷十九，記載北宋皇帝生日「天寧節」「宰執親王宗室百官入內上壽」的演出活動，官本雜劇的表演比重已經偏高。到了耐得翁記錄南宋臨安生活的《都城紀勝》「

瓦舍衆伎」條，更說：「散樂傳學教坊十三部，唯以雜劇爲正色。」官本雜劇雖然只是「小戲群」，還不是成熟的大戲，但它在南宋已取得教坊中最重要的地位。而彼時，像《張協狀元》那樣體製龐大的戲文，已經在民間盛演了。

宋代的雜劇地位所以能夠提高，主要係因爲表演藝術有了突破性的成長。中國戲劇是在歌、舞、百戲的基礎上發展起來的，它吸收了這些技藝做爲戲劇表現的手段，同時加以超越，使之提昇爲刻劃人物的「演技」。據《都城紀勝》「瓦舍衆伎」條及周密《武林舊事》「乾淳教坊樂部」條的記載，當時的「官本雜劇」已有末泥（戲頭[7]）、引戲、副淨、副末、裝孤、裝旦等諸多不同的「腳色」分別。「腳色」從人物刻劃而言，具「性格類型」的意義；從專業分工的角度來看，則稱爲「行當」。由於不同的腳色，扮演的是不同類型的人物，因此他們所必須具備的專業素養是不一樣的。「行當」所說明的，正是演員的技藝特點。「腳色」「行當」在戲曲發展的歷史上意義非凡，它隨伴著中國戲劇的成立而產生，可以看做是「戲曲」脫離「歌舞」得到獨立的標誌。有了「腳色」「行當」的要求之後，戲曲雖然透過歌唱和舞蹈來表現，卻大不同於歌舞，因爲這之中有了「演技」的要求，非高度專業訓練無以應付。此所以戲曲演員的地位在諸技藝人中，特別受到重視。

「娼、優不分」的現象因爲戲劇的產生，更因爲「腳色」「行當」的要求而開始了實質的變化。在教坊諸部色的樂人中，實際包括有歌者、舞者、樂工、雜技藝人和演員[8]。同稱「樂人」，所從事的技藝卻不相同。這一點自宋代教坊出現官本雜劇（小戲群）的演員開始，隨著往後戲劇日趨成熟，差異愈來愈明顯而確定。元代的宮廷教坊和禮部儀鳳司，以及明代由宦官管轄的鐘鼓司和禮部教坊，都有宮廷戲劇的設置。到了清代乾隆年間，宮廷戲劇更進入了興盛期❾。明代《紅梨記》傳奇劇本第三齣「豪譙」，寫太傅王黼動用「御前承幸妓樂」娛樂賓客，便有「五花爨弄三百名搬演雜劇，三百名駕前鼓吹，十八部教坊妓女（案：指歌者舞者）百二十人。」展現了明時的盛況，可茲佐證。

凡教坊官妓中，居班列之首，常常必須上官廳「應官身」者，稱爲「上廳行首」。她們是教坊官妓的佼佼者，通常都有過人的容貌和才藝。元代許多風月劇的女主腳，例如《謝天香》裡的謝天香、《兩世姻緣》裡的玉簫女、《金線池》裡的杜蕊娘、《對玉梳》裡的顧玉香、《曲江池》裡的李亞仙、《百花亭》裡的賀憐憐、《紅梨花》裡的謝金蓮、《玉壺春》裡的李素蘭、《風光好》裡的秦弱蘭、《劉行首》裡的劉行首等，都是教坊官妓，而且都具備「上廳行首」的身分。但這之中除了謝天香曾提到「妝演戲臺兒」，玉蕭女曾提到「旦末雙全」之外，其餘所司不過是吹、彈、歌、舞，對於戲劇搬演則隻字未提。

再拿明代周憲王朱有燉所寫的許多風月劇來看，故事中人雖同屬「教坊」「樂戶」，但有些只是專司「吹、彈、歌、舞」的歌兒舞女，儘管常常必須「應官身」表演，卻從未提及「演戲」。例如《半夜朝元》的小天香、《悟眞如》的段山秀及《神仙會》的張珍奴等皆是；有些則眞正是出身教坊的戲曲演員，例如《蘭紅葉》的女主腳蘭紅葉，感嘆「常則是戲台上費自己精神，酒席上與別人和鬨」、《香囊怨》的劉盼春「記得五六十本雜劇」、《復落娼》的劉金兒是「宣平勾欄中第一個副淨色」、《風月桃源景》的女主腳桃源景「四般樂器皆能，又做得好雜劇」，另一樂戶橘園奴則是「做勾欄的第一名旦色」。這些風月劇所反映的正是教坊裡雖同爲「樂人」，所擅的技藝卻大不相同，因此不應混爲一談。

古代的戲曲演員，除了自教坊中出，還有一大部分來自原本從事民間技藝活動的農民。因荒年歉月無以謀生，流散於鄉村城鎮走唱賣藝。他們不一定隸屬樂籍，卻同樣被視爲「樂戶」看待。今人張發穎在《中國戲班史》第一章第三節〈貧困農民借藝謀生成爲樂戶〉中指出：

> 其實屬於罪人家屬配隸而爲樂戶及賣良爲娼優者，大部分屬娼，而真正的大部分戲曲藝人多屬於一些農民在荒年歉月以藝謀生，稀里糊塗而被視爲和進而成爲樂戶者。（頁十五）

如此發展的結果，便有家庭戲班的出現，且世代相承，以演劇爲業。家庭戲班的組班方式到了明代又漸漸由伶人搭班的方式替代，不再以家庭爲單位。宋元戲文《宦門子弟錯立身》的王金榜家，元雜劇《藍采和》的藍采和家，都是家庭戲班。清初李漁《比目魚》傳奇所描寫的「霓裳班」、「玉筍班」，雖然還以家庭成員爲要腳，但已有許多腳色必須召請外人搭班。清末楊恩壽《桂枝香》雜劇所描寫的「聯錦班」，則更是亂彈盛行以後，風靡於各都市的大型戲班。

伴隨著戲劇的成熟，戲曲演員自教坊樂人中發展成爲勢力壯大的特殊族群。另一方面，不重技藝，以賣笑、賣身取悅他人的娼妓也逐漸應運而生。早期「倡優不分」，但樂人、官妓，都有專長的技藝，並且以技藝高低來決定其在樂人中的地位。至於陪酒侍觴、送往迎來等等，乃是附帶的服務。後來才漸漸發展出以色爲重，賣淫爲業的娼女。《兩世姻緣》裡韓玉簫以旦末雙全的才藝，取笑那些不會吹彈，僅能以色悅人的娼妓：「搽一個紅頰腮似赤馬猴，舒著雙黑爪老似通臂猿，抱著面紫檀槽彈不的昭君怨，鳳凰簫吹不出鷓鴣天。」）（〈油葫蘆〉）；另一劇女主腳謝天香則用「啞猱兒」稱呼不會吹彈歌唱的娼妓。她們所嘲笑的，正是那些賣笑、賣身的娼女，這在戲曲劇本中也有一定的反映。例如元雜劇《救風塵》，趙盼兒自言「妓女追陪、覓錢一世」「斷不了風塵」；又如《繡襦記》傳奇，李亞仙雖號稱「詩詞書畫、吹彈歌舞」無所不會，但只要豪族貴戚送上三兩銀子，就可以到她家「賞牡丹」；而李亞仙也能毫無忌憚地和他們大談嫖經（第四齣「厭習風塵」）。《占花魁》裡的美娘先是被王九媽灌醉失身，後來又被劉四娘說服（第九齣「勸妝」），開始接應衆多客人。男主腳秦種爲了一償「宿」願，竟等了好幾個「十日」，才得到美娘一個酒醉歸來的夜晚（第二十齣「種緣」）。而《焚香記》裡的敫桂英，爲了埋葬雙親，賣身鳴呵巷謝家，被謝媽媽每日絮聒，逼迫接客。劇情雖然走貞節烈女大團圓的路線，但無論趙盼兒、李亞仙、王美娘或敫桂英，都毫無疑問是賣淫的娼妓。

像這類「賣淫」爲生的娼女，和「賣藝」爲業的演員自然不能等同視之。如前所云，樂人不等於演員；而把樂人全當做娼女來看也同樣不適當。例如王書奴在《中國娼妓史》中將元代夏庭芝的《青樓集》看做是娼樓的資料，因而得到了「當時的娼妓幾乎無一人不通雜劇」「元集宋金之大成，號稱戲曲黃金時代，一般娼妓誦習傳播之功，絕不可沒。」的結論。⑩實際上，「說集本」張擇〈青樓集序〉（至正二十六年）一開始便說：「《青樓集》者，紀南北諸伶之姓氏。」文中並且拿該書和《史記·伶官傳》相比擬。而夏庭芝的〈青樓集誌〉（至正十五年？）也說「庶使後來者知承平之日，雖女伶亦有其人，可謂盛矣！」可知《青樓集》所記，主要是戲曲、曲藝演員，包括了雜劇、院本、嘌唱、說話、諸宮調、舞蹈的著名藝人⑪，而絕不是賣淫的娼女。

然而，「演員」與「娼」也許眞是一筆算不清楚的帳。更明白一點說，最早原無所謂的「娼」或「優」，統稱爲「樂人」。後因戲劇成立，漸漸在樂人中發展出「演員」的一支；另一方面，因爲社會的需求，又從原本拋頭露面，以歌舞媚人的樂人中，產生出「娼妓」的另一支。也就是說，「樂人」不一定是「演員」或「娼妓」；但「演員」和「娼妓」都自「樂人」出。值得注意的是，「娼優不分」的世俗觀念在不同時代，即使戲劇已然蔚興，仍然只有程度上的改變，無法徹底推翻。原因是「樂人」們出身罪犯家屬，世世代代不能擺脫「賤民」的烙印，社會地位低下，往往沒有太多的自主能力，來抗拒周遭「娼優不分」的歧視和要求。換言之，當他人以種種手段和誘惑要求「優」從事「娼」的行爲之時，戲曲演員們往往只好隨波逐流。

《香囊怨》雜劇裡的劉盼春，是個「能記得五六十本雜劇」的出色藝人，父親劉鳴高是「汴梁樂人院裡一個出名的末泥」。有幫閒胡子滾，介紹鹽客到劉鳴高家「吃酒」，劉鳴高便吩咐道：「婆婆，教孩兒打扮了，調下樂器伺候。」可見行院人家在演劇之餘，常提供陪酒取悅人的服務，而這正是「優」和「娼」界線最可能被衝破的地方。在諸多刻劃演員的戲曲劇本中，以《復落娼》劉金兒和《比目魚》劉絳仙隨波逐流的行徑最令人印象深刻。劉金兒是「宣平巷勾欄第一個副淨色」，丈夫楚五是宣平巷樂工。劉金兒與醫人「襠裡俏」過從甚密，楚五知道了，只當作是財源錢窟，要渾家「多使些道數」「多要他些鈔」。沒想劉金兒假戲眞做，嫁了醫人從良。其後又跟江西客私奔，卻因爲過不了良人家平淡生活，萌生求去的念頭：

我怎過的這般月日？以前做行院呵！現成喫，現成穿，到處唱去，酒席上好喫的包了。逍遙自在，那條街上不得走？隨心滿願，那箇漢子不得養？無明無夜，那箇店裡不得睡？如今這般拘束，一日家冷冷清清，笑也不得大笑一箇，等我那徐福一來家，我要他一紙休書出去了罷。

爲了徐福不肯與休書，劉金兒竟誣告徐福，最後落得自食惡果，飭回勾欄院中，依舊做楚五的老婆。

比較起來，《比目魚》裡的劉絳仙屬於另一種類型。她沒有想過改嫁他人，卻認爲「做女旦的人另有個掙錢的法子，不在戲文裡面。」自言：我揀那極肯破鈔的人相處幾個，多則分他半股家私，極少也要了他數年的積蓄。所以不上十年，掙起許多家產。又有斂財的秘訣，謂之：「許看不許吃，許名不許實，許謀不許得。」（第三齣「聯班」）如果說劉金兒代表生性放浪的伶人典型；那麼劉絳仙可眞是滿腦子拜金思想，貪求無饜到了極點。

而正如《復落娼》另一腳色劉臘兒所言：「這行院人家，也有好的；也有歹的。」「俺這宣平巷欒戶中，有錢的都是志誠老實，不曾淫濫，因此天理容他，著他有衣飯喫。似那無廉恥潑東西，所以常受凍餓。」戲曲劇本中多的是知廉恥，重名節的戲曲演員。然而由於戲曲演員本身社會地位低下，加上伶人間風氣敗壞。在世俗眼中，戲曲演員想要獲得他人眞正的接納和尊重，那麼，或者斷念棄世出家；或者以死明志，所必須付出的代價，往往是驚人的。（詳下文）

二、戲曲演員的藝與色

做爲扮演戲劇人物，取悅觀衆的演員，才藝和姿色是被嚴格要求的。在戲曲劇本中的戲曲演員們，也各自以不同的優越資賦和精采技藝，攫獲住衆人的目光。他們同是演員，每個人所創造出來的形象，卻都能各樹一格。就如同瑰寶天然蘊生而自具異彩，五光十色，璀璨奪目。

首先是戲文《錯立身》裡的王金榜，她「年少正青春，占州城煞有名聲，把梨園格範盡番騰，當場敷演人欽敬。」（第四齣〈紫蘇丸〉曲）王金榜家是「衡州撞府」的散樂路歧人，本爲東平府（地在山東）人氏，到處流浪演出，賣藝度日。王金榜青春貌美，「有如三十三天天上女，七十二洞洞中仙」（延壽馬語），更兼資質過人，所會戲文甚多。每次登場，總能吸引觀衆「陣馬挨樓滿」⑫，因此所到州城，各處都聽到她的名聲。王金榜雖然名滿州城，心性卻和一般少女無二。她爲延壽馬害相思，鬧情緒不肯演出。後來情人延壽馬藉「喚官身」之名和她相會，她一見面便說：「害嗜的去尋羊——小哥，你好難得見！」（第五齣）不意此次相會爲完顏同知撞見，勃然大怒之下，命令將王家戲班連夜逐離州城。

《藍采和》雜劇的主腳藍采和，同樣是個出色的藝人。他自言：「學這幾分薄藝，勝似千頃良田。」(〈混江龍〉曲)他是梁園棚勾欄裡的領頭人物,「潑名聲貫滿州城」(〈尾聲〉),不僅藍家戲班各個聽他指揮,生日之時,衆家兄弟也都送禮來推崇他,爲他祝壽。然而正因爲技藝的出色,當他志得意滿,享受衆人祝壽之時,衙門來喚官身,非他不可,他便只得掃興地硬著頭皮應付。雖然這場官身是仙人所幻化,藍采和卻因此頓悟人世勞攘,空忙一場,於是毅然看破紅塵出家。

周憲王朱有燉所寫的《復落娼》、《香囊怨》、《桃源景》、《蘭紅葉》等雜劇,主腳人物無不「生得風流,長得可愛」,更兼「做得好雜劇」。其中,劉金兒代表的是隨波逐流,生性放浪的形象,已如上述。除此之外,各具特色。《香囊怨》的劉盼春是汴梁著名末泥劉鳴高的女兒,「四般樂器皆能」,「記得有五六十個雜劇」。她拒絕了鹽商的金錢誘惑,卻愛上了秀才周恭。周恭本以「做子弟」的心態追求劉盼春(第二折),沒想到劉盼春秉性端正,爲了他「不肯再留客人,每日只出去唱」,靠唱曲的微薄收入度日。周恭不忍心,寫了一封信要她休等,留客接人。然而,劉盼春還是執著要「將這可意的情人耐心兒等。」(〈尾聲〉)爾後,周恭被父親禁持,了無音訊。爲受不了鹽商的金錢攻勢和母親的吵鬧催逼,劉盼春選擇了自縊身亡,以死明志。

《桃源景》女主腳臧桃兒的父親是姓韓的「民戶」。桃兒如一般樂戶人家的慣例,從母姓,由母親家庭扶養成人,[13]並學得「行院人家本事」。她的雜劇「一城裡無對手」,「但勾欄裡並官長家都則喝采他」。因此,搶了保定府原本第一名旦色橘園奴的飯碗。橘園奴使計欲娶臧桃兒爲媳,不料桃兒卻嫁了秀才李釗。於是橘園奴趁李釗進京赴考之時,唆使無賴羅鋌兒使用詐欺手段欲騙娶桃兒，幸遇明官得以無事。後又受盡艱辛欺侮，終得與夫同享富貴。

《蘭紅葉》女主腳紅葉兒原是汴梁樂戶魏媽媽的豚養媳，「十分生得好」。魏媽媽爲了金錢，要求紅葉兒「做一程女娘了，慢慢地與我兒子合配。」不料紅葉兒愛上秀才徐翔，並告進官府，取得從良文書，和徐翔搬遷至陽武縣。魏媽媽心有未甘，令江西客仇子華買通陽武知縣，以「引老」（鹽引過期）爲由，將徐翔發回原籍，紅葉復入樂戶，依姑姑居住。徐翔一去年餘未回，仇子華與陽武知縣皆欲得紅葉。一日縣官爲求歡不成令祇候痛打紅葉，紅葉在絕望之餘，萌生出家之念。爲此至城隍廟問卜，得上上珓，又夢見徐翔歸來。醒後，果然徐翔取得新引歸來，並上告新官，二人終得團圓。

清初《比目魚》傳奇，除了上文提過愛財的劉絳仙以外，還有女主腳劉藐姑。藐姑是絳仙之女，人們形容劉絳仙說：「我便墜天花，也說不出她渾身的嬌法。」（第二齣「耳熱」）劉絳仙也自誇：「我的姿色原好，又虧二郎神保佑，走上台去就和仙女臨凡一般，另是一種體態。又兼我記性極高，當初學戲的時節，把生旦的腳本都念熟了。」（第三齣「聯班」）沒想到女兒劉藐姑，無論才情、容貌都更在母親之上，性情卻和母親南轅北轍。才子譚楚玉盛讚她是「胎裡的明珠、璞中的美玉」（第四齣「別賞」）；富豪錢萬貫見了更垂涎三尺，必欲得之而後罷。劉藐姑爲「家聲鄙賤」深以爲恥，卻不得不在衆目睽睽下拋頭露面演戲。心性疏狂的書生譚楚玉爲追求她而進入「玉筍班」學戲，使情竇初開的藐姑大爲感動。當譚楚玉趁學戲向她丟紙團示愛，她竟異想天開，假意練唱，而將「回音」編成曲子唱出來。礙於戲班內規，兩人私下不得相會，卻藉著登場演夫妻時，「他把我認做眞妻子，我把他當了眞丈夫。」爲此而全力投入，樂此不疲，把戲演得「登峰造極」，「玉筍班的名頭」更因而「一日香似一日」（第十四齣「利逼」）。然而少女的純情並沒有使她避開現實的踐踏，錢萬貫花了一千兩買斷了她做妾。她臨嫁前要求搬演《荆釵記》「抱石投江」，竄改了台詞，狠罵了台下的錢萬貫，然後投身緊鄰戲台的大溪裡，以行動提出了最激烈的抗議。

如果有所謂「異色小說」，那麼，清末楊恩壽《桂枝香》雜劇正是典型的「異色戲曲」。此劇取材自清道、咸間陳森「邪狹小說」《品花寶鑑》文人田春航和俳優李蕙芳的故事⓮。楊恩壽循《寶鑑》餘逕，採取特殊的角度觀照，並且以諒解和同情的心態，將一般認爲污穢、變態的狎「相公」事蹟，寫成美好的同性戀故事。十七歲的少男李桂芳「色藝超群，一時傾倒。」是北京著名「聯錦班」的當家旦腳。田春航稱讚他：「古今來女孩兒美質生應轂，乾坤清氣，又交與他蕙質全收。」（〈二郎神〉曲）正好將他是男又似女，非男又非女的特質一語道盡。李桂芳一腳由「小旦男裝」應工，「男裝」說明他在戲台下的眞實性別；「小旦」則是對他性格特徵的刻劃。他雖爲男身，內心卻和女性一樣，「欲得同心之侶，訂以終身。」「每演戲至『獨占』一齣，竊嘆彼此鍾情，得人而事。」因此，當他注意到「衣裳破爛」的田春航「常在車前車後，徒步跟隨。」接著田被車夫撞倒，又進一步發現田春航是「舉止不俗，容貌端莊」的才子，便告訴自己：「這秦小官就在目前了！」（第二齣「議寶」⓯）他於是將潦倒的田春航接來自己的寓所，課以舉業，朝夕追陪激勵，終於使田春航高中魁首。

從上面幾個鮮明、具代表性的戲曲演員形象，可以看出劇作家在塑造人物、推展情節上的共同規則：

一、戲曲劇本作者在創造這些形象時，雖然同樣注意到美色的條件（一般戲劇的主腳人物皆擁有此條件），但相對的，也都十分重視這些形象做爲一流戲曲演員所必須具備的卓越專業技藝。王金榜、藍采和、劉盼春、臧桃兒、劉蘈姑、李桂芳皆不例外。

二、技藝和美色的卓越是這些戲曲演員受到稱賞、肯定的原因；另一方面，卻也因爲擁有這樣的條件，爲他們召來厄運。假若不是因爲美色，王金榜一家不會被連夜逐出河南府；假若不是因爲美色，蘭紅葉、劉盼春和劉蘈姑不會引來豪商、惡客的覬覦，進而威逼。蘭紅葉不至產生出家之念，後二者更不需以死殉節；李桂芳雖爲男身，同樣因爲美色，不斷受到俗客潘其觀的騷擾（第三齣「浪酒」、第六齣「酸潑」）；至於臧桃兒，因爲技藝卓越，搶了對手橘園奴的飯碗，才召來厄運。藍采和則因爲技藝卓越，隨時必須準備「應官身」，以至於連接受祝壽的自主權都不能保有。

上述第一點，正足以用來說明戲曲演員身份的獨特性。戲曲演員既不等同於賣淫的娼妓，也和歌兒、舞女、樂工相異。否則，是不是能夠吸引觀衆「陣馬挨樓滿」、是不是「能記得五、六十個雜劇」、「一城無敵手」、是不是能把戲演得「登峰造極」，就不會那麼樣地被強調了。

上述第二點，似乎正應了關漢卿《謝天香》雜劇：「你道是金籠內鸚哥能念詩，這便是咱家的好比似，原來越聰明越不得出籠時。」（〈油葫蘆〉）的妙喻。優伶因藝與色的出衆而受人喜愛；卻也因此使他們特別難以擺脫戲曲演員的生命模式。由於社會地位低下，戲曲演員若擁有美色，又不肯隨波逐流，那麼往往「弄得那些怨蝶愁蜂，一個個仇恨著花枝也，直待把艷陽天攪做秋！」（《比目魚》第十四齣「利逼」），自己則「遭挫折，受禁持。」「心痛苦，難分訴。」（第十五齣「偕亡」）。這是戲曲演員現實生活的反映；也成爲劇作家在推展劇情時的固定模式。

以劇中主腳人物來刻劃的戲曲演員形象，或多或少，帶有劇作者理想化的成分；至於那些非主腳和反面的形象，實際上可能更能夠客觀表達世俗對俳優的看法；在呈現戲曲演員生活方面，普遍性也可能更高。反面形象最具代表性的莫過於《復落娼》的劉金兒和《比目魚》的劉絳仙，本文第一節已經有所介紹。明沈璟《博笑記》中的「假婦人」故事⑯，妝旦色的戲子和無賴串通，假扮婦女勾引道士詐財，則是劇本中戲曲演員反面形象的又一例子。

另外，值得一提的是楊恩壽《桂枝香》一劇。此劇在正面人物的描寫上，將「相公」李桂芳、杜琴言、袁寶珠和文人田春航、徐子雲、梅子玉的交往，寫得脫塵絕俗，優雅高尚；一方面又在「流觴」一齣，以對比手法寫相公二喜和俗客的交往。衆人在三月三日相約出遊，遇上二喜亦偕客出遊，琴言說：「二喜專好銀錢，忘了廉恥，是替我們打臉的。」又罵二喜「獻詭技，工絕狐狸態。」（〈北雁兒落帶得勝令〉）。其意二喜所恃爲商人而非雅士，且二喜不論好惡，只要有錢便一味奉承，因此瞧不起二喜。問題在於「相公」雖爲戲曲演員，但總屬「異色」。同性因慕色相吸引，更兼有金錢授受，無論如何是違反傳統倫理道德的。旁人看來，不過是五十步笑百步。杜琴言對二喜的看法，其實正是世俗對「相公」的看法。

李漁《奈何天》傳奇，敘述相貌醜陋「十不全」的員外闕素封如何娶得三美妾的故事。其中有一場寫闕素封委託戲班俊俏伶倫代爲相親，騙娶何小姐的戲（第九齣「誤相」）。何小姐看了僞新郎以後說：「姿容便好，只可惜輕浮了些，竟像個梨園子弟的模樣。」對所謂「梨園弟子」到底什麼「模樣」，雖然只用一句話帶過，卻一針見血，表達了一般人對戲曲演員的觀感。

在戲曲劇本中，我們看到劇作家透過如椽巨筆，對戲曲演員的美麗與哀愁進行讚頌；另一方面，也眞實地描繪出生活在市井中的伶人群相。這之中雖因中國戲曲固有的虛擬和象徵手法及曲文的抒情性，造成寫實程度上的限制。然而可以肯定的是，劇作家們對戲曲演員的體察觀照是相當全面而客觀的。

三、戲曲演員的奮鬥與歸宿

路岐路岐兩悠悠，不到天涯未肯休。

～《錯立身》〈天淨沙〉曲

在飽嚐翻山越嶺、流浪賣唱的苦澀之後，《錯立身》男主人翁延壽馬原本「背杖鼓有何羞？提行頭怕甚的？」（〈菊花新〉）的熱情，被消磨得只剩下滿腔無奈和感嘆。「沿村轉疃」、「撞府衝州」正是民間戲班走唱生涯典型的寫照。他們沒有固定的演出地點，演了這一場，不知道下一場將會在什麼地方。幸運的話可以在大都市找到立足之地，都市裡由於觀衆人口衆多，可以提供戲曲演員較長久的安定。然而或者像王金榜家班得罪了官府；或者像藍采和家班失去了台柱演員，跟著喪失了競爭力，便不得不再度流浪街頭！《藍采和》雜劇第四折描寫藍采和得道三十年後，路經某處鄉村果園，看到自己的兒子、媳婦正做場演出。彼時妻子已九十歲、王把色八十歲、李薄頭七十歲，年紀老邁，「做不得營生」，還得在一旁爲年輕人擂鼓伴奏。正如藍采和所說的：「幼年間逐隊相隨，止不過逢場學藝，出來的偌大年紀？這個道七十，那個道八十，婆婆道九十。」戲曲演員辛苦了一輩子，只要活著一日，便要爲一日衣食付出代價。

無論是由貧困農民轉業的散樂「路歧人」，或者是世代相傳，名隸「樂籍」的樂戶伶人，他們之從事戲曲演出，無非爲了求得衣食的溫飽。站上了舞台的戲曲演員們，爲得到觀衆的肯定，「常則是戲台上費自己精神」（《藍紅葉》雜劇），無不使盡渾身解數，全力以赴。問題是許多觀衆醉翁之意不在酒，「憑你舞鬆高髻，唱腫歌喉。」戲曲演員面對的，仍然是：「慣有這一輩肥癡酒，那裡有識曲周郎。」（《桂枝香》雜劇第一齣「拜塵」）。

在嚴禮教之防的中國傳統社會，女性演員們拋頭露面在舞台上演出，被戲班當作是招徠觀衆的手段之一。⑰如此，難免引來台下猥褻的目光。以《比目魚》傳奇爲例，女主腳劉藐姑冰清玉潔，富室錢萬貫的家僮卻是這麼樣介紹她的：「天然嫵媚，不用喬妝。登場易使人心蕩，更有那椿美味惹思量，多少饞人不得嚐。」（〈大迓鼓〉）錢萬貫看戲後的一段話，更將這種嫖客的心態說得露骨到了極點（第十三齣「揮金」）：

我錢萬貫嫖了一世婊子，見過多少婦人。只說劉絳仙的姿色，也是艷麗不去的了，誰想生個女兒出來，比他又強幾倍！看了他幾本戲文，送去我半條性命。也曾千方百計去勾搭他，他竟全然不理。想來沒有別意，一定是不肯零賣，要揀個有錢的主子，成躉發兌的意思。

戲曲藝人潔身自好，竟被淫蟲錢萬貫解釋爲「不肯零賣」！像這樣放肆流竄的淫鄙意念，豈是弱勢的戲曲演員們所能杜絕？

對於這些，戲曲演員們只好去忍去受。因爲他們必需求衣食、討生活。只有被選擇；沒有選擇的權利。除了戲台上演出的苦處，戲曲演員們還得應付許多觀衆陪酒、侍宴或更甚的要求。也因此，「酒席上與別人和鬨」（同上《蘭紅葉》雜劇）成了戲曲演員下了戲台後經常的活動。有人視此爲進財之道，甚至是主要的收入來源。《蘭紅葉》雜劇中，女主腳蘭紅葉本是汴梁樂戶魏媽媽的「豚養媳」，魏媽媽竟要求她「留客接人，做一程女娘了，慢慢地與我兒子合配。」爲的便是「津貼些家火，養活老身咱。」（第一折）《香囊怨》的劉盼春爲忠於情人周恭，不肯再留客人，每日「唱呵！唱的人乾了咽頸，舞呵！舞的人軟了身形」，所得的酬勞不僅母親報怨，連自己都感嘆：「得了那幾文錢知他要怎生？」周恭更說：「行院人家靠那唱也不濟事，討得多少錢物養家！」

當富室、豪客甚至秀才文人踏進戲曲演員的門檻。名義上是「喫酒」，實際上無不是抱著「做子弟」的心態。對他們而言，下了戲台的演員，和粉頭妓女並沒有太大的差別。就像《煙花夢》裡的江西客仇子華所說：「行院人家，但是有錢的人都得『入馬』！」這是嫖客們的認定，所以一旦受到拒絕，便惱羞成怒甚而成仇；而受到青睞的好比同劇的徐翔，和蘭紅葉成親之後，說：「今日在紅葉兒上使了錢，……明日索安排酒來哀告魏媽媽，遞了箇『入馬』的狀兒，方纔在此好行走也。」話語之間，亦無足多尊重。至於像《比目魚》裡的錢萬貫，原是劉絳仙的「老相好」，爾後又向劉絳仙買了女兒藐姑作妾，更完全視戲曲演員爲玩物，提不上「尊重」的話了。

對於豪客、鹽商的要求，只要藝人有志節、甘貧困，猶可拒絕；「官身」卻是強制性的。《桃源景》雜劇中，臧桃兒許親秀才李釗，決意從良。李釗欲進京會試，臨行囑咐道：「今後少著大姐出去唱去。」無奈臧桃兒「有花名在官，喚著官身不得不去。」樂戶裡的演員、歌兒、舞女、樂工，還有流浪走唱的路歧人，隨時都必須有應官身的準備，這是藝人們最大的負擔。其甚者就如元雜劇《劉行首》中劉婆婆所言：「官人每無俺孩兒不吃這酒，官身可也極多！」話猶未了，「樂探」來傳，劉行首便立刻趕赴衙門。途中，馬丹陽出現欲度脫她，劉行首一心只在趕路：「我去的遲了，俺妳妳罵我！」「去得遲了，官人每怪我！」樂探更因「去的遲了，帶累我也！」毆打馬丹陽。戲曲演員們即使在劇場演出之際，因官府來喚，就必須立即停止演出，把「陣馬挨樓滿」的觀衆解散掉，以趨赴官身。甚至身爲壽星，在生日慶宴這樣重要的私人場合，因官府來喚，同樣必須停止宴客，立即應官身。前者在《錯立身》戲文；後者在《藍采和》雜劇裡皆有所見。

藍采和因赴官身去得遲了，被「拿下去扣廳打四十」。失誤了官身，任憑再風光、身價再高的藝人，也難逃活生生被扯下堂去，大棍責打的對待。《謝天香》雜劇裡，錢可爲拆散上廳行首謝天香和才子柳永，故意喚謝官身，命她唱〈定風波〉詞。詞中用字恰巧犯了錢可名諱，錢本欲藉此責打謝天香，使她變成「典刑過罪人」，而柳永身爲士子，此後便不得再與她來往。聰明的謝天香將名諱改字避開，但由於正當韻腳，錢可又說：「你若失了韻腳，差了平仄，亂了宮商，扣廳責你四十。……張千，準備下大棒子者！」可見，怎樣才叫誤官身，並沒有一定的標準，只要惹得官老爺不高興，輕易地便可以扣上罪名。一旦官家欲假借勢力欺壓剝削藝人，可想而知，是多麼輕而易舉的事。也難怪樂戶藝人們誠惶誠恐，奔赴之猶恐不及了。

爲了蠅頭微利的追逐，戲曲演員們把他們的一生虛耗在流浪賣唱的漫長征途上；在一場又一場的舞台演出中。「車輾的泥轍深似坑，馬濺的塵埃滿面生，子我這繡鞋兒世不曾乾淨！」（《香囊怨》〈滾繡球〉）；「常則是恰斂黑的時光歸寢室，未發白的天色喚官身。」（《桃源景》〈混江龍〉）身體受盡苦辛，已使他們疲於應付；卻還要忍受不斷而至的人格污蔑和尊嚴踐踏。長久在社會底層被摧殘，演員們內心悲愴又無奈，才智高者尤如此。誠然，絕大多數的演員都能夠以無比頑強的生命力，對抗這一切的勞苦、侮辱和辛酸。但是，在這樣的情況下，做爲一個站在中國傳統表演舞台上的戲曲演員——他們，是怎麼樣看待己身所從事的戲劇表演工作呢？

有些人站在世俗這一邊，和世俗的人們一起輕視自己的行業。例如《香囊怨》的劉盼春，感嘆：「想俺行院人家婦女們十分艱難，吃的衣飯又齷齪！」（第二折）；《桃源景》的臧桃兒儘管雜劇「一城裡無對手」，卻視嫁給樂人，演戲覓衣飯爲：「出乖弄醜，怎做得一世兒下場頭。」（〈賞花時〉）；《比目魚》裡劉藐姑的看法就更極端了，她覺得「家聲鄙賤眞堪恥！遍思量出身無計。」認爲演戲「不是婦人的本等」，因爲「術將心毀，貌將淫誨。似這等混濁豐饒，倒不若清高飢餒。」（第三齣「聯班」）；而《桂枝香》裡的李桂芳也以「賤業」「火坑」（第二齣）形容自己的工作。

和上述極端相反的類型，是視演戲爲手段，自甘過送往迎來的生活者，行徑與賣淫娼妓無二。其好財者如《比目魚》裡的劉絳仙，認爲：「煙花門第，怎容拘泥？拚著些假意虛情，去換他眞財實惠。……把鳳衾鴛被，都認做戲場餘地。會佳期，張珙雖留戀，鶯鶯不姓崔！」（〈桂枝香〉）；生性放浪的則如《復落娼》的劉金兒，她一再易嫁，最後被飭回樂籍，但蕩性難改：「不出去唱，我怎忍得住？那舊喫酒的，都是好主兒，多時不見了，如今正渴渴地裡！」「情願著人笑我、小覷我。憑著我那付淫嘴，那裡不哄的些布使。」（〈鬥鵪鶉〉）

所幸，沒有令人失望，戲曲演員中，也有熱愛自己工作的。最具代表性的就是《藍采和》雜劇的男主人翁，該劇第四折描寫藍采和得道三十年後，巧遇藍家班在鄉野做場演出，禁不起戲班老弟兄們「哥哥，你那做雜劇的衣服等件，不曾壞了，哥哥，你揭起帳幔試看咱！」「還去勾欄做幾日雜劇，卻不好！」的慫恿，藍采和想起自己一身的本事，自誇起來：「不是我說嘴，……舊么麼院本我須知，論同場本事我般般會。」（〈七弟兄〉）「論指點誰及，做手兒無敵！」（〈梅花酒〉）說著說著，他心動了，伸手掀開布幔，想穿上舊時戲衣。沒想到漢鍾離、呂洞賓的身形就出現在布幔裡：「唬得我悠悠魂魄飛！」這才打消了藍采和的「俗念」。如果不是在世時的熱愛，怎會在得道三十年後還戀戀難捨呢？《錯立身》的延壽馬則是熱愛戲劇演出的另一例子，他原是個戲迷，他假借「喚官身」召王金榜到書房約會，王金榜一見他就抱怨：「容顏憔悴只爲你，每日在書房攻甚詩書！」他卻答道：「閑話休提，你把這時行的傳奇，你從頭與我再温習。」（第五齣）就是因爲這等熱衷，才能「雜劇」、「院本」劇劇能演，「寫掌記」（案：指抄錄修改劇本）、「擂鼓吹笛」無般不會，順順利利通過考驗，成爲王家的女婿，戲班的成員。只不過延壽馬究竟是個「宦門子弟」，爲了流浪走唱提行李、搬杖鼓的勞累，便悠悠怨嘆起來。

除了專業的戲曲演員，劇本中還反映出另一種類型的演出。那就是以「名妓」身分從事戲曲演出者。嚴格說來，她們並非職業戲曲演員，性質和「串客」差不多，但和「串客」又有所不同。她們跟專業戲曲演員都是從「樂人」分支出去的。（詳第一節）娼妓之能兼擅戲曲表演，足堪做爲才藝來誇耀，這是她們從事戲曲演出的心態。《玉環記》第六齣「韋皐嫖院」寫韋皐至妓院尋歡，碰上「成人」兩年（案：指接客兩年）的玉簫，問到雜劇院本，玉簫答道：「妾亦廣博，文武雜劇也曉得五六十本。」可謂娼妓中之擅戲劇者。《荷花蕩》傳奇寫李素進京赴試，舟中無聊，聞名妓劉谷香將在蔣姓商人家中串戲，乃易服前往，與之搭配演出《連環記》。又如《桃花扇》第二十一齣「媚座」寫馬士英、阮大鋮、楊文驄三人在梅花書屋設宴，欲尋歌妓獻唱，楊文驄道：「小弟物色已多，總無佳者，只有舊院李香君新學《牡丹亭》，倒還唱得出。」可知娼女清唱戲曲，誇逞才藝，藉以提高身價，成爲一種風尚。[18]

在忙碌而璀璨的表演生涯之餘，戲曲演員們通常以傳授曲藝度過年老的生活。元雜劇《謝天香》中的女主人翁身爲「上廳行首」，雖未年老，早已從事教唱，她對學生（衆妓）說：「

但能夠終朝爲父，也想者一日爲師。但有箇敢接我這上廳行首案，情願分付與你這妝演戲臺兒！」《比目魚》劉藐姑的父親劉文卿欲合小班，「自家沒有工夫，別請一位名師。」則由演員走向劇後工作。技藝較不出色的演員，或是在家養老；或者協助戲劇的演出，如前述藍采和的妻子弟兄即是。

在中國傳統重禮教的社會環境中，身爲女性演員，很難擺脫人們異樣的眼光。因此對於許多色藝卓出、更兼心志高遠的女演員而言，最好的歸宿即是徹底離開戲台。《蘭紅葉》和《桃源景》是戲曲演員「從良」的「傳奇」，劇中的女演員都歷盡了艱辛，才完成一生的夢想。《桂枝香》傳奇的李桂芳一心一意想「得人而侍」，「跳出火坑」，後來果然幫助田春航高中魁首。雖有「狀元夫人」之譽，在田春航位躋名公之後，卻必須避人耳目。全劇最後一齣「離筵」，描寫田春航上任，李桂芳隨行，並沒有出現生、旦相聚，同享榮貴的場面。李桂芳只能替田押送行囊，落得處境尷尬，進退兩難。戲曲演員由於出身低賤，一旦納入一般禮教的標準之下，想要得到人們的接受，並不是容易的事情。李桂芳身爲「相公」，雖是極端的例子，但這何嘗不是戲曲演員處世艱難的寫照？

爲了贏得一聲肯定，戲曲藝人必須做到常人所難能者，而這往往要他們付出生命做代價。《香囊怨》的劉盼春和《比目魚》的劉藐姑都以一死來證明她們的堅貞。其中，《比目魚》雖然安排男女主腳藉化身「比目魚」而復活，並以結爲夫婦、中試做官收場。然此一超現實情節，其現實意義卻非反映現實，而是所謂「正義的安慰」。清代桃渡學者《磨塵鑑》傳奇以士人的理想來塑造伶人；從另一個角度來看，也可以說是士人以禮教標準對世俗伶人提出的要求。《磨塵鑑》寫黃繙綽原爲天上散仙，寫成《磨塵鑑》傳奇，下凡至唐明皇宮中搬演以教化人心。梨園弟子如青音童子、執板郎君、樂工雷海青及李豬兒等人，前三者在安史之亂中罵賊而死；後者更殺賊敉平大亂。事實上中國在唐朝尚無成熟的戲劇搬演；李豬兒更非伶人，其故事之荒誕不經可謂到了極點。筆者以爲卻正好說明世人對戲曲藝人除非能人之所不能，或者以身殉節，否則難以獲得尊敬的嚴苛態度。

除了一死之外，斷髮出家是戲曲演員尋求徹底解脫的另一途徑。《蘭紅葉》的紅葉兒在從良卻飽受惡豪甚至縣爺的淫逼而求告無門之下，曾萌生斷髮之念。明代《麒麟罽》傳奇第十七齣「笑談開釋」寫樂戶小小奮身救母，打傷債主，因而獲罪。審案的胡待制爲招待韓世忠，令小小上堂清唱昭君出塞雜劇。在韓的「笑談」下獲「開釋」，小小的願望便是出家。雜劇《藍采和》以類似玩笑的態度呈現戲曲演員這一番悲涼的心境。當然，絕非如表面劇情所見，一切皆在仙人玩弄法術、串通、誆騙之下完成。藍采和之出家，更非只爲了求師父保他免於「扣廳責打四十」。

教導唱戲和協助舞台演出，是戲曲演員人生後半階段的生活寫照；「從良」是他們的夢想。許多戲曲劇本以死亡和出家作爲戲曲演員的歸宿，這是戲曲演員們處世艱難的心靈寫照，充分反映傳統社會環境對戲曲演員的嚴酷。

結　語

古代戲曲演員出身微賤，和賣淫的娼妓都自「樂戶」中發展而來，因此社會地位低下，飽受歧視和剝削。除了教坊樂戶之外，貧困農民轉業而爲散樂路歧，久而久之亦被視爲樂戶對待。隨著戲劇的發展和成熟，戲曲演員因爲具備卓越的專業技藝，漸漸成爲「樂戶」中受重視的一支。不僅有別於一般樂人，尤不同於賣淫之娼妓。但由於受制於身分低下和生活的壓迫，無論在實質或觀念上，都很難徹底打破「娼優不分」的傳統。戲曲演員想要在社會上獲得眞正的尊敬，更不是一件容易的事情。

身爲戲曲演員，藝與色的條件被嚴格要求。除了容貌的美麗；技藝的出衆在專寫演員故事的劇本中也很受到強調，充分印證戲曲演員不同於其他樂戶的專業性。另一方面，戲曲演員往往因爲色與藝的出衆而遭到厄運，這是許多戲曲演員生命的眞相，同時也成爲劇本文學固定的敘事模式之一。藝與色的出衆，多少帶有劇作家的理想成分；戲曲劇本中，許多側寫的和反面的演員形象，可能更能代表世俗對戲曲演員的觀感。

戲曲演員在舞台上費盡精神賣力演出，身體勞苦之餘，還要忍受台下猥褻的目光。下了戲台，更要面對某些觀衆無理的要求，加上繁忙的官身，使他們的身體和心靈飽受摧殘。大部分的戲曲演員，卻都能以頑強的生命力抵抗種種欺壓。在惡劣的社會處境之下，戲曲演員們有些站在世俗的一邊，和世俗的人們一起輕視自己的行業；有些隨波逐流；有些則仍然熱愛自己的工作；至於青樓娼妓，則是以誇耀才藝的心態從事戲曲的演唱。

戲曲演員們在辛苦了一世之後，往往以教唱和協助舞台演出度過餘生。在戲曲劇本中，一方面表達了戲曲演員「從良」的熱切願望；另一方面又常以「死亡」和「出家」做爲戲曲演員尋求心靈解脫的歸宿，充分反映戲曲演員處世的艱難。

中國戲曲浩如湮海，本文以詞曲系劇本爲範疇，試圖從這一最接近戲曲演員的文學形式中，探討並呈現戲曲演員有血有肉的生存面貌。由於處境惡劣，傳統戲曲演員往往被迫從「優」陷落至「娼」的境地。演員地位雖然低下，在部分人們的眼裡和娼妓差別不大；但在娼妓賣淫發展爲較普遍的行業之後，卻只有少數名妓以兼擅演戲來誇才逞藝，大部分的娼妓偶能歌舞，多只以賣淫爲生。兩者本質大不相同，在這樣的認識下，本文割捨了數量龐大的大部分妓女劇，使得材料遽減，對於討論不免造成限制，由於本文著眼於戲曲演員的「專業性」，這樣的結果雖令人遺憾，卻也是必須的。

註釋

❶ 以專書而論，較具代表性的如：陸萼庭《崑劇演出史稿》，上海文藝出版社一九八〇年一月第一版。王安祈《明傳奇之劇場及其藝術》，台灣學生書局一九八六年六月初版。張發穎《中國戲班史》，瀋陽出版社一九九一年十一月第一版。

❷ 《磨塵鑑》傳奇題「桃渡學者」著，莊一佛《古典戲曲存目彙考》屬鈕格著，《古本戲曲叢刊》三集據程氏玉霜簃藏鈔本影印。《桂枝香》傳奇爲楊恩壽《坦園六種曲》之一，全長共八齣，自題爲「傳奇」，嚴格來說當屬「雜劇」。台大久保文庫藏有光緒年間「長沙楊氏坦園藏版」刻本。

❸ 據王書奴《中國娼妓史》，中國自殷南時代起應該就有「巫娼」（參見該書第二章），春秋時代有官妓和軍妓的發生（參見該書第三章）。王氏認爲「官妓鼎盛時代」自唐開始（參見該書第五章），然而王氏將「私人經營娼妓時代」定在清初（參見該書第六章），是值得商榷的，台北萬年青書店一九七一年四月初版。武舟《中國妓女生活史》第六章第一節「官妓時代的私妓概述」則認爲：「私妓的發展歷史當自唐代說起」，筆者以爲較爲可信。一九九〇年八月湖南文藝出版社出版。

❹ 《左傳》襄公二十三年，有「裴豹，隸也。著於丹書。」唐孔穎達《正義》註解說：「近世魏律緣坐配沒爲工樂雜戶者，皆用赤紙爲籍，其卷以鉛爲軸，此亦古人丹書之法。」可知春秋之時，就有坐罪配沒爲工樂雜戶的事。

❺ 參見張發穎《中國戲班史》第一章「我國歷史上的樂戶制度」，瀋陽出版社一九九一年十一月第一版頁一—二十七。

❻ 據長孫無忌《唐律疏議》「諸樂工雜戶及太常音聲人」下說：「工樂者工屬少府，樂屬太常，並不貫州縣。」轉引自張發穎前揭書第一章第一節。

❼ 戲頭是否即末泥尚無定論，據《中國戲曲曲藝辭典》：「王國維以爲末泥即戲頭，但也有人以爲戲頭是在艷段出時擔任某種職務者。」（頁二十一）上海辭書出版社一九八一年第一版。

❽ 據周密《武林舊事》卷四「乾淳教坊樂部」所載，南宋孝宗廢教坊後，注錄的德壽宮、衙前、前教坊、前鈞容直、和顧等各色藝人分有雜劇色、歌板色、拍板色、琵琶色、簫色、嵇琴色、箏色、笙色、觱篥色、笛色、方響色、杖鼓色、大鼓色、舞旋、築球等類別。台北大立出版社一九八〇年十月版，頁三九二—四〇八。

❾ 元、明、清的宮廷戲劇設置參見張發穎前揭書第十章〈宮廷內的戲劇設置〉，頁二二三—二三九。

❿ 參見王書奴《中國娼妓史》第十五節〈元代妓女與曲〉（頁一九二）。作者在該書第一章第一節定義「娼妓」爲：「因要得到他人相當報酬，乃實行性的亂交，以滿足對方性慾的，是爲娼妓」（頁五），但從作者書中的觀念和使用的材料來看，正是典型的「娼優不分」。台北萬年青書店一九七一年四月台初版。

⓫ 參見《中國古典戲曲論著集成》第二冊〈青樓集提要〉，上述「《說集》本」張擇〈青樓集序〉及夏庭芝〈青樓集誌俱見提要〉。中國戲劇出版社一九五七年第一版，一九八二年第四次印刷。張序作於至正丙午，即至正二十六年；夏誌則署「至正己未春三月望日」，案：至正無己未年，疑乙未之誤，即至正十五年。

⑫ 「陣馬」形容觀衆的擁擠，「樓」是「神樓」，原意是戲園中的上等座席。參見錢南揚《永樂大典戲文三種校注》第三出注十九，中華書局一九七九年十月版，華正書局民國六十九年九月初版。

⑬ 樂人從母姓，尚有許多例證可循。例如同劇橘園奴姓李，兒子名李咬兒。又、《比目魚》劉絳仙的女兒劉貌姑亦從母姓。《復落娼》雜劇第四折劉金兒抱怨自己從良時所嫁的人：「我嫁了一箇瞎漢子，一箇村蠻子。」白婆兒回答道：「他到了有宗支父相家門正，不似您隨娘姓的孩兒種不眞。」亦可以爲證。

⑭ 「狹邪小說」一詞見孟瑤《中國小說史》第四冊，台北傳記文學出版社一九八〇年十月再版。據該書引《？羅延室筆記》，《品花寶鑑》中人物皆有所指，田春航影射乾隆間碩學畢沅，字秋帆（頁六六一）。李蕙芳，《桂枝香》改名爲李桂芳。

⑮ 「獨占」是明末清初李玉《占花魁》傳奇中的一齣，花魁女即故事中女主腳莘瑤琴（王美娘），男主腳爲賣油郎秦種，人稱秦小官。見《墨憨齋定本傳奇》附錄《一笠菴新編占花魁傳奇》，江蘇古籍出版社一九九三年七月第一版。

⑯ 《博笑記》第十五至十七齣，題「諸蕩子計賺金錢」。見《沈璟集》，上海古籍出版社一九九一年十二月第一版。

⑰ 元雜劇演出前有「坐排場」的慣例，令女性演員在舞台上坐成一排，以招徠觀衆。高安道〈嗓淡行院〉「坐排場衆女流，樂床上似獸頭，欒晙來報是些十分醜。」便是描寫女演員和台下觀衆眉來眼去的醜態。元杜仁傑《莊家不識勾欄套曲》、無名氏《藍采和》雜劇都提到坐排場之事。

⑱ 陸萼庭《崑劇演出史稿》第三章第五節第二小節「倡兼優」提到「名妓們何以都是戲迷？」

說：「她們紛紛串習昆劇，似乎不如此，不足似增重身價。」（頁一五八）一九八〇年一月上海文藝出版社第一版。

破壁孤燈零碎月

——崑劇《爛柯山》中的崔氏

楊振良

一、旦行中的「捲袖戲」

傳統崑劇旦行裏有一種戲路稱之爲「捲袖戲」，女主角泰多爲潑辣幹練，有威有勢。所謂「捲袖」就是把水袖捲起，動手出腳。這種女主角的性格比較趨於現實感，而特性在於敢於徹底的橫決現實，自爲主張，她們的愛與恨都十分的明朗，不同於傳統才子佳人式的曲折幽深，精微繁瑣，而且更不會編織縹緲的浪漫。她們往往具備堅忍能耐，沒有拐彎抹角的處世心機，冷靜與熱烈都無任何虛飾，若有遂心喜悅，她們會拍掌稱快；遇到不順己意的事，便會以劈頭訓示的方式，將人罵得體無完膚……。

這種角色，《蝴蝶夢·說親回話》裡的田氏、《獅吼記·梳妝跪池》裡的柳氏、《爛柯山·痴夢》中的崔氏、《義俠記·挑簾裁衣》中的潘金蓮，都可說符合如此的性格特色。但由於彼此社會地位和生活圈的不同，所以表演時的唱唸與動作也不盡相同，例如田氏與柳氏應『五旦』行，崔氏應『正旦』行，至於潘金蓮則以『六旦』行應之❶。此種情況，楊蔭瀏先生〈天韵雜談〉一文說得極爲清楚：

> 六旦者：老旦、正旦、作旦、四旦、五旦、六旦。老旦演老年婦女，正旦演節烈女子，作旦演童年男子，雖稱爲旦，所扮係童男子，唱用童聲，曰『作』，蓋謂其實非旦，而被稱作旦也。例如《八義記．觀畫》齣中之趙氏孤兒，即係作旦。四旦即殺旦，常演巾幗英雄。此外，五旦演美貌少婦，六旦演風情侍婢。以例言之：老旦如《迎風閣》之〈罷宴〉，正旦如《金鎖記》之〈斬娥〉，四旦如《鐵冠圖》之〈刺虎〉，五旦如《青冢記》之〈昭君〉，六旦如《水滸記》之〈挑帘〉是也。❷

然而，其間亦有知識程度的差異，以『五旦』裡的田氏與柳氏言，二人同係美貌少婦，但由於《獅吼記》中的柳氏略通詩詞文墨，故較爲凌厲❸，而《蝴蝶夢》中的田氏只不過是尋常人家罷了。『五旦』，又稱『閨門旦』或『小旦』，自然比『六旦』的知識水準高，潘金蓮以『六旦』應行，這是因『六旦』又稱「花旦」或『貼旦』，乃侍婢身份的緣故。

『正旦』既演節烈女子，她的心中頗有決絕之力。義無反顧的氣概，造成她處事的態度便是：從容的面對佈滿荊棘的環境，也熬得過澈骨的寂寞，甚而用嚴肅的心情鞭策自己，由於正是如此自我要求，所以敢於有所作爲，揚棄生命中的痛苦，向創造自己命運理想邁進。《竇娥究・斬娥》裡，主角竇娥在知道無法改變命運安排時，唱出慷慨激昂的控訴❹，便可見其性情，她對於自己的痛苦經歷以及冷酷世情所帶來的一切不幸，沒有一絲一毫的逃避。與其同屬『正旦』的崔氏，在《爛柯山》中的表現，應該也符合同一類型的性格走向，她之所以逼休，要求丈夫朱買臣寫下休書，後來又要求夫妻和好，其間心態的轉變，處處呈現一種剛烈心曲與現實相忤的悲哀，而末尾因朱買臣馬前潑水，崔氏羞愧投水自盡，卻又說明她一切行爲的心理基礎實極脆弱，結果便造成了不可解救與令人同情、憐憫的結局❺。

二、由《漢書》故事原型迄清代之發展

《爛柯山》又名《朱買臣休妻》，最初的記載見於《漢書》卷六十四的朱買臣傳，講到朱買臣被妻休棄，後任官入吳，見其故妻與後夫治道，乃車載至官舍，居一月，其妻羞愧自縊而死。《漢書》原文如下：

> 朱買臣字翁子，吳人也。家貧，好讀書，不治產業，常艾薪樵，賣以給食，擔束薪，行且誦書。其妻亦負戴相隨，數止買臣毋歌嘔道中。買臣愈益疾歌，妻羞之，求去。買臣笑曰：「我年五十當富貴，今已四十餘矣。女苦日久，待我富貴報女功。」妻恚怒曰：「如公等，終餓死溝中耳，何獨富貴？」買臣不能留，即聽去。其後，買臣獨行歌道中，負薪墓間。故妻與夫家俱上冢，見買臣饑寒，呼飯飲之。……（後朱買臣爲會稽太

守）車百餘乘。入吳界，見其故妻、妻夫治道。買臣駐車，呼令後車載其夫妻，到太守舍，置園中，給食之。居一月，妻自經死，買臣乞其夫錢，令葬，悉召見故人與飲食諸嘗有恩者，皆報復焉。

《漢書》的敍述並未提及朱妻姓氏，情節亦極簡單，也未提到「潑水」的劇情，朱買臣在其中扮演的角色尚稱厚道：「呼令後車載其夫妻，到太守舍，置園中，給食之。」只是妻子愧對前夫，走上自縊的命運。今日所見的戲曲，大致是宋元以下乃爲定型。

朱買臣故事見諸戲曲搬演，始於《南詞敍錄·宋元舊編》著錄，題爲《朱買臣休妻記》，這個戲文早已不存，唯曲文數支存於《南九宮十三調譜》、《九宮正始》之中，見諸《南九宮十三調譜》卷一及卷四❻的分別爲朱買臣入山採樵、夫妻對唱的劇情：

〔仙呂過曲〕〔木丫牙〕步入寒林數里，嵐陰杳靄，蒼屏翠碧。森森見古木雲齊，聽觸石潺潺響澗水。只見辭柯風慘慼，遙望那歸鴉接翅飛。一樹孤松，正傷情緒，聽鶴唳聲聲猿又啼。——《南九宮十三調譜》卷一，朱買臣入山採樵唱

〔正宮過曲〕〔醉太平〕「君須三省，看生涯冷落，空如懸磬。」「飡藜飯糗，終須鼎食鐘鳴。」「不忖，無謀醫得眼前貧，怎捱到晚年光景。」「且休憂悶，粗衣淡飯却是常情。」——同上卷四，此買臣夫婦對唱。

而見存於《九宮正始》有三曲，其中〔木丫牙〕與上揭相同，另二曲爲朱買臣所唱❼：

〔仙呂宮過曲，解三酲，換頭，第四格〕你直恁的爲人無所知，自古道顏如玉書中有花樣美。我讀書的真箇所爲皆依理，豈顧此便拋棄？你如今到此一心要嫁別人，只怕他日思量，無路可歸。尋思起，割捨得把人直恁相虧。

〔中呂宮過曲，石榴花，第三格〕琴書自有真樂少年知，何須慮食和衣？勸隨緣安分耐塩虀，也不妨，被褐裋，垂鬢絲。荆和布雖然滋味薄，何曾見孟光相棄？待吾年五十須榮貴，那時節好風味。

根據其中劇情，大致是由《漢書》故事原型敷衍而來，朱買臣的生涯冷落，朱妻的一心改嫁，甚至朱買臣「五十須榮貴」，皆與《漢書》所載無殊，這是南戲的情況。

到了元雜劇，《錄鬼簿》載有庾天錫《會稽山買臣負薪》一本，惜今不傳。另外無名氏《朱太守風雪漁樵記》（《元曲選》本）與《王鼎臣風雪漁樵記》（息機子本）❽，則呈現不同的劇情：謂朱（王）妻劉氏爲劉二公之女，生有幾分姿色，人喚玉天仙，與買（鼎）臣有二十年夫妻之情，但岳父眼見女婿年已四十九歲，空有滿腹經綸，卻偎妻靠婦，不肯進取功名，乃與女兒商計，逼寫休書，刺激女婿上進。又暗中托交鄰老王安道十兩白銀，一套棉衣，以贈女婿，以爲趕考之資。買（鼎）臣受此刺激，隨即發憤，並考上功名，朝廷並分派其擔任會稽太守。返鄉之日，劉氏父女前往王安道家中道賀相認，不知情的買（鼎）臣憶及前仇而峻拒，並要劉氏以盆水潑地再收，作爲夫妻復合之交換條件，待王安道說出原委，誤會乃得冰釋，一家三口以大團圓收場。

顯而易見，元雜劇故事中的朱（王）妻劉氏，並未如《漢書》中那般勢利短視，反而是關懷丈夫前程的賢惠典型。而明代傳奇有關劇作，如顧瑾《佩印記》、單本《露綬記》、無名氏《爛柯山》、《漁樵記》，惜皆亡佚，僅餘數支曲文爲《九宮正始》等書徵引，就故事言，大致仍沿元雜劇之規模發展[9]。

而到了清代，乾隆間玩花主人編選、錢德蒼續選之《綴白裘》收有《爛柯山》，其中〈北樵〉、〈逼休〉、〈悔嫁〉、〈癡夢〉、〈潑水〉五齣折子，顯然爲今日舞臺所見〈爛柯山〉（《朱買臣休妻》）一劇之粉本。〈北樵〉一折子戲，經比對係完全取材於元雜劇《朱太守風雪漁樵記》首折。至於朱妻姓氏，〈逼休〉作劉氏，亦名「玉天仙」，與元雜劇完全相同，另三折子戲〈悔嫁〉、〈痴夢〉、〈潑水〉則皆作崔氏，崔氏改嫁之後夫爲張西橋，就其中曲詞判斷，《綴白裘》所收均屬崑劇劇本，[10]而現今舞台搬演，也取材於此。

三、江蘇省崑劇院的成功改編

《朱買臣休妻》的原著文字談不上精妙，亦僅爲數百年來崑劇常演的傳統劇目之一而已。及至一九八三年，南京．江蘇省崑劇院進京，應《戲劇報》、《戲劇論叢》編輯部舉辦的「張繼青推薦演出」，上演《牡丹亭》及此劇，乃譽滿京華[11]。江蘇省崑劇院根據傳奇《爛柯山》

改編，取〈逼休〉、〈悔嫁〉、〈痴夢〉、〈潑水〉四折，敷衍成二幕四場的《朱買臣休妻》，由著名戲劇家阿甲、姚繼焜整理劇本，其各折劇情大致爲⑫：

〈逼休〉漢代，窮途潦倒的書生朱買臣，勤奮苦讀。然而妻子崔氏忍受不了眼前的清苦，決心改嫁其實是冒充富翁的木匠張西喬，於是逼丈夫寫休書，離家而去。

〈悔嫁〉婚後，崔氏方知「張百萬」乃是凶狠專橫的無賴漢張西喬，於是後悔莫及，私自逃離張家。

〈癡夢〉崔氏得知前夫朱買臣做官的訊息，悔恨交加，自責自怨，朦朧睡去，夢見朱買臣派人來接她去當夫人，正在如癡如醉之際，突然驚醒，陪伴她的只有殘月孤燈……。

〈潑水〉朱買臣衣錦榮歸，崔氏叩於馬前，希望得到丈夫的諒解，破鏡重圓。朱買臣喚人潑水於地，以「覆水難收」譏之。崔氏羞愧不已，乃投水自盡。朱買臣事後亦將崔氏葬於爛柯山下，立「朱買臣故妻崔氏之墓」石碑，以表二十年結髮夫妻之情。

這種劇情上的發展，說明崔氏只是「嫌貧」並未「愛富」，她平日未必幻想自己做官夫人，更不用說想給會稽太守做官夫人，當初她逼朱買臣寫休書的動機，主要還是朱買臣未能讓身爲妻子的她免除生活上後顧之憂，所以崔氏並不屬於淫蕩或紅杏出牆，她的改嫁張西喬亦出自鄰居王媽媽的聳恿。〈逼休〉之中崔氏唱⑬：

天天讀書想做官，隨他饑寒二十年，王媽勸嫁張百萬，喏喏喏！休書寫好離窮酸。

值得注意的是「離窮酸」三字，它顯示崔氏性格上的自主傾向，以及朱買臣只會讀書：「窮儒窮到底，獨求書中趣，常作送窮文，文送窮不離」的眞實寫照，對崔氏這樣一個始終不願被貧困犧牲的女性言，其實她最大的希望只不過圖個温飽，這正顯示人的個性亦是處事的動源——崔氏的個性潑辣直接，所以感情的觸角特別靈敏，她會比較、觀察生活周圍的變化，朱買臣二十年來「讀書要緊」的寒酸撒吞，沒有一點男子氣概，一直帶給她心理上的不安全感，所以這一日朱買臣因風雪未上山砍柴，衣食無著，無米下鍋，再度加強她離開貧窮淵藪的決心，可是老實的朱買臣仍無動於衷：

崔　氏　呀啐！（擊缸潑米，朱買臣拾之）

朱買臣　有罪呀，有罪！盤中之餐，粒粒辛苦，農家耕種，來之不易啊。

崔　氏　你這窮酸，怎麼不讓山上老虎吃了去？哎呀早早出脫了我嘘……。（崔哭介，朱吟詩，拿書）

朱買臣　一卷書在手，樂在其中矣。（崔奪書，擲朱）啊（拾書）！娘子你輕慢於我則可，輕慢於它是容不得的！

如此一種書癡，崔氏不論如何抗議，也無改於現實，因此她接著大罵朱買臣：

容不得怎樣？有道是「靠山吃山，靠水吃水」，你能靠書吃書麼？看你不啞不聾，不癡不呆，終日捧了一本書裝出這般行徑，哪裏是像人過的日子，我是受夠了，快寫一紙休書發放我來嗻！

對於朱買臣一再憧憬的「出頭的日子就來了」、「發跡的日子也就來了」、「姜太公八十遇文王，我才四十九歲、又非蓬蒿之人，自有一日要做官的」，二十年夫妻歲月裡，崔氏或許也曾相信過自己的丈夫，只是等了太久未曾實現，這些話也就淪爲空想，崔氏罵丈夫做夢，不外也是希望他採取務實的生活態度：

崔　氏　朱買臣，走來！

朱買臣　噢，來了，來了。

崔　氏　待我看來。

朱買臣　噢，請看。

崔　氏　看你這副嘴臉，只好做……。

朱買臣　官！

崔　氏　夢。

朱買臣　官！

崔　氏　夢。

朱買臣　官！官！官！

崔　氏　夢！夢！夢！

她可說是一直不相信丈夫有這個命的。類似這般心理，即使是在〈痴夢〉的夢境裡也流露出來。崔氏在獲知丈夫官拜會稽太守的喜訊，不免自慚形穢，報錄的人走後，她便有一連串複雜的心理變化，先是後悔：

爛……爛柯山下，吖，原來朱買臣果然做了官，咳！崔氏啊崔氏，你當初若沒有這節事做出來。哪……方才報喜的來麼，何等歡喜，何等快活，這夫人麼穩穩是我做的，我如今縱然要去見他。（唱）〔鎖南枝〕只是形齷齪身邋遢，衣衫襤褸把人嚇煞。

再是希望朱買臣接受自己。畢竟二十年夫妻，朱買臣的心地還算善良，而且自己也陪他喫了二十年的苦頭：

且住，我想他也不是負心的人呀，有道是一夜夫妻百夜恩噓。（唱）〔鎖南枝〕畢竟還想枕邊情，不說眼前話好似出園菜做了落樹花。我細尋思，教我如何價？〔一更〕呀！說話之間又早初更時分，我且閉門進去吧。咳崔氏啊崔氏，你好命苦，啊呀，你好命薄呀！（唱）〔前腔〕奴薄命天折罰，一雙眼睛呀啐只當瞎。

再又思及出嫁前父母給予的訓誨，頓時墜入萬般感慨：

我記得出嫁之時，爹娘遞我一杯酒說道：兒啊兒，你嫁到朱家去麼，千萬做個好媳婦，與爹娘爭口氣，啊呀，是這樣說的嚧。（唱）〔前腔〕我記得嫁一鞍將來配一匹馬。如今呵，好似一個蒂倒結了兩個瓜。咳！崔氏呀崔氏！你被萬人嗔，又被萬人罵……。

也因此，萬般紛亂複雜的心緒莫名湧現，崔氏悄然入夢，要把這一切埋藏到記憶深處裏去。她夢見一班皂隸，隨著院子、衙婆，捧著鳳冠霞帔，叫她「夫人」，說是「奉朱老爺之命，特來迎接夫人上任」，這無疑是現實界崔氏的盼望轉由夢境呈現。然而開了門，院子、衙婆叩頭之後，一班皂隸突然向她跪拜，崔氏竟驚駭得以「夫人」之尊跪倒在地，她心驚肉跳地問：「吓！你們是甚麼樣人呀！」這種反常的舉動，正表示崔氏根本沒有做官夫人的心理準備，而在夢裡毫無保留的反映出來。⓮

因此，她再從院子、衙婆手中接過鳳冠、霞帔，心中難掩喜悅，皂隸告訴她「繡幕香車在門外迎接」，她看著珠光寶氣的衣冠，又不懂得怎麼戴、怎麼穿？張西喬對她的拳腳相向，此處她有了力量與奧援：「啊呀朱買臣吓！越叫人著疼熱。」想著朱買臣對她的好，突地又想到猙獰可怕的張西喬！而張西喬果眞也出現了，手持斧頭：「殺殺，臭花娘，你想逃脫哉？身上著仔紅紅綠綠的衣裳，快點脫下來！」，一剎間，張西喬揮動斧頭，衝破了崔氏的夢，驚醒的她，只見到破壁殘燈零碎月……。

四、〈潑水〉空留遺恨

其實，除夢境顯示著崔氏對張西喬的懼怕，〈潑水〉一齣開始時她所唱的：「一夜流乾千行淚，阿呀起倒難成寐，咳，我如今啊呀懊悔遲。」也透露出崔氏對自己釀成錯誤之後的內心掙扎：崔氏本來就沒有甚麼人生哲學，像她這種市井小民，可說是一生都活在進退的矛盾中，進退的矛盾愈大，精神上承受的壓力也就愈形沈重，〈潑水〉起始，崔氏上場表現極欲脫離張西喬擺佈，又萬分慄慄會見朱買臣的心情，舞台上的崔氏頭戴一朵喜花，象徵她是以朱買臣親人的身份來祝賀朱的萬般殊榮，但更顯示此時她內心曾經千迴百轉又飽受刺激，以致精神迷離恍惚。

然而，崔氏的想法畢竟簡單：她雖然曾經毫不留情的正面批判、傷害朱買臣，卻仍以爲官高勢重的前夫不致絶情，她沒有敏銳的警覺性，更沒有細密的心思去設想朱買臣的處境感受，她的幻想是浮淺的直感，她寄望朱買臣的重新接納，顯然也只是單方面、一廂情願的，所以必須接受悲劇的事實。

至於前夫朱買臣，曾在落魄寒儒最需要有親人支持、瞭解的時候，竟然遭到親愛妻子的重重嘲諷，他又當如何揮去記憶中的這段深慟呢？這種完全沒有交集點的接觸，只能靠著很勉強的理由撮合，必然的貌合神離，也終究無法抹除心上的陰影。於是兩人一相見，朱買臣就下令左右迴避，然後質問崔氏：「崔氏啊崔氏，你爲何弄得這般光景？」、「你還記得離家之時？」、「你道我休書都不會寫，還想做官！」，萬般羞愧的崔氏態度無比卑微：

你今做高官駕高車，我低頭跪，特來接你。
丈夫老爺，帶了奴家回去吧！

但十分爲難的朱買臣在心情上終於選擇了與崔氏相反的方向，態度極度冷淡：

〔川撥棹〕崔氏女哭啼啼，崔氏女哭啼啼。俺朱買臣，心惶淒。想當初破屋堂前，屈膝于伊。如今在十字街頭，伊跪馬前。這叫我怎生置理？老天哪！看來是裂縫之竹難合彌。

並且命部衆給崔氏紋銀五十兩。崔氏苦苦哀求，朱買臣亦無半點回心轉意，反而喚人取來一盆水傾於馬前：「若收覆水，我就帶你回去」，羞愧的崔氏無地自容，於是看前面水閘，縱身一躍！慌亂中，崔氏被衆人打撈救起，但已回天乏術。其實朱買臣心中也有無限痛苦：

唉！柴米夫妻我有愧，逼寫休書裂心肝，馬前潑水非我願，破境殘缺難重圓，潑水難收人投水，眼望碧波心黯然。

他交待地方備下一口棺木，將崔氏好好成斂，葬在爛柯山下，立下石碑，上寫「朱買臣故妻崔氏之墓」，以表二十年結髮夫妻之情，然後在崔氏身邊稍站片時，默立而拜，上馬打道回程，整齣戲結束，留下的惆悵，心潮不平，都在戲後令人慢慢回想。

五、「戲膽」乃人物性格之體現

《朱買臣休妻》給觀藝者的啟示是多面的，人物性格的衝突也造就了整個舞台的氣氛。這齣戲有「戲膽」[15]，在朱買臣、張西喬、地方、院子、衙婆、報錄的陪襯中，逐步浮現特殊的涵意。

以〈逼休〉言，分爲「前逼」、「後逼」。「前逼」帶有喜劇意味，朱買臣甚至將淘籮當鳳冠，戴在崔氏頭上，朱買臣亦說：

> 半年前，我算了一次命，那算命先生說道：「朱先生啊，朱老爺，你有滿腹經綸，可惜呀！你眼前官運未通，你的妻子卻有夫人之命，日後，你還要靠她的福氣呢！

這是一種解嘲。將淘籮戴在崔氏頭上，然後說：「啊呀，娘子，你一品夫人當定了。」爲的是緩和崔氏內心的矛盾，但「戲膽」——崔氏卻將他重重否定，只索求休書另嫁：

我只爲飢寒，怎顧得人羞恥，你尋思做官，做官怕輪不到你！

將戲帶入「後逼」的高潮，高聲唸出休書的內容，要朱買臣在休書後捺上手印，她的咄咄逼人，使朱買臣無招架之力，她高叫：「來呀！來呀！打打打噓！」朱買臣只有：「啊！啊！啊！啊！」的後退，那犀利的語浪，一波波震攝觀衆，朱買臣最後只有投降，在休書上打下自己的手印，以低沉語音道出：「呀呀呀呸！半生共枕，一旦拋棄，你……太絕情！太絕義！二十年夫妻……也罷！從此兩分離。」戲劇評論家阿甲分析這一段念白與做工，至爲精采⑯：

這一段念和做十分重要。『二十年夫妻』不是兩年，要念的慢，似乎一個字標誌著一年的時間，聲調要低，字字著力，不要像數石子那樣乾脆，要有粘性，像是用膠汁把它粘在一起，又如藕斷絲連。『也罷』兩字不另起鑼鼓，要低念，念得冷颼颼的，接著『妻』字的音流（衣希）念下來。『罷』字念完，拇指落在硯台上，要使勁捺下去　，這是一個有力的節奏，要打一個低沈的鑼聲。『從此』這兩個字念起來，要從聲音的形象裡表現出二十年關係的決裂。這裡要兩下鑼，把全身的勁頭集中在指上……按下手印，然後甩袖掩面。崔氏也感到一震，然後大大方方地把蓋好手印的休書拿走，等她說到：「朱買臣，朱老爺，告別了」，剛跨出兩步，朱叫她轉來，崔氏停住。朱買臣發出顫抖的聲音喊了一聲妻子：「難道這二十年夫妻，今日就完……完了不成？」……這時，崔氏的鐵石心腸，竟被這種淒慘的哀告聲所打動，她竟也抽泣起來，不自覺地把捏休書的手伸出去。她的手是隨著哀告的聲音伸出去的，朱買臣的淒厲聲音，崔氏發抖的手，再加上像珠滴玉盤那樣的板鼓點子擰成一縷情絲：「休書拿來！」朱買臣這一爆烈的聲響，突然地使崔氏把手縮了回去，脆弱的情絲斷了。這個時候朱買臣竟會搶起休書來，幾番拉拉扯扯，崔氏把他推倒……。

然後崔氏扶起他，朱買臣癱瘓在椅上，一言不語，崔氏既委婉又很理直氣壯地鄭重告訴前夫：

> 朱買臣，你休要怪我，你這個人只求書中有趣，卻不管妻子凍餓。有道是：『嫁夫嫁夫，吃夫穿夫』，養不活家，何必娶我？不是我斷情絕義，乃是你逼我逃死求生。也罷！這裡有白花花的紋銀一錠，留在桌上，從今以後再也不要來糾纏了。

把銀子放在桌上，崔氏心安理得地跨出大門，說了兩句調適自我心理的話：「正是：未犯三從和四德，只因難熬饑和寒」出了門又回頭看看門，走了。

這其中，崔氏的情緒，心理是複雜而微妙的，最後仍表現出正旦「雌大花臉」決絕的個性，自我選擇生命的去向，她不像傳統閨閣知識分子那種多愁善感、躲在陰暗角落自我放逐，她簡單、她灑脫、她堅決、她潑辣、她沒有假斯文的臭味，沒有鬪心機的手法：要就要，不要就不要，死就死，一如《紅樓夢》中烈性至剛的尤三姐[17]。及至戲劇的末尾受到朱買臣覆水難收的奚落，她也不願再卑微的向人乞憐。「寧鳴而死，不默而生」，如果朱買臣終未發迹，崔氏可堂堂正正的活下去，只是生命卻是如此造化弄人，而人往往也因賭注下錯，不能挽回，也只能對生命的苦酒自醮自啜，而其中顯示卑微小人物自有卑微的生活方式，也透露中國社會對這類人物所賦予的生命特質，便是他們之所以憑藉，向環境、命運抗爭，甚而是改造命運的唯一力量。——這層特質與力量，該是這齣故事、戲劇之所以在廣大民間流傳不輟最主要的原因！

註釋

❶ 參《張繼青表演藝術》頁二〇七〈細磨才能出精品——從藝札記之二〉，中國崑劇研究會編，江蘇人民出版社，一九九三年。

❷ 《楊蔭瀏音樂論文選集》頁三〈天韵雜談·崑劇角色〉，上海文藝出版社，一九八六年。

❸ 柳氏的凌厲在《獅吼記》中表現無遺。〈梳妝〉一折的夫妻對話，柳氏處處注意丈夫的話是否心猿意馬，如：「好像對門張家媳婦一般」、「這把扇兒倒也精緻，一定是年少風流之物，是那個與你的？」、「呸，我方才聽見什麼琴吓操吓？」。〈跪池〉一折知丈夫在外招妓陪酒，勃然大怒：「咳！禽獸吓！人人說你的腸子有吊桶粗，我道你的膽兒有天樣大。和你夫妻多年，豈不知我的性兒？」

❹ 按《竇娥冤》係元曲，其後葉憲祖據以增飾，添出蔡子乳名鎖兒，項掛金鎖，蔡婆以金鎖交竇娥，爲張驢兒拾去，遂與賽盧醫買砒霜，後來鎖兒覆舟入龍宮，竇娥亦不死，作團圓收場，今演有〈說窮〉、〈羊肚〉、〈探監〉、〈法場〉等齣。見《古典戲曲存目彙考》頁一一四〇，上海古籍出版社，一九八二年。

❺ 由此觀察南京崑劇院與上海崑劇院搬演《爛柯山》一劇，可知南京崑劇院張繼青所演崔氏一角完全符合『正旦』的特色，而上崑的梁谷音則詮釋不足，錯置了崔氏在旦行中的定位，亦忽略傳統崑劇旦角應有的特性。

❻ 見錢南揚《宋元南戲百一錄》頁一五六。《燕京學報》專號之九，台北，東方文化書局翻印本。

❼ 見陸侃如、馮沅君《南戲拾遺》頁一一五引，台北，古亭書屋翻印。

❽ 《王鼎臣風雪漁樵記》一卷，息機子本，見收於《全元雜劇三編》之二，台北，世界書局。此本保留元人雜劇原貌，臧晉叔《元曲選》所收《朱太守風雪漁樵記雜劇》則顯然依明代人習慣刪改不少。如第一折首支〔仙呂點絳唇〕十載攻書，半生埋沒。學干祿，誤殺我者也之乎。我更做道天之數。（息機子本），《元曲選》將最末一句改爲「打熬成這一付窮皮骨」，係就劇情朝更通俗、更口語刪改字句。故研究元劇宜採《全元雜劇》所收爲根據，不宜以《元曲選》版本爲劇情標準，是爲至明。

❾ 莊一拂《古典戲曲存目彙考》卷十三《漁樵記》條：「此戲未見著錄，《曲海總目提要》有此本，演漢·朱買臣事。買臣妻本無姓可考，其妻自經，不復有後收歸一節。劇中王安道、楊孝先者，雖不必實有其人，要亦謳歌樵採時相識，元人雜劇《王鼎臣風雪漁樵記》亦爲翻案文章，劇或本此。」

❿ 按《綴白裘》十二集四十八卷，收元明清三代戲曲散齣，曲文賓白俱備，並皆爲乾隆間劇場演唱最流行之劇目，其時崑曲盛行，亦有梆子，《爛柯山》見收於〈新訂時調崑腔〉初、二、五編，以及補編十二集內。另，除此五齣折子，亦有〈寄信〉、〈相罵〉二折，觀其稱朱妻爲劉氏，亦當由元雜劇而來。

⓫ 參《笛情夢邊——記張繼青的藝術生活》頁一二四，〈梅花首綻〉所敘述一九八三年五月，江蘇省崑劇院進京表演盛況，張繼青亦於該年獲首屆戲劇梅花獎。

⓬ 參南京，江蘇省崑劇院赴東京國立劇場之演出資料頁十四。另京劇《馬前潑水》則僅限〈潑水〉劇情，未有崑劇如此詳備之結構。

⓭ 以下所引，係皆江蘇省崑劇院舞台演出腳本文字。

⑭ 阿甲〈從崑劇《爛柯山》談張繼青的表演藝術〉一文，從張繼青在〈痴夢〉裡的性格刻劃，詳述其間心理變化，尤以此段更有詳細分析，參《張繼青表演藝術》頁廿七——廿九。

⑮ 所謂「戲膽」，即一齣戲中的核心人物，也是全劇思想和藝術主要的體現者，這種人物，貫串全劇，有時爲唯一主角，有時由兩人體現，例如《將相和》之中，廉頗、藺相如均爲主角，乃以藺相如爲戲膽；《四郎探母》中，楊四郎和鐵鏡公主皆爲主角，而以楊四郎爲戲膽。有關此方面之詳細敘述，可參《京劇知識詞典》，吳同賓。周亞勛主編，天津人民出版社，一九九〇年。

⑯ 見《張繼青表演藝術》頁三〇——三二。

⑰ 引述自《紅樓夢人物論》頁一〇七，長安出版社。

中國古典小說中的「三姑六婆」

林保淳

在中國古典小說中，「三姑六婆」是出現相當頻繁的「族群」，一般來說，此一族群代表的是市井巷陌階層的中、老年齡女性配角。由於是市井巷陌中的尋常人物，社會地位較低，在思想觀念上，自有別於其他象徵著中上階層的官宦、商賈、鄉紳、儒士、仙俠、閨閫之流，而呈顯出其特殊的族群風格，以及明顯受壓抑的評價；由於是中、老年齡層，社會閱歷豐富，處事圓熟巧滑，思慮周密，則不同於一般輕揚跳脫、洋溢著青春年少的衝勁與熱情，而較少睿智思考的青年人，呈顯出老成精明的特色；由於是女性，更迥異於傳統社會主流的男性立場，呈顯了另一層次中國古代婦女角色的切面；由於是配角，故通常不是小說中的主要人物，有時候僅僅只是過場龍套而已，不過，有時候往往也是穿針引線的靈魂人物，實際上肩負起整個小說情節推展的重任。綜括而言，「三姑六婆」在古典小說中，由於其角色特性的制約，一方面表現出了小說人物塑造的獨特性，可視爲一種人物典型；然而，一方面也「模式化」起來，主要出現在幾種特殊的情節中（尤其是男女戀情）。

對於如此重要的典型人物，目前學界似乎仍少人予以重視，本文不揣冒陋，嘗試加以分析，基本上採取兩個大方向，一是從人物造型的塑造入手，探討「三姑六婆」族群在小說中所起的作用，其中包括人物特性的分析、人物與情節的關聯性、模式化等等，屬文學層面的討論；一則就思想、文化的角度，論述「三姑六婆」與中國文化的關係，其中包括「三姑六婆」的形成背景、意義及偏低的評價種種問題。這兩個方向間糾結甚多，難以區劃，故在論述當中，不免時須相互關照，章節劃分概以行文氣勢所流止為主，如有疏漏、不明之處，遇請學界、方家多多指教。

一、「三姑六婆」解

「三姑六婆」成語的使用，迄今綿延了六百多年[1]，可謂是源遠流長的了，近人運用此語，通常指一些東家長、西家短，性喜搬弄唇舌的女性，帶有相當濃厚的貶抑、歧視意味。大體上，這是符合歷來的觀點的。不過，從「三姑六婆」一語中，我們可以窺知，這是一個相當概念化的語詞。概念化語詞的缺陷，往往在於不夠明確，非但容易流成罵詈貶斥的利器，更易模糊了其實際的內涵。因此，今人雖仍使用「三姑六婆」之語，大多也只是習焉不察，姑不論不知「三姑六婆」何所指涉，即使知道，也很難說出個中詳情。其實這不僅是今人如此，古人想來也是難免。

據目前可以看到的較早一條資料而言，「三姑六婆」所指是：

「三姑六婆」之名，起源較晚，原亦非定然指三種姑、六種婆，而是指低層社會中的某一批特殊人物，宋人袁采《世範·治家》中，就曾指出這群人物的特色：

尼姑、道婆、媒婆、牙婆及婦人以買賣針凿爲名者，皆不可令入人家，凡脫漏婦女財物及引誘婦女爲不美之事，皆此曹也。袁采雖舉出了這些人物，但並未提及「三姑六婆」之名。

三姑者，尼姑、道姑、卦姑也；六婆者，牙婆、媒婆、師婆、虔婆、藥婆、穩婆也。（元・陶宗儀《輟耕錄》卷一○）

陶宗儀此說，三、六各有實際指涉，可惜並未進一步說明其具體內容，我們很難考究到底陶宗儀只是一仍舊說，還是眞的胸有定見，至少，到了清代，已模糊不清了，若干專門記載明、清俗語的辭書，如清人孫錦標《通俗常言疏證》、梁章鉅《稱謂錄》、西厓《談徵》、李鑑堂《俗語考原》等，皆未能脫出陶氏範圍。故連趙翼號稱「周密詳愼，卓然可傳」❷的《陔餘叢考》（卷三八），也只能以引用陶氏之說，一筆帶過，未作絲毫解說。褚人穫算是說得較具體的，其言云：

《輟耕錄》：三姑者，尼姑、道姑、卦姑也；六婆者，牙婆、媒婆、師婆、虔婆、藥婆、穩婆也。按：卦姑，今看水碗𨁈烏龜算命之類；師婆，今師娘，即女巫也；藥婆，今捉牙蟲，賣安胎、墮胎藥之類。但虔婆未知何所指。魏仲雪釋《西廂》亦不載，後見沈留侯年伯《稱號篇》：《方言》謂賊爲虔婆，猶言賊婆也。（《堅瓠己集》卷四，〈三姑六婆〉）

褚氏之說，稍有脈絡可尋，但存疑之辭，依然不免。延宕至今，欲眞確了解「三姑六婆」的實際指涉，自然難之又難了。在此，本文擬稍加疏解，以窺究竟，不過，也只能信者傳眞，疑者存疑了。

在「三姑」中，屬於佛教的尼姑與道教的道姑，是不煩疏解，一望即知的，至於卦姑，褚人穫謂「今看水碗是烏龜算命之類」，應該是屬於民間宗教的師巫系統，指一般在民間爲人扶乩、畫箕、卜卦、測命的在家婦女。以此而言，「三姑」是以宗教信仰歸類，代表了民間通俗信仰的女性教徒。

至於「六婆」，大抵以職業爲劃分標準，其中的「師婆」、「藥婆」，與「卦姑」頗難區別。褚人穫謂藥婆是「今捉牙蟲，賣安胎、墮胎藥」的婦女，大概也通曉民間術數與醫藥祕方；「師婆」，又稱「師娘」，即女巫，褚人穫謂「吳中稱巫爲師娘，裝束不男不女，情狀不夢不醒，言語不蠻不直，其黠悍正在村蠢不根之中，蠱惑愚民，嚇騙婦女，詭詐百出，若有徵而可信」❸；《初刻拍案驚奇》卷三九，〈喬勢天師禳旱魃，秉誠縣令召甘霖〉亦云：「無過是些鄉里村夫，游嘴老嫗，男稱太保，女稱師娘，假說降神召鬼，哄騙愚人」；《五色石》中曾針對女巫作過較詳細的刻劃，稱：

司巫作怪，邪術蹺蹊。看香頭，只說見你祖先出現；相水碗，便道某處香願難遲。肚裡說話時，自己稱爲靈姐；口中呵欠後，公然裝做神祇。假托馬公臨身，忽學相山匠人的土語；妄言聖母附體，卻呼南海菩薩是娘姨。官話藍青，真成笑話；面皮收放，笑殺頑皮。更有那捉鬼的瓶中叫響，又聽那召亡的甕裡悲啼。說出在生時犯甚症候，道著作享日吃甚東西。哄得婦人淚落，騙得兒女心疑。究竟這般本事，算來何足稱奇？樟柳神、耳報法，是他伎倆；簷頭仙、練熟鬼、任彼那移。過去偶合一二，未來不進毫厘。到底是脫空無寔，幾曾見明哲被迷。（卷五，〈續箕裘・吉家姑搗鬼感親兒，慶藩子失王得生父〉）

「師婆」通曉腹語、口技，藉鬼神附體爲人逆測命運，其中「相水碗」正與褚人穫所說之「看水碗是烏龜算命」相同，與「卦姑」皆屬術士之流。

「穩婆」又稱「老娘」，一般通指產婆，專門爲待產婦女做收生工作，但是一些在衙門服務，專門負責管理女犯、檢驗女體、女屍的，也稱「穩婆」，如《六部成語》稱其爲「驗屍之女役」；《古今小說・裴晉公義還原配》中，萬泉縣令爲巴結裴度，強搶黃小娥送往晉州，一路上即由「兩個穩婆相伴」；《初拍》卷三四的入話，袁理刑欲檢驗尼姑眞僞，也是教「穩婆進來，逐一驗過」。大體上，此二者的性質差不多，可能穩婆原是產婆的專稱，對女體較爲熟悉，而衙門中不時需要負責檢驗女犯的人手，故就便選擇產婆擔任此一工作，因此名義即開始分歧了。

「牙婆」有人以爲是指舊時「專爲買賣人口作居間人的老婆子」❹，不過，這恐怕是一種誤解，牙婆與生意買賣有關，這點，我們從「牙」這個相當特殊的字義中可以看出。據陶宗儀所說，「今人謂駔儈者爲牙郎，本謂之互郎，謂主互市也。唐人書互作牙，互與牙字相似，因訛爲牙耳」❺；陸鳳藻《小知錄》卷四引《書史》「每歲荒及節迫，往往使婦駔攜書畫出售」

時，亦云「婦駔，今牙婆」，但是，絕非專指買賣人口。小說中的例證極多，舉凡賣珠翠、花粉、胭脂等婦女用品的婦人，皆稱牙婆。至於買賣人口也稱牙婆，如《醒世恒言》〈兩縣令競義婚孤女〉及〈白玉孃忍苦成夫〉中，石月香兩經官賣，白玉孃被逐轉賣，負責的都是牙婆，則是因俱屬買賣範圍，故連帶稱呼而已。然而，所謂的「買賣人口」，意涵也不同於現今拐騙式的販賣人口，而是公開化且略帶有婚姻歸屬成分的，一般是爲婢或作妾，而後者更居主要項目。如張岱《陶庵夢憶·揚州瘦馬》，提到揚州養女子爲瘦馬的風俗，凡「娶妾者切勿露意，稍透消息，牙婆駔儈咸集其門，如蠅附羶，撩撲不去」。由於牙婆的工作範疇中，部分可能牽涉到婚姻性質，因此，與專門職掌姻緣說合的傳統媒妁，往往難以區分。張岱在敘述揚州瘦馬時，也用了「媒人」一詞，而相同風俗的記載，則逕以「媒婆」稱呼了：

從來仕宦官員、王孫公子，要討美妾的，都到廣陵郡來揀擇聘娶，所以填街塞巷，都是些媒婆撞來撞去。（《初刻拍案驚奇》卷一二，〈陶家翁大雨留賓，蔣震卿片言得婦〉）

廣陵郡即是揚州，所謂「塡街塞巷，都是些媒婆撞來撞去」，與張岱所說的「如蠅附羶，撩撲不去」，描述的正是同一景況。

事實上，牙婆、媒婆、穩婆三者的職掌，是經常混淆難分的，如「媒婆」有官媒、私媒之分，一般民間婚姻的中介者，即屬私媒，只要接受委託，任何人都可以充當。而所謂官媒，淵源甚早，可推至於《周禮·地官》的「媒氏」。三國時，吳曾設「媒官」，原本是主掌國內男女婚姻，令會以時，「無故不用令者罰之」的官員❻。元代官媒最盛，從元代雜劇中可知，元代官媒大體上主要爲高官厚爵者牽合婚姻，在此，可能與私媒還有一定程度的區別。不過，據徐珂《清稗類鈔・婚姻類》稱：

> 官媒爲婦人之充官役者，舊例：各地方官遇發堂擇配之婦女，皆交其執行，故稱官媒。兼看管女犯之罪輕者，如斬、絞監候婦女，秋審解勘，經過地方，俱派撥官媒伴送。

官媒雖還可能爲高官顯祿者作合，但地位陡降，職掌上，執行發堂擇配的工作，與前述官賣白玉孃、石月香的牙婆相同；「派撥官媒伴送」，也等同於伴隨黃小娥到晉州的穩婆了。

「虔婆」最普遍的用法，是指經營娼家的老鴇子，在《三言》中，幾個著名的妓女，如玉堂春、杜十娘、花魁女的媽媽，都被稱爲虔婆。從通俗的字義上說，「虔」有二義，一與殺戮有關，如《方言》稱「虔、劉、慘、惏，殺也」（《箋疏》卷一）、「虔、散，殺也」（《箋疏》卷三），依此，虔婆可稱賊婆，褚人穫即採此說法；一與黠慧有關，如《方言》稱「虔、儇，慧也」（《箋疏》卷一）、「儇、黠，謾也」（《箋疏》卷一二），依此，虔可通「姏」（《目前集》中，「虔婆」作「鉗婆」，「姏」、「鉗」同音），故翟灝《通俗編》、陸鳳藻《小知錄》並釋「姏婆」爲「婦之老者，能以甘言悅人，如今三姑六婆」，能以甘言悅人，其巧黠伶慧可知。依小說的習慣用法而言，老鴇子的行事風格，與後解較近，應爲正解。

如《二刻拍案驚奇》卷四，〈青樓市探人蹤，紅花場假鬼鬧〉中，史應、魏能兩個衙門承差，爲了探訪命案，假意與紀老三結爲異姓兄弟，就說她們「放出虔婆手段，甜言蜜語，說得入港」；《初刻拍案驚奇》卷二，〈姚滴珠避羞惹羞，鄭月娥將錯就錯〉中，協助汪錫拐賣人口的王婆，一見姚滴珠，就立刻花言巧語安撫一番，評點者以「虔婆腔」加以批註，可爲證。田宗堯以「賊婆」詮釋，並引《新方言》「人謂老嫗善強取及撓擾人者爲虔婆」及《丹鉛錄》「姏婆能以甘言悅人」爲據❼，恐怕是沒能分清「虔」字的兩種解釋，事實上，據「善強取及撓擾人」的特性來說，老鴇子更可能是當仁不讓的。由於老鴇子引奸賣俏，誘陷良家子弟，不是什麼高尚的職業，因此虔婆也成爲極通俗的罵詈詞彙，縱使不是老鴇子，也可以冠上此一詈詞，如〈喬太守亂點鴛鴦譜〉中的媒婆張六嫂、〈何道士因術成奸，周經歷因奸破賊〉中賣荳腐的沈婆，都被呼爲「虔婆」。

在姑婆族群中，無論是以宗教信仰區分的「三姑」，或以職業歸類的「六婆」，從上述的說明中，可以看出是相當混淆的；尤其是「六婆」所屬的職業，開放性極大，幾乎是任何人都可以從事的，其間的混雜狀況，更難以釐清，一人兼充數職的情況，所在皆有，如《金瓶梅》中的王婆，據書中描述：

> 原來這開茶坊的王婆子，也不是守本分的。便是積年通殷勤，做媒婆，做賣婆，做牙婆，又會收小的，也會抱腰，又善放刁。還有一件不可說，髮髻上著綠，陽臘灌腦袋，端的看不出這婆子的本事來！（《金瓶梅詞話》第二回，〈西門慶簾下遇金蓮，王婆子貪賄說風情〉）

就同時是賣婆、牙婆、穩婆、媒婆；《醒世恆言，陸五漢硬留合色鞋》中，爲張藎和潘壽兒布局的陸婆，原來是賣花粉的牙婆，但「這婆子以賣花粉爲名，專一做媒作保，做馬泊六，正是他的專門」，也是身兼數職；《快心編》中貪圖重賄爲劉世譽說親的花婆，本是牙婆，兼做媒婆，又被譏爲虔婆；《醒世恆言．鬧樊樓多情周勝仙》中的王婆，「喚作王百會，與人收生，作針線，作媒人，又會與人看脈，知人病輕重」，「百會」的綽號，充分說明了這些角色的共通性，因此都是可以互兼互換的。甚至「三姑」兼職的也不少，如《初拍．酒下酒趙尼媼迷花，機中機賈秀才報怨》的入話中，爲滕生和狄夫人牽線的尼姑慧澄，就兼做賣珠子的牙婆；《禪眞逸史》中，牽合黎賽玉和鍾守淨一段孽緣的趙尼婆，也以「做媒做保」當副業，甚至自我炫耀：

> 我趙婆不是誇口，憑你說風情，作說客，結姻親，做買賣，踢天弄地，架虛造謊，天下疑難的事經我手，不怕他不成。（第六回，〈說風情趙尼畫策，赴佛會賽玉中機〉）

較諸《金瓶梅》中的王婆，毫不遜色。

從上述的討論中，我們可以很清楚的看出「三姑六婆」彼此糾結難分的情況，不過，她們卻自成一族群，大體上代表了中下階層的一群特殊人物，從職業上說，賣花粉、賣茶酒、賣珠翠胭脂，甚至買賣人口，牽合關說，都不算是什麼崇高的職業，而佛、道、民間宗教等信仰，也往往無法獲得以儒家士大夫爲重心的社會認可，因此，歷來以士大夫爲核心的社會評價，都是負面、壓抑的。從陶宗儀將她們等同於「三刑六害」，宣稱「人家有一于此，而不至姦盜者幾希矣」，並奉勸「若能謹而遠之，如避蛇蠍，庶乎淨宅之法」❽以來，「三姑六婆」就背負了「奸盜之招」❾、「淫盜之媒」❿的惡名，輿論上盡是一片撻伐、譏諷之聲，這點，在小說中反映得最是明顯，《醒世恆言，一文錢小隙造奇冤》中，綽板婆孫大娘使開「街罵」，以爲「前門不進師姑，後門不進和尚，拳頭上立得人起，臂膊上走得馬過」，是「替老公爭氣」，正可說明一斑。所謂「三姑六婆不入，斯言永遠當遵」⓫、「三姑六婆不可進門」⓬、「三姑六婆，人家最忌出入」⓭，是作小說者的一貫立場，故「三姑六婆」幾乎都以反派或丑角的姿態出現，而且「模式化」的跡象十分顯著。在此，我們不妨細加申說。

二、「三姑六婆」的特色

「三姑六婆」既屬一特殊族群，自然有其共通的特性，由於其中道姑、卦姑、師婆、藥婆、穩婆在小說中出現的次數、場合、地位，皆明顯不及尼姑、牙婆、媒婆和虔婆，爲集中焦點起見，以下的論述，將以後四者爲主要對象。

㈠ 女性身分的便利

「三姑六婆」的最大共通性，當然是她們的女性身分，這點雖一望即知，卻是一個極其重要的關鍵。首先，她們的活動，無論是如「三姑」般宣揚宗教（或斂財），或如「六婆」般借職業謀生，主要的對象，都是婦女。古代男女防限森嚴，婦女社交受到重重的限制，如《禮記・內則》中所規定的男女「不同席」、「不共食」、「不共井」、「不通乞假」、「非喪非祭，不相授器」等，在日常生活中有極其嚴格的規範；儘管如此，但她們仍難避免與廣大的社會層面有某種程度的接觸。從日常生活所需而言，當時婦女既然等閒不能出門，是則一應生活所需，自不得不由外而入，尤其是婦女用品，很難假手男人，故僅能靠牙婆、媒婆等，不定期供應姻脂花粉、珠寶項鍊等裝飾物，唯因她們是女性，所以才不會引起懷疑。《二刻拍案驚奇》的〈徐茶酒趁鬧劫新人，鄭蕊珠鳴冤完舊案〉，記載了徐茶酒因替鄭蕊珠「開面」，引動色心，趁婚禮時劫走新娘，而引發一連串命案的故事，作者對受害人顯然殊少同情，反而從禮教的觀點，說「男子何當整女容，致令惡少起頑兇；今朝試看含香蕊，已動當年函谷封」，濃厚帶有冷嘲熱諷的意味，認爲「其禍皆在男人開面上起的」，「所以內外之防，不可不嚴也」；《醒世恆言・劉小官雌雄兄弟》的入話，也記載了明代成化年間哄動一時的「人妖桑沖案」（小說作桑茂），桑沖男扮女裝，以精通針黹女紅，深入閨闥，姦淫了無數婦女。這兩個故事充分說明了當時男女防限觀念的嚴格，以及女性身分在這種情況下的便利。從精神層面而言，當時佛、道等宗教流行，通俗的輪迴、果報觀念深入人心，已成爲當時婦女極重要的精神慰藉，一般寺廟觀庵之類的宗教場所，尤其是尼僧住持的觀庵，也成爲婦女唯一可以合法出入的場地，也唯有「三姑」之流，可以藉著化緣、誦經、印經、塑像的機緣，向大宅女眷要求布施。事實上，「三姑六婆」之所以惡名昭彰，也正是由於她們得了這種特殊的天時、地利與人和。如《初拍》卷六，〈酒下酒趙尼媼迷花，機中機賈秀才報怨〉中，就表示：

> 話說三姑六婆，最是人家不可與他往來出入。蓋此輩功夫又閒，心計又巧。且亦走過千家萬戶，見識又多，路數又熟。不要說有些不正氣的婦女，十個著了九個兒，就是一些針線也沒有的，也會千方百計弄出機關，智賽良、平，辯同何、賈，無事誘出有事來。所以宦戶人家有正經的，往往大張告示，不許出入。其間一種最狠的，又是尼姑。他借著佛天爲由，庵院爲囿，可以引得內眷來燒香，可以引得子弟來遊耍。見男人問訊稱呼，禮數毫不異僧家，接對無妨。到內室念佛看經，體格終須是婦女，交搭更便。從來馬泊六、撮合山，十椿事倒有九椿是尼姑做成，尼庵私會的。

《古今小說·蔣興哥重會珍珠衫》中，將「牙婆」與遊方僧道、乞丐、閒漢並列爲「世間有四種人惹他不得，引起頭，再不好絕他」之一，更強調：

> 上三種人猶可，只有牙婆是穿房入戶的，女眷們怕冷靜時，十箇九箇到要扳他來往。今日薛婆本是箇不善之人，一般甜言軟語，三巧兒遂與他成了至交，時刻少他不得。

這些評論，雖然明顯帶有禮教色彩，未必公允，但是卻眞實道出了女性身分在當時保守的社會環境下的便利性。

(二) 能言善道的利口

其次，她們大體上皆年齡稍長，社會閱歷較深，小部分可能年輕稚嫩，像一些假借佛教徒名義，實際上出賣色相的貌美尼姑，如《歡喜冤家》第二二回，〈黃煥之慕色受宮刑〉中的明因寺性空、淨雲寺了凡，及《初拍》卷三四，〈聞人生野戰翠浮庵，靜觀尼晝錦黃沙衕〉中的翠浮庵靜觀，但是較之深藏閨閫宛如籠中之鳥的婦女，顯然已是「經彈的斑鳩」⑭。社會歷練豐富，使她們對世態人情的掌握、人性弱點的分析，都能深中肯綮，呈顯出老成式的精明與乖巧，處事圓熟巧滑，思慮周密，言語伶俐，因此在小說中，她們幾乎都具有一張能言善道的快嘴，擅長爲人籌謀劃策。如《金瓶梅》中的王婆，書中說她：

> 開言欺陸賈，出口勝隨何。只憑說六國唇鎗，全仗話三齊舌劍。隻鸞孤鸞，霎時間交仗成雙；寡婦鰥男，一席話搬唆擺對。解使三里門內女，遮麼九皈殿中仙。玉皇殿上，侍香金童，把臂拖來；王母宮中，傳言玉女，攔腰抱住。略施奸計，使阿羅漢抱住比丘尼；纔用機關，交李天王摟定鬼子母。甜言說誘，男如封涉也生心；軟語調和，女似麻姑須亂性。藏頭露尾，攛掇淑女害相思；送暖偷寒，調弄嫦娥偷漢子。這婆子，端的慣調風月巧排，常在公門操鬥毆。（《金瓶梅詞話》第二回，〈西門慶簾下遇金蓮，王婆子貪賄說風情〉）

大體上，這樣的形容已成爲習套，像《警世通言·小夫人金錢贈年少》、「古今小說·張古老種瓜娶文女》，都援用了類似的詞句⑮。這還只是敘述語，在人物實際的表現上，亦是如此，如在〈賣油郎獨占花魁〉故事中，王美娘被騙賣入娼樓，抵死不願屈服，任憑王九媽如何威脅利誘，都無法奏效，遂請出了號稱「女隨何，雌陸賈」的劉四媽，在她剖析利害關係，透徹的將「眞、假、苦、樂、趁好、沒奈何、了、不了」八種「妓女從良」方式的利弊釐劃清楚後，使王美娘在認清現實的殘酷之餘，也泛起了新生的希望，於是俯首應允，終究成為名噪一時的「花魁娘子」。《金瓶梅》中的王婆，為西門慶設定十件「挨光計」，《禪眞逸史》中的尼姑趙蜜嘴，爲鍾守淨策劃勾引黎賽玉，在整個細節上的安排，都作了各種不同的因應方式，眞可謂是天衣無縫。《雪月梅》中設計拐賣許雪姐的孫媒婆，書中也說她「使機謀，人莫料；弄口舌，如簧巧」，即此可以看出她們的能耐，大概盡是「百會」之流。以老練精乖的烏雞，去應付那些深鎖閨閫的雛兒，再加上因女性身分之便，得以登堂入室，出入不禁，自然綽有餘裕，無往而不自得了。所謂「這些婦女最聽哄」⑯、「一張花嘴，數黃道白，指東話西，專一在官宦人家打趏，那女眷沒一個不被他哄得投機的」⑰，應是相當眞切的描述。

㈢ **道德人格的缺憾：貪財、欺哄、拐誘**

再者，「三姑六婆」既屬中下層級的人，她們的思想觀念，自然有別於一般士大夫階級，對儒家之徒奉行不渝的倫理規範，也多半不以爲意，人格上的缺憾，所在可見。首先，她們大抵上都是貪財的，本來，「三姑」之化緣求施、「六婆」之經濟營生，就與錢財無法脫離關係，《醒世恒言·陳多壽生死夫妻》曾說過一個媒人的笑話：

玉皇大帝要與人皇對親，商量道：「兩親家都是皇帝，也須得個皇帝爲媒纔好。」乃請灶君皇帝往下界說親。人皇見了灶君，大驚道：「那做媒的怎的這般樣黑？」杜君道：「從來媒人那有白做的？」

的確，「媒人那有白做的」？「三姑六婆」之所以敢冒大不韙，寖至成爲過街老鼠，人人喊打，無非就是貪圖財禮，開姑院靠妓女靈肉、嫖客梳籠賺錢的虔婆，所謂「鴇子愛鈔」，自無須多論，做媒婆、諷風月，也無非是「貪賄」。西門慶出手大方，未入港就先納上十兩銀子，兩匹絹帛，而當時傅夥記在生藥舖工作，一個月僅二兩，秋菊的身價，也不過六兩，「清酒紅人面，財帛動人心」，「世上虔婆無不愛財」[18]，「從來做牙婆的，那箇不貪錢鈔？見了這般黃白之物，如何不動火」？[19]《初刻拍案驚奇》卷二九，〈通閨闥堅心燈火，鬧囹圄捷報旗鈴〉中，「久慣做媒」的賣花楊老媽，爲張幼謙和羅惜惜遞簡傳情，牽合姻緣，考量得最是仔細，「曉得兩邊說話，多有情，就做不成媒，還好私下牽合他兩個，賺主大錢」。「做媒做保，大注賺錢」[20]，貪財圖利，幾乎已成「三姑六婆」的行事準則。在此情況下，爲了個人財利，因而罔顧一切的道德標準的事件，也就層出不窮了。以「媒婆」而論，最常見的就是「兩譽」，「之男家曰女美，之女家曰男富」[21]，《清平山堂話本·快嘴李翠蓮記》，就毫不留情的針對這點予以斥責：

> 信這虔婆弄死人，說我婆家多富貴，有財有寶有金銀，殺牛宰馬做茶飯，蘇木檀香做大門，綾羅緞疋無籌數，豬羊牛馬赶成群，當門與我冷飯吃，這等富貴不如貧。

古典小說中形容「媒人口，無量斗」[22]、「媒婆口，婊子嘴」[23]處甚多，一方面這固然是指她們的口才，如《古今小說·李秀卿義結黃貞女》中就說：

天下只有三般口嘴，極是利害：秀才口，罵遍四方；和尚口，喫遍四方；媒婆口，傳遍四方。且說媒婆口怎地傳遍四方，那做媒的有幾句口號：

東家走，西家走，兩腳奔波氣長吼。牽三帶四有商量，走進人家不怕狗。前街某，後街某，家家戶戶皆朋友。相逢先把笑顏開，慣報新聞不待叩。說也有，話也有，指長話短舒開手。一家有事百家知，何曾留下隔宿口。要騙茶，要喫酒，臉皮三寸三分厚。若還羨他說作高，拌乾涎沫七八斗。

但是主要還是在批判她們的欺瞞、哄騙手段，如《初刻拍案驚奇·姚滴珠避羞惹羞，鄭月娥將錯就錯》，道：

看來世間聽不得的，最是媒人的口，他要是說了窮，石崇也無立錐之地；他要說了富，范丹也有萬頃之財。正是：富貴隨口定，美醜趁心生。再無一句實話的。

媒人信口雌黃，美醜趁心，當然不免造成「巧婦常伴拙夫眠」或「亂點鴛鴦譜」式的婚姻問題，而在舊式婚姻禮俗中，男女雙方（有時包括家長）通常是直到結婚當天才見得著面，此時儘管穿梆，卻也已是生米煮成熟飯，後悔無及了。《儒林外史》第二六回〈向觀察昇官哭友，鮑廷璽喪父娶妻〉、二七回〈王太太夫妻反目，倪廷珠兄弟相逢〉中記載了鮑廷璽與王太太的婚姻，就是一例。媒婆沈大腳貪圖鮑家「重重的媒錢」，謊言欺騙原來擇婿須「又要是個官，又要有錢，又要人物齊整，上無公婆，下無小叔、姑子」條件的富孀王太太，非但隱瞞了鮑廷璽戲班出身的實情，更「說他是個舉人，不日就要做官；家裡又開著字號店，廣有田地」，將鮑廷璽誇贊得人間少有，文武雙全，還信誓旦旦的說「我從來是一點水一個泡的人，比不得媒人嘴。若扯了一字謊，明日太太訪出來，我自己把這兩個臉巴子送來給太太掌嘴」，彷彿貨眞價實一般，教人不得不信。誰知拜堂之時，王太太一見上有公婆，就知大事不妙，先「惹了一肚子氣」，其後得知一切都是謊言，更「急怒攻心」，變成了失心瘋。但是，錯誤的婚姻已經締結了，一切的後果都必須承擔下來，最後爲了醫病，鮑廷璽耗盡家財，一家子只能牛衣對泣。至於媒婆沈大腳，只不過被王太太抹了一臉的屎和尿而已，極可能還繼續用她的三寸不爛之舌，製造婚姻悲劇。類似的故事，在古典小說中經常出現，自然代表了一般人對媒婆的觀感。董孟汾評《雪月梅》中的孫媒婆，遊走在曹偉如、龔監生和許雪姐之間，賣者不知被賣，買者也不知受騙，明褒暗諷的稱「孫氏當是古今第一神騙」[23]，「騙」之一字，大約可以視作小說中對媒婆的「定評」了。而實際上，其他姑婆施用此一欺瞞伎倆的，亦屢屢可見。經營娼館的虔婆，如《警世通言，玉堂春落難逢夫》中的老鴇子，在謊言欺騙光了王景隆的錢財後，更模仿〈李娃傳〉中的情節，將王景隆逐出，使其流落街頭。這是老鴇子榨乾歡場孝子的慣技，固不須多說；《酒下酒趙尼媼迷花，機中機賈秀才報怨》中的趙尼姑，也是利用「騙計」，使巫娘子失身的。

(四) 淫盜之媒

此外，「三姑六婆」經常出入閨閫門禁，不免成爲蜚短流長的「帶原者」，以及法外偷情的「牽線者」，違背了儒家的道德倫理觀。傳統中將婦女定位在三從四德、賢妻良母的框架中，講究的是謹守閨門、深居簡出，而姑婆族群首先就顯然違背了這種規範；再者，她們的女性身分，可以直接穿堂入戶，與千金閨女打交道，不應外傳的「中冓之言」流出，尚是小事；有時候，更誘引思春婦女，傳簡遞帕，作起「內應」，實在是教人防不勝防。此所以陶宗儀會強調「人家有一于此，而不至姦盜者幾希矣」、朱柏廬說她是「淫盜之媒」的緣故。就「淫盜」而論，「盜」是釁由外起，尚可以防範；「淫」則是禍生蕭牆，實難防制，因此，「三姑六婆」之所以令人視同蛇蠍，主要還是在一「淫」字。在前引〈酒下酒趙尼媪迷花，機中機賈秀才報怨〉中，以尼姑爲例所作的說明，已可清楚的看出一些端倪，在《型世言》第二八回，〈癡郎被困名韁，惡髡竟投利網〉中也提到：

尼姑是尋老鼠的貓兒，沒一處不鑽到，無論貧家富户宦門，借抄化爲名，引了箇頭，便時常去闖。口似蜜，骨如綿，先奉承得人歡喜，卻又説些因果，打動人家，替和尚游揚贊誦。這些婦女最聽哄，那箇不背地裡拿出錢，還又攛掇丈夫護法施捨。……只得重賄尼姑，叫他做腳勾搭。有那一干或是寡婦獨守空房，難熬清冷；或是妾媵，丈手寵多；或是商賈之婦；或是老夫之妻，平日不曾饜足他的慾心，形之怨嘆，便爲奸尼乘機得入。

在「三姑」中，尼姑出現於小說的次數最多，形象十分駁雜，其間篤守佛法、虔誠靜修的固然也有，如《初刻拍案驚奇》卷二七，〈顧阿秀喜捨檀那物，崔俊臣巧會芙蓉屏〉中，那位收留王氏，「甚覺清修味長」的院主；但是畢竟以反面形象爲多，不是如《金瓶梅》中，假借佛法斂財的薛姑子、王姑子，就是如《禪眞逸史》中爲人牽合情孽的趙尼婆，再不然則是如〈赫大卿遺恨鴛鴦縧〉中的非空庵衆尼，「是個眞念佛，假修行，愛風月，嫌冷靜，怨恨出家的主子」，本身就脫離不了情孽糾纏，而踏入色界的泥淖。很明顯地，這是一種刻意的污蔑，原因很簡單，這些小說作者本身皆屬於社會中深受儒家思想濡染的知識分子，對佛教原就不免以異端視之。男子出家，非但有違於他們將自身定位在「福國淑世」的任重道遠觀念，而後嗣斬絕的危機，也織佈成一種「不孝」的倫理恐懼；而女子出家，除此而外，尚違反了他們對婦女謹守深閨的要求。儘管作者也相當明白，這些尼姑絕不能代表當時的普遍狀況，但在他們刻意的塑造下，卻成爲普遍的藝術形象了。關於這點，《西湖二集》卷二八，〈天臺匠誤招樂趣〉中，呈顯得相當明白：

> 說話的好笑，世上有好有歹，難道尼庵都是不好的麼？其中盡有修行學道之人，不可一概而論。說便是這樣說，畢竟不好的多于好的，況且那不守戒行的，誰肯說自己不好？假至誠、假老實，甜言蜜語，哄騙婦人，更兼他直入內房深處，毫無迴避。那些婦人女子心粗，誤信了他至誠老實，終日到於尼庵燒香念佛，往往著了道兒。還有的男貪女

色，女愛男情，幽期密約，不得到手，走去尼庵，私赴了月下佳期。男子漢癡呆懵懂，一毫不知。所以道三姑六婆不可進門，況且親自下降，終日往於尼庵，怎生得做不出事來？何如安坐家間，免了這個臭名爲妙？大抵婦女好進尼庵，定有奸淫之事，世人不可不察，莫怪小子多口。總之，要世上男子婦人做個清白的好人，不要踹在這個渾水裡。倘得挽回世風，就罵我小子口孽造罪，我也情願受了。不獨小子，古人曾有詩痛戒道：

尼庵不可進，進之多失身；盡有奸淫子，借此媾婚姻。
其中置窟宅，黑暗深隱淪；或伏淫僧輩，或伏少年人。
待爾沉酣後，凶暴來相親；恣意極淫毒，名節等飛塵。
傳語世上婦，何苦喪其真？莫怪我多口，請君細咨詢。

事實上，不僅尼姑，其他的姑婆形象，也莫非如此，「三姑六婆」在小說中，逐漸擺脫現實，進而以「概念化」的模式出現，而形成了古典小說中獨特的典型。

三、「模式化」的「三姑六婆」與小說情節

在上述的分析中，我們可以得知小說中「三姑六婆」的造型，幾乎是一面倒地傾向於負面的，但是，由於小說的作者本身是屬於中上階層、深受儒家思想濡染的知識分子，透過他們的眼光來看待「三姑六婆」，並以文學性的筆法將之形象化，當然不可能公允，同時更不能代表

當時「三姑六婆」的實情。如前面提到過的，尼姑中也「盡有修行學道之人，不可一概而論」；而媒婆此一行業，自唐代以來，法律已明文規定是婚姻成立的必備條件之一[25]，當然更不可能皆如小說中刻意醜化的衆「淫媒」。事實上，小說中以媒人姿態出現的人物，極其複雜，就是那些「媒人口，傳遍四方」的伶牙俐齒之流，有時候也未嘗不具正面的意義，如《古今小說・李秀卿義結黃貞女》這段故事中，黃善聰女扮男裝與李秀卿同出販香，因而締結情緣，但黃女深恐旁人說閒話，執意不願嫁給李秀卿，道是「嫌疑之際，不可不謹，今日若與配合，無私有私，把七年貞節，一旦付之東流，豈不惹人嘲笑」？多虧得媒人那原來惹人嫌惡的利嘴四處張揚，「走一遍，說一遍，一傳十，十傳百，霎時間滿京城通知道了」，才引得守備太監李公注意，打探情實後，出面玉成此事，成就了一段好姻緣。《初刻拍案驚奇・通閨闥堅心燈火，鬧囹圄捷報旗鈴》這齣愛情喜劇，也是在精明能幹的媒婆楊老媽協助下，羅惜惜和張幼謙才得以有情人終成眷屬。換句話說，媒婆在此成功的扮演了「紅娘」的角色。也許，在禁令森嚴的時代中，媒婆就等如是一隙透過鐵門限的春光，對有情男女而言，多少是有些意義的吧？因此，「三姑六婆」終究只是一種藝術形象，以概念化的形式，代表了下層社會中令知識分子深惡痛絕的某些典型女性，是價值判斷下的產物，而非普遍化的「反映」。此一刻意塑造成型的藝術形象，一言以蔽之，即是「淫媒」。所謂「淫媒」，本意爲媒介色情的中介人，如虔婆大張豔幟，開設秦樓楚館，依靠妓女貨腰爲生，是最明顯的例子；少數年輕貌美的尼姑，假借寺院名義，身體力行，色身布施，雖非嚴格意義下的「中介」，但情況極其類似，自也不算例外；至於虔婆外的其他姑婆，大抵亦是「偷情掮客」之流，周旋在越牆遞簡、竊玉偷香的男女之間。在明、清小說中，「三姑六婆」往往被稱爲「牽頭」或「馬泊六」，如《水滸傳》、《金瓶梅》中的王婆，就同時被鄆哥罵成「牽頭」、「馬泊六」㉖；〈玉堂春落難逢夫〉中，牽合趙昂和皮氏姦情的「做歇家的王婆」，「能言快語，是個積年的馬泊六」，店中小夥也說她是「牽頭」；此外，賣花楊老媽「是馬泊六的領袖」、賣花粉陸婆「做馬泊六，正是他的專門」、孫媒婆「能爲搓合山，慣作馬泊六」，就是尼姑，凌濛初也說「從來馬泊六、撮合山，十椿事倒有九椿事尼姑做成，尼庵私會的」㉗。所謂「牽頭」，類似台語的「牽猴」、「牽豬哥」；「馬泊六」又作「馬八六」、「馬百六」、「馬伯六」等，俱爲一音之轉，據褚人穫的解釋：

> 俗呼撮合者曰「馬伯六」，不解其義，偶見《群碎錄》：北地馬群，每一牡將十餘牝而行，牡皆隨牡，不入他群，故稱婦曰「媽媽」。愚合計之，亦每伯牝馬，用牡馬六臂，故稱「馬伯六」耶？一說：馬交必人舉其腎，納於牝馬陰中，故云「馬伯六」。（《堅瓠廣集》卷六，〈馬伯六〉）

其來歷雖不可確知㉘，但屬於勾搭男女成姦的一種惡稱，則毫無疑義。故明版《目前集·人部》記載「三姑六婆」時，就強調：

> 官府衙院宅司，三姑六婆，往來出入，勾引廳角關節，搬挑奸淫，沮壞男女。三姑者，

卦姑、尼姑、道姑；六婆者，媒婆、牙婆、鉗婆、藥婆、師婆、穩婆，斯名三刑六害之物也。近之爲災，遠之爲福，淨宅之法也。

所謂「搬挑奸淫，沮壞男女」，正是指斥其「淫媒」的作用。換句話說，「三姑六婆」的形象，首先是被確立在男女不正常交往的關係中的，而這也限定了「三姑六婆」在古典小說中的角色拓展，大抵上，多半出現在與男女情愛、冤孽有關的情節中。當然，此處所謂的「不正常」，是指傳統中將性愛附庸於婚姻關係下的「不正常」，這些「淫媒」，不見得純粹屬性愛交易、追求肉體快感的媒蘗（男女當事人即使是通奸行爲，也可能具有眞情，《歡喜冤家》一書，實例甚多）。但是，由於「淫」字在傳統社會中的涵意甚廣，舉凡超越或觸犯了禮教所允許的規範的行爲，都可詆之爲「淫」，因此，此處的「淫媒」，泛指一切男女婚外逾矩的交往，包括了嫖狎、偷情、私訂、通姦等各種被視爲違反禮教行爲的中間人。董孟汾評《雪月梅》中的孫媒婆爲「浪婦」[29]，雖因孫媒婆出身「粉頭」，且「與那些風月子弟牽線帶馬，著緊時還與他應急」，自身亦蹈入慾海，更是由於她設定騙局，幾乎使許雪姐喪失貞節，著眼處恐不在孫媒婆自身的舉止，而在她對禮教的傷害。《杜騙新書》卷三，〈尼姑撒珠以誘姦〉一文，在敘述過法華庵女尼妙眞誘引向氏與寧朝賢通姦後，評論道：

按婦人雖貞，倘遇淫婦引之，無不入于邪者。凡婦之謹身，惟知恥耳，惟畏人知耳，苟一失身之後，恥心既喪，又何所不爲？故人家惟愼尼姑、媒婆等，勿使往來，亦防微杜漸之正道也。

正說明了作者對「淫媒」的恐懼。事實上，這也正是小說塑造「三姑六婆」形象時的基點，充分反映了傳統社會對她們的嫌厭。

男女情孽牽纏，當然免不了含有愛情的因素，在小說中，「三姑六婆」置身其間，通常不會切實體認到愛情的意義和價值，居中協調，往往是只爲了自身的利益著想，但是，在無心插柳之下，卻無形中爲男女愛情「綠葉成蔭子滿枝」的圓滿結局，提供了最大的臂助。傳統婚姻是極少考量到男女愛情因素的，而「三姑六婆」卻皆與男女情愛脫離不了關係，這正是我們可以進行模式分析的切入點。

從角色扮演的作用來說，「三姑六婆」一般可分成兩類：一是代表一種阻力，在男女情愛的順遂圓滿中，橫生波折；一是中介性的，主要在溝通男女雙方的情意或孽緣。在此兩類當中，「三姑六婆」皆徹底的發揮了她們精明老練、能言善道、貪財好利的特色。在此，我們不妨針對這兩類加以分析。

「阻力型」的角色，多半由虔婆扮演，而且大抵出現在與妓女有關的戀愛情節中。其情節模式相當簡單：一個小有名氣的風月場所中的虔婆，透過人口買賣，豢養了一批美貌的女子，待價而沽；一個多金、多情的嫖客，愛上了其中一位通常是個中翹楚的妓女；在水乳交融一陣子後，兩人情好日密，愛根深種，盟山誓海，作雙宿雙棲的打算；而此時公子床頭金盡，虔婆百般刁難；最後則在男女雙方通力合作下，解決困難，達成宿願，圓滿結局。此一模式，以簡單的圖式顯示如下：

①開妓院、蓄娼妓——②女角艷名大著——③多金、多情公子出現——④男女沈浸愛河——⑤公子床頭金盡——⑥百般刁難——⑦男女協力解決難題——⑧男女完宿願

在此圖式中，虔婆角色較有發揮餘地的是①、②和⑥，在①開妓院、蓄娼妓的環節，大多數的小說都加以省略，因爲虔婆通常只是配角，除非作者企圖強調女角淪落煙花叢的悲慘際遇，如〈賣油郎獨占花魁〉中的王美娘、《金雲翹傳》中的王翠翹，可以用虔婆之陰險狠毒與女角之軟弱無援作對照，否則是騰挪不出太大空間讓虔婆施展的。但是在有限的幾個例子當中，我們已可看出，虔婆收養妓女，通常有「矇騙、威逼、利誘」三部曲，首先是透過各種途徑買進良家女子，然後以威脅、拷打的方式，逼迫她們出賣靈肉，最後則是甘言美辭，哄誘得逞。以《金雲翹》爲例[30]，馬氏夫妻藉王翠翹因父親被誣陷爲賊，亟需三百兩銀的機會，娶得王翠翹，回家後逼她接客，翠翹不從，自殺，獲救；馬秀媽唯恐鬧出人命案件，「委委曲曲，從從容容，懇懇切切」地勸說，甚至發毒誓絕不逼她接客。翠翹安心養病，病剛好，馬秀媽就設計讓她與無賴楚卿圓了房，翠翹受楚卿之騙，逃走，被捉，回來挨了數百皮鞭。馬秀媽又說好說歹，翠翹因「甑已破矣」，又無計可施，只得府首聽命。在此，虔婆是「逼良爲娼」的一種典型反面人物，集狡猾、陰險、狠毒於一身，前述「三姑六婆」「伶牙俐齒」的特性，發揮得淋漓盡致。此外，〈賣油郎獨占花魁〉中的劉四媽，亦堪稱代表，由於是反面人物，作者通常不

費心介紹她們的出身來歷，至多三言兩語，交待了事，絕不觸及她們年輕時所可能遭受的同樣苦況。畢竟，此處作者欲凸顯的是虔婆的狠惡，就人物的性格完整要求而言，當然不可能讓讀者對虔婆尚有任何同情與憐憫。從人物性格摹寫的角度而言，這種平面化的塑造，是談不上什麼深度的，但是在主題的掌握上，卻頗有可取，在陰狠的虔婆映襯之下，女角的遭遇才更令憐惜。

從③至⑤的階段，大體是男、女角活躍的空間，虔婆可以插足的縫隙甚少，至多在公子出現後，再度以甘言美辭慣技，連哄帶騙地榨乾公子油水。

⑥是虔婆挾著巨大的陰影，硬生生地介入男、女角的愛情世界，扮演「破壞者」的最重要環節。就情節發展而言，正所謂「不經一番寒徹骨，那得梅花撲鼻香」，虔婆介入越深，阻力越大，男、女角的愛情，在屢經風霜波折之下，也越顯得可貴，除了使情節得以迴環曲折外，更可以展現張力。虔婆之所以強行介入，清一色是爲了「愛鈔」，不願意自己花費心血培養出來的搖錢樹輕易離開。「鴇兒愛鈔」，原就是傳統社會對虔婆的定評，在一些與男、女情愛主題色彩較淡的小說，如以揭發娼妓黑暗面爲目的的《風月夢》、《海上花列傳》、《九尾龜》中，虔婆見錢眼開的勢利心態，已可一覽無遺；不過，這些小說寄意諷世，著力摹寫「歡場無情」，虔婆、妓女聯通一氣，彼此間殊少衝突。而在此環節中，虔婆必須面臨作成姻緣或橫生波折的抉擇。當然，小說中的虔婆，既被定位在負面形象，「抉擇」一語，未免用得太過，她們絲毫不用考慮就可以選擇後者，衝突性幾乎是零；但是，如果與女角作一對照，卻頗值得深論。

從虔婆橫生阻撓的根源上說，表面上是「契約性」的，妓女自小被賣入娼樓，即欠負一筆身價，此外一切吃穿用度、彈唱學習，皆是虔婆供應，妓女要從良，自須先償還債務。此舉雖不合法，但在當時卻視爲固然。虔婆手中握有此一王牌，自可以藉「贖身價」爲由，百般阻撓，需索無厭。多金公子，如李甲、王景隆等，此時大抵揮霍已盡，無力償付，即此，便構成阻力。然而，事實上，此一阻力的力源，並不在金錢，如杜十娘身藏百寶箱、王美娘也攢積了千金，若欲贖身，綽綽有餘，但她們還是需要設定機謀，等虔婆入彀。一方面，這是女角與虔婆在金錢上的鬥智，企圖將贖價降到最低；一方面，卻是在保護自己。因爲，此一阻力的力源是權威。權威可分兩個層次，一是父母型的權威，妓女淪落煙花，呼虔婆爲「媽媽」，一切行止皆在媽媽的掌握控制下，媽媽供應妓女日常生活所需，也要求妓女以出賣靈肉的方式回報，傳統社會中子女對父母的義務，在妓院中轉移成妓女對虔婆的盡孝，這非但是虔婆經常提出，作爲無厭需索的理由，就是妓女本人，似也認爲理所當然。如杜媽媽看不慣杜十娘爲了李甲，「分明接了個鍾魁老，連小鬼也沒得上門，弄得老娘一家人家，有氣無煙」，而要求杜十娘負責她的過活生計，杜十娘雖是成竹在胸，別有算計，但也只能答應此一需索；〈李娃傳〉寫李娃協助鄭生，更是以先安頓好假母，「今姥年六十餘，願計二十年衣食之用以贖身，當與此子別卜所詣，所詣非遙，晨昏得以溫情」，以安李姥之心。在此，虔婆宛然一般正常社會中不講理的母親，然而，母親畢竟是母親，做女兒的無論如何也不能違背，這點，我們若持之與那些被賣入娼館的女兒對她們父母的順從態度，就可以思過半矣。其次，此一權威來自妓院與黑社會的勾結，妓院中通常豢養著一批保鏢，用以防禦外力侵擾及管理妓女，其中自然挾持著強大的武力後盾，妓女勢單力薄，難以抗衡，故只得屈從。虔婆挾藉著此一權威「君臨」於妓女之上，與妓女的從良意願產生衝突，是即意味著妓女與權威的衝突，其所可能含有的社會性意義，較之虔婆的簡單抉擇，當然是不可同日而語的。問題是，身爲一個象徵性母親的虔婆，難道一點都不會存在「應有」的母性反應，或回想過去，陡生「物傷其類」之悲？可惜的是，在模式化了之後，這虔婆的「人性」卻被削減無遺了。

⑦、⑧是男、女主角針對虔婆的刁難予以解決的環節，其後續發展，未必見得皆圓滿無瑕。如杜十娘怒沉百寶箱，因對愛情感到破滅，而投河以死，不過已與虔婆無涉。此階段中，虔婆通常處於弱勢，賠了夫人又折兵，只能眼巴巴的空自嘆惜。有時候，此處可以刻意描摹虔婆的勢絀計窮，以與前面所提到的虔婆之精明老練作對比，反諷虔婆之「聰明反被聰明誤」，凸顯出女角的智慧。如杜媽媽、王九媽皆一時不察，未料想到杜十娘和王美娘皆私藏了一大筆財富，因而美夢成空。不過，此處非常奇特的是，這樣的結果，絕少陷入「善惡報應」的格局，小說中的虔婆，並未因買良爲娼受到法律應有的制裁，至多是破財消災而已，甚至如李娃的假母，還能貽養天年。追究箇中原因，是頗耐人尋味的，於此姑置而不論，留待與「中介型」比較時再詳細分析。

「中介型」的「三姑六婆」，在男女情愛中具有相當重要的關鍵性，由於古代男女社交的嚴格限制，人面熟絡，手腕靈活，又得以在一般人家穿房入室的衆家姑婆，無形中就成爲男女溝通情愫的最佳媒介。男女情愫以今日看來，雖屬締結婚姻的首要條件，但在傳統的婚姻模式下，卻根本無關輕重，故男女之間，原無須任何溝通。因此，姑婆群在此處的所謂「溝通」，事實上是逸離傳統禮教所允許的範圍的，大體上不是私情，就是通奸。其情節模式，大抵是：男、女主角在某些機緣下會面，其中一方或雙方滋長愛苗（情欲），卻不得其門而入（無法互訴衷情），於是謀之於姑婆，姑婆爲之遞信傳簡或設下機謀，使男女通情。以圖示之，則爲：

①男女會面——②滋長愛苗（情欲）——③謀之姑婆——④設定機謀——⑤男女通情——⑥結局

在①和②的環節中，姑婆一般尚未出場，即使出現，也只是一個邊緣性的角色，作者的目的，僅在介紹出場人物，並未刻意加以渲染，大抵上是專屬男、女主角表現的空間，直待這一階段完成之後，才正式請出姑婆。如〈陸五漢硬留合色鞋〉中，張藎與潘壽兒已兩下有意後，張藎正愁於無人可以代爲通信時，「湊巧」見到了賣花的陸婆，這才讓陸婆出場表演。如此安排，缺乏伏線與照應，無疑地會削減情節的張力。類似《二刻拍案驚奇》卷三，〈權學士權認遠鄉姑，白孺人白嫁親生女〉中的月波庵女尼妙通的例子，極爲少見，她是權次卿和徐丹桂得以成親的中介人，起初以權次卿借居的月波庵庵主身分出現，作者即有意讓她在這場愛情喜劇中擔當重任，故先透過權次卿向她道出續絃之意，又藉徐丹桂對佛默禱時，讓她一語道破徐丹桂心事，以爲後文伏線。箇中緣由，一則是因姑婆並無特定的對象，任何人大可兼之，隨手拈來即是，故無須費心安排；二則可能受限於傳統小說的敘述模式，必須先交待了男女會面、滋長愛苗的事件後，才有餘力進行下一步驟的安排；三則是因情節鋪展，以男女情愛爲重心，故不免捨輕就重，僅以姑婆作搭配了。至於男女會面的場合，及其如何滋長愛苗，傳統言情小說自有一套模式，因不屬本文範圍，故暫且擱下不論。

③的階段，姑婆正式登場，開始成爲小說的重心；緊接著，就是④的設定機謀。此一環節彼此相聯，很難細分，而其整個活動方式，與前一階段「滋長愛苗」的形式，有非常密切的關係。所謂的「愛苗」，此處範圍稍廣，包含了愛情與情欲，其形式則有單方面與雙方面兩種。雙方面的愛情，指男女雙方皆各有意，在此，姑婆所負的中介作用，遠較設定機謀來得重要；單方面的一廂情願，大抵是男方主動，被動的女方如何受到鼓動，就純粹靠姑婆的機謀了。

兩情相悅的情愛，姑婆不必費心在如何「湊合」之上，其主要的作用有兩種，一是傳遞訊息，或書簡，或詩文，或信物，或口信，有時候，更仗著她澄清雙方的誤會，穩定雙方的感情。如〈通閨闥堅心燈火，鬧囹圄捷報旗鈴〉中，張幼謙得知羅惜惜受了辛家之聘，誤以爲羅惜惜違背了盟誓，「一氣一個死」，寫了一首怨詞責怪，多虧楊老媽就中溝通，回覆了羅惜惜「情願同張郎死在一處，決不嫁與別人，偷生在世間的」心意，誤會才得以冰釋。其次，則是安排「再會」的方式與地點。由於私情和通奸都不爲社會所認可，故「再會」的安排應頗費思量，但是就情節上看，卻非關鍵，只要能掩人耳目即可。尼姑或當事人是和尚的，一般以寺庵等宗教場所爲主，假借進香禮佛的名目，安排男女再會，如〈閒雲庵阮三償孽債〉借用閒雲庵、〈酒下酒趙尼媼迷花，機中機賈秀才報怨〉入話借用靜樂院、《禪眞逸史》借用妙相寺等皆是。再者是女方家中，由男方採取各種方式混入，有時候跳牆，如張幼謙；有時候攀樓，如張蓋（雖然被人捷足先登），都是趁著夜深人靜時潛入，未明即離去；有時候則化裝成女人（

如《歡喜冤家》第四回，〈菜根香喬裝奸命婦〉中，丘繼修男扮女裝，化裝爲賣珠子的婦人，與莫夫人通款曲）。此外，則是姑婆家中，如西門慶和潘金蓮在王婆家。至於男女再會時所發生的事，純粹撫慰相思之苦而不及於亂的，或兩下情熾如火而肆意放縱的皆有，但看作者主題安排。對愛情持正面態度的，多半嚴守禮教分際（〈閒雲庵阮三償孽債〉是相當奇特的例外）；意在批判「法外私情」的，則必然涉及情欲放縱。此處不擬細論。

一廂情願，指的是男方主動式的情愛，女方至死不願屈從或被動接納，直接影響到姑婆的媒介作用。一般而言，一廂情願式的以情欲爲多，幾乎牽涉不到任何愛情的因素，故姑婆溝通傳達的作用，遠小於設定機謀，而此機謀之設定，主要在滿足男方情欲，對女方則視對象之不同，而有誘引與坑陷兩種方式。女方深閨寂寞，性欲無法滿足（小說中經常強調這是一種「淫蕩」的行爲），且在道德堅持上具有弱點的，姑婆即採誘引方式，如〈蔣興哥重會珍珠衫〉中的王三巧兒，夫妻本極恩愛，無奈蔣興哥出外經商，一去經年，「苦日難熬」，薛婆假借賣珠的名義，先與王三巧兒廝混熟絡，再趁機誘導她的春思，然後讓陳商出面，兩下就造成了孽緣。在此，姑婆被詆爲「淫媒」，是毫不厚誣的，因爲她們根本就刻意挑逗起人性中的弱點，激起人原始的欲望，而將基本的道德價值一筆抹煞。薛婆誘引王三巧兒的春思，首先即「說起自家少年時偷漢的許多情事，去勾動那婦人的春心」，以自身爲例，無疑是欲將「偷漢」的行爲正常化、普遍化，以攻破王三巧兒的道德心防，使「婦人心活」；其次則又導引她「兩下輪番在肚子上學男子漢的行事」，激起王三巧兒情慾；就趁此機會，偷龍轉鳳地讓已潛入樓中的陳商出場，王三巧兒「春心飄蕩，到此不暇致詳」，薛婆狡計也就得逞了。值得注意的是，在姑婆以各種方式誘引之下步入姦局的，原必非如潘金蓮般「淫蕩」的女人，王三巧兒最初固是「足不下樓，甚是貞節」。類似的例子，如〈酒下酒趙尼媪迷花，機中機賈秀才報怨〉入話的狄夫人，也是「資性貞淑，言笑不苟，極是一箇有正經的婦人」；就是著名淫穢小說《浪史》中的潘素秋，如此沉溺於情欲的刺激．書中原亦說她是「貞女」。換句話說，姑婆在此儼然成了情欲的媒介，如撒旦般惡意誘導人性中醜惡的根苗，使「無辜」者陷溺而難以自拔，其對道德的衝擊力之大，可想而知，而這也正是「三姑六婆」寖成「惡謚」的關鍵點。至於女方持身嚴正的，如〈酒下酒趙尼媪迷花，機中機賈秀才報怨〉中的巫娘子，「素性貞淑」，卜良因她「姿容絶世」，企圖染指，趙尼姑自知無法誘引，故只得別出機局，以坑陷的方式，假借誦念《觀音經》，將巫娘子騙入觀音庵，再以藥酒將之迷昏，讓卜良飽恣獸欲。這一種挾持著暴力的方式，用心頗爲惡毒，倚仗的是受害人因名節攸關，「若明報了，須動口舌官司，畢竟難掩眞情，衆口喧傳，把名節點污」，不敢聲揚。姑婆之洞悉世情，可見一斑。無論男女雙方有情無情，姑婆在設定機謀上，皆顯示出精明能幹的智慧，其中，《水滸傳》和《金瓶梅》中排定十件「挨光計」的王婆、《禪眞逸史》中計劃周詳細密的趙尼婆、《雪月梅》中左哄右騙，而瞞得密不透風的孫媒婆，表現得最爲出色，在此就不一一論列了。

姑婆在⑤男女通情的階段，有時會出面爲堅定男女關係助一臂之力，如《金瓶梅》中的王婆，故意撞破西門慶和潘金蓮，以「先去對武大說」恐嚇，而達到「從今日爲始，瞞著武大，每日休要失了大官人的意」的目的，使潘金蓮不敢反悔；〈玉堂春落難逢夫〉中的王婆，更出面替趙昂和皮氏購買砒霜，毒死沈洪。而無論如何，姑婆在整件事告一段落之後，總能夠收到一筆爲數不貲的金錢報償，是絕不成問題的，這也是姑婆之所以冒此大不韙扮演「蜂媒蝶使」的動機。

在⑥結局的階段，以「私情」爲主的未婚男女，如張幼謙和羅惜惜，既能有情人終成眷屬（阮三和陳玉蘭之情，以陳玉蘭教子成名，獲建賢節牌坊告終，亦可視同如此），則於其間出力的姑婆楊老媽（王守長），雖未受到大張旗鼓式的表彰，但起碼能免除苛責；但是以通姦爲主的，如其他大多數的例子，本身既嚴重違反了禮教的規範，且又明顯地無情有可原之處（破壞了婚姻的神聖性），居於其間的姑婆，自然難以逃避應得之罪，隨著男女雙方姦情的敗露，這些姑婆的下場皆頗爲淒慘，如王婆（《金瓶梅》）慘死武松刀下、趙尼婆（《禪眞逸史》）被沈全一刀砍斃、王婆（〈玉堂春落難逢夫〉）接受法律制裁、薛婆（〈蔣興哥重會珍珠衫〉）被痛打一頓，或死或刑或傷，沒有一個能置身事外。這樣的結局，與虔婆相較，顯然有很大的區別。何以買良爲娼，敞開門戶、大賺昧心錢的虔婆，在東窗事後之後，反而較能規避責任？當然，虔婆之所以能生存，與其交通官府、賣弄關節，有非常密切的關係，同時也擁有一些黑社會的力量撐腰，因此比較受到「保護」；但是，這只是表面上的原因，小說中亦甚少強調。眞實的原因，在於：一、傳統中雖鄙視虔婆，但是召妓狎遊，從某些角度來看，幾乎已成爲當時的生活習性之一，出入秦樓楚館的人既不以爲恥，則提供需求，滿足這些生活需要的虔婆，儘管在道德上難於樹立，但似也獲得某些程度的默許；二、歡場之中，無眞愛，亦不可能有受到認可的婚姻（少數例外不提），對婚姻的神聖性傷害較小；三、妓女和虔婆不直接介入正常家庭，本身雖爲非道德的，但起碼不像其他姑婆一樣，有破壞道德之虞。這三點理由，一方面可以解說姑婆在小說情節上設計的異趣，一方面也提供了相當值得探討的觀念，讓我們重新審視三姑六婆在中國文化中的意義。

四、「三姑六婆」與中國文化

「三姑六婆」在小說中的造型，其特色一如過街老鼠，人人喊打的，這很容易讓人引發一個錯覺，以爲如果沒有這些「三姑六婆」從中作祟，一切姦拐偷盜、悖禮犯義之事就不會發生。殊不知，「三姑六婆」正是在當時那種禮教森嚴的情境下產生的，即使是她們在性格和行事上存在著許多明顯的缺點，如爲了貪財圖利，不惜欺拐誘騙之類等等，但是，這些缺點未必即是她們專屬的，毋寧說，這是一種普遍的現象，只是在文學形式上被集中反映出來而已。前面已經提過，眞實情境中的「三姑六婆」，與文學表現下的「三姑六婆」是存有相當大距離的，知識分子以主觀好惡塑造了「三姑六婆」的形象，是從上層階級的角度出發的，在他們看來，這些「職業婦女」或「宗教信徒」，既已涉入有違他們理想、信念的領域，即屬「不可觀」之類，卻根本忽略了生存在中、下層級的她們，與西門慶的衆妻妾、賈府的史太君及小姐等富豪官宦之家不同，她們必須依靠自己的勞力維持最基本的生活，而社會上所能提供的工作機會極其有限，除了虔婆外，她們所從事的工作，幾乎都是一些小買賣。〈玉堂春落難逢夫〉中的王婆，在巷口做「歇家」，據嚴敦易解釋，爲「舊時的一種行業，兼營客店，生意經紀人，職業介紹人，代人做保，做媒，以及代人打官司，找門路等業務」[31]；〈鬧樊樓多情周勝仙）中的王婆，號稱「百會」，其實不過「與人收生，作針線，作媒人，又會與人看脈，知人病輕重」而已，大抵皆是淩雜瑣碎，無須太多專業知識的行當，知識分子既認定婦女惟有將自身局限在家庭的範圍，才算是具備了「三從四德」，當然不會想到她們所瞧不起的「三姑六婆」，卻惟有如此才能生存。至於誇大她們的缺點，其至與道教觀念中的「三刑六害」㉜相提並論，更明顯地是以偏概全。由此可見，在中國文化中，上、下層級間的認識，差距是非常大的。

造成這種差距的原因，可能是多方面的，但最主要的應是，在整個中國傳統文化中，畢竟仍以士大夫階層的大傳統爲重心，且主導著大、小傳統間的文化交流或溝通。大傳統以其優勢的政治、經濟實力，透過各種管道（小說、戲劇也是其中一種，此由作者大體屬於知識分子階層中可以看出），散播其所擁有的觀念，所謂「上以風化下」，原就不免有點強制性的意味，下層層級的人，從被迫接受開始，寖漸認同，從而造成小傳統在結構性上的變化，而此一變化的發展方向，無疑採取「向上靠攏」的方式，儒家思想浸潤了大小傳統數千年之久，寖而成爲整個中國文化的主脈，非但是士大夫階層信奉的準則，事實上也成爲下層層級者的規範，正是一例。至於小傳統原有的文化，欲向上突破，影響大傳統，所謂「下以風風上」，實際上的主導權仍在上層層級，即使接受，也是經由過選擇、過濾的，此所以若干民間宗教信仰始終無法獲致認可，且經常備受壓抑的原因。以「三姑六婆」而言，其宗教性質既迥異於儒家，職業類別又多半屬引車賣漿之流，爲儒者所不屑道，即使其中飽含了小傳統文化的特色（有無是另一待研究的問題），也不易突破防限，獲致認可。非僅如此，上層層級在面對此一類型人物的評價時，也在有意無意之間，散播了他們的觀念，反過來滲透入下層層級中。舉例而言，在古典小說中，與「三姑六婆」具有類似性質者，如宗教性的和尚、道士、職業性的商人，儘管知識分子以儒家觀點出發，對他們也有相當偏頗的評價，如和尚多半以姦騙、詐財，道士以惑世誣民、燒丹煉汞遭受到批判；而商人，則與欺詐、謀騙、爲富不仁繫聯爲一。但是，我們同時也可見到像《醒世恆言·佛印師四調琴娘》、《古今小說·張道陵七試趙昇》、《二刻拍案驚奇·疊居奇程客得助，三救厄海神顯靈》等，正面肯定這些類型的例子。當然，這充分可以說明上層層級者的「選擇過濾」，因爲這些情形，與當時佛、道聲勢逐漸增長及商業迅速發展有關；同時，所謂的增長與發展，使得她們擁有影響力或發言權，從而使得他們獲致認可，亦說明了大、小傳統相互影響的基礎，是建立在階層勢力之上的事實。但是，「三姑六婆」顯然無法具備這些條件，而且，身爲女人身分的她們，反而受制於自大傳統衍傳而下的男尊女卑觀念，無論在大、小傳統中的評價，都一蹶不振。

然而，這種認識上的差距，上、下層級之間未必能夠自覺，尤其是下層社會，以接受上層社會的觀念爲主，更往往無法站在自身的立場，思考自身文化的問題。故「三姑六婆」以概念化的模式，深深滲透入下層社會中，寖至成爲一種習用的成語，專門指一些多口多舌，以挑撥離間、貪占便宜爲能事的婦女了。這點，我們從明、清《通俗常言疏證》、《稱謂錄》、《談徵》、《俗語考原》等專載俗語的辭書，皆收錄「三姑六婆」一語，即可知其影響。也許，「三姑六婆」是探討中國大、小傳統文化、思想關係的一個範例，限於才力，此處就不加贅述，留待專家學者更進一步的討論了。

註釋

❶ 據筆者所見，最早提出此語的是元末陶宗儀（約一三六〇年在世）的《輟耕錄》。

❷ 見李慈銘《越縵堂讀書簡端記·廿二史札記跋尾》。有關《陔餘叢考》是否趙翼所作的問題，歷來頗有爭議，就是李慈銘自己前後論點也是不一，此處無法詳論，參見陳祖武〈趙翼與陔餘叢考〉（《陔餘叢考·卷首》，頁一——一一，河北人民出版社，一九九〇年一月）。

❸ 見《堅瓠辛集》卷四，〈師娘〉。

❹ 見田宗堯《中國古典小說用語辭典》，頁二一二三，聯經出版公司，民國七三年三月。

❺ 見《輟耕錄》卷一一，〈牙郎〉。

❻ 相關論述，參見徐徊《媒妁與傳統婚姻文化》，頁二三——五五，農村讀物出版社，一九九一年七月。

❼ 見《中國古典小說用語辭典》，頁六三。

❽ 見《輟耕錄》卷一〇。

❾ 見褚人穫《堅瓠己集》卷四，〈三姑六婆〉。

❿ 見朱柏廬〈治家格言〉。

⓫ 《西湖佳話，斷橋情跡》。

⓬ 見《西湖二集》卷二八，〈天臺匠誤招樂趣〉。

⓭ 見《金瓶梅詞話》第五七回，〈道長老募修永福寺，薛姑子勸捨陀羅經〉。

⑭此語意味尼姑貞靜「著實在行」，指風月之事，但亦可指其歷練人情世故。見《二刻拍案驚奇》卷二三，〈許察院感夢擒僧，王氏子因風獲盜〉。

⑮事實上，《水滸傳》第二四回，〈王婆貪賄說風情，鄆哥不忿鬧茶肆〉中形容王婆，已是如此，獲文字稍異而已；《警世通言》卷一六，〈小夫人金錢贈年少〉亦稱：「這兩個媒人端的是：開言成匹配，舉口合姻緣；醫世上鳳隻鸞孤，管宇宙單眠獨宿。傳言玉女，用機關把臂拖來；侍案金童，下說詞攔腰抱住。調唆織女害相思，引得嫦娥離月殿。」《古今小說》卷三三，〈張古老種瓜娶文女〉則謂：「這兩個媒人：開言成匹配，舉口合和諧；掌世上鳳雙鸞孤，管宇宙孤眠獨宿。折莫三重門戶，選甚十二樓中。男兒下惠也生心，女子麻姑須動意。傳言玉女，用機關把手拖來；侍香金童，下說辭攔腰抱住。引得巫山偷漢子，唆教織女害相思。」模式化跡象十分明顯。

⑯見《型世言》第二八回，〈癡郎被困名韁，惡髡竟投利網〉。

⑰見《初刻拍案驚奇》卷三四，〈聞人生野戰翠浮庵，靜觀尼晝錦黃沙衖〉的入話。

⑱見《初刻拍案驚奇》卷三一，〈何道士因術成奸，周經歷因奸破賊〉。

⑲見《古今小說》卷一，〈蔣興哥重會珍珠衫〉。

⑳見《雪月梅》第六回，〈毒中毒強盜弄機關，詐裡詐浪婦排圈套〉，書中孫媒婆騙嫁許雪姐，轉手就落了一百二十兩銀子入懷。

㉑見《戰國策・燕策》中，蘇代與燕王的對話。宋人袁采在《世範・睦親》中亦發揮此意云：「古人謂周人惡媒，以其言反覆，給女家則曰男富，給男家則曰女美；近世尤甚，給女家則曰男家不求備禮，且助出嫁遣之資。給男家則後許其所遷之賄，且虛指數目。若輕信其言而成婚，則責恨見欺，夫妻反目至於仳離者有之。大抵嫁娶固不可無媒，而媒者之言不可盡信如此，宜謹

察於始。」

22 見《歡喜冤家》第一回，〈花二娘巧計認情郎〉。

23 見《雪月梅》第七回，〈施巧計蠢金夫著魔，設暗局俏佳人受騙〉。

24 見《雪月梅》第七回，〈施巧計蠢金夫著魔，設暗局俏佳人受騙〉。篇末評語。

25 《唐律・戶婚》規定：「爲婚之法，必有行媒。」《唐律・名例》亦云：「嫁娶有媒，買賣有保。」雖然媒妁的來源甚古，但明見於律法規定，則自唐代開始。

26 《水滸傳》二四回，〈王婆貪賄說風情，鄆哥不忿鬧茶肆〉，鄆哥僅罵王婆爲「馬泊六」；《金瓶梅詞話》第四回，〈淫婦背武大偷姦，鄆哥不憤鬧茶肆〉，鄆哥則罵她「你是馬伯六，做牽頭的老狗肉」。

27 見《初刻拍案驚奇》卷二六，〈酒下酒趙尼媼迷花，機中機賈秀才報怨〉。

28 參見徐甸《媒妁與傳統婚姻文化》，頁一三九—一四二。

29 見《雪月梅》第六回，〈毒中毒強盜弄機關，詐裡詐浪婦排圈套〉篇末。

30 主要情節見《金雲翹傳》第六至一〇回。

31 見《警世通言》頁三七六，嚴敦易所注，鼎文出版社，民國六六年十一月。

32 「三刑」和「六害」是道教星命家以五行、地支解說運命之相互刑克、傷害的九種忌諱，凡屬刑、害者，如子午相刑、申亥相害，皆須迴避，陶宗儀以「三姑六婆」與此對比，亦指須遠離免害。詳細解說見《道教大辭典》，頁一一—一二，一〇八，浙江古籍出版社，一九八七年十月。

《西廂記》的造型藝術

——以張生形象之轉化爲例

陳慶煌

壹　《西廂》人物之鮮活造型具典型意義

戲劇藝術表現的主要對象是人，根據人物性格的內在發展邏輯以刻畫其形象，即爲創作的重要手法。唯有塑造出個性鮮明、不可重複的人物形象，描敘出人物的命運，始可反映社會生活、凸顯主題思想。也唯有在人物性格的基礎上展開戲劇衝突，並於衝突中揭示人物的命運；這種衝突纔有意義，纔吸引人。劇作家慘澹經營的是劇中的人物；而使讀者和觀衆感動的，也正是劇中的人物。人就是戲劇中的主人公。❶

《西廂記》的造型藝術成就，首先在於創造鶯鶯、張生、紅娘以及老夫人等血肉豐滿、性格鮮明的形象。劇作家正是通過人物戲劇行動及語言的審慎錘鍊中，展現了人物特有的神情、心態與性格；從而使人物躍出紙面，活靈活現地立在讀者眼前。我們不能不敬佩王實甫狀其形、傳其聲、顯其心、致其神的工夫，眞是「才大如天」，❷連一代絶才金人瑞都爲之心死。足證《西廂記》所以家傳戶誦，深具永不衰退的藝術魅力，而與曹雪芹《紅樓夢》同爲古典文學雙璧，先後輝映，蓋良有以也。

在《西廂記》中，王實甫所塑造的人物，最突出表現於相國小姐鶯鶯的藝術形象上。❸鶯鶯不僅外形美麗，其內在的品德和性格更是美麗。她純情、羞澀、慧黠、矜尚、任性、剛毅、果敢，有主見而充滿生命力，整部《西廂》在她的喜樂、怨歎中鮮活了起來。其不受禮教束縛的思想性格，較《董西廂》來得顯著；而與《鶯鶯傳》中那柔美溫順、自怨自艾，獨自吞食愛情苦果的崔氏，實判若兩人。紅娘雖然是鶯鶯的侍婢，但卻幾乎喧賓奪主，成爲最活躍的人物。《董西廂》中的紅娘，寫得比《鶯鶯傳》充實，她已不僅僅是一個過場的小丫頭了；到了《王西廂》，更在《董西廂》原有的基礎上進一步的創造和深化。❹紅娘機智、聰慧、勇敢、沉著、潑辣、天眞、熱忱而富有正義感的性格，就某種意義而言，較張生與鶯鶯更具堅強的奮鬥精神，而且足以左右其軟弱的主人。她不僅洞燭所有青年男女的良心，而且也鼓舞了青年男女追求自由的幸福生活的熱情與勇氣，爲我國偉大劇作家所創造的不朽形象。「紅娘」二字，已成爲某一類型人物的代稱。老夫人——鶯鶯的母親鄭氏，她是舊式家庭的代表，具有極深廣的典型意義。其主要特徵爲：威嚴、高貴、勢利、深沉、冷酷、頑固、毒辣；是一個不擇手段，❺維護舊禮教和相國門第利益的嚴厲的封建家長。劇作家雖然對老夫人正面著墨不多，但由於有效地採用側面烘托法，通過劇中其他人物對老夫人的敘述，仍能鮮明突出她的主要特徵。這與《鶯鶯傳》中幾乎沒有甚麼活動的性格，以及《董西廂》中手段溫和、寬厚的老夫人相比，差異極大。直至今日，人們一提到老夫人，所想到的很可能就是《王西廂》中這個「謊到天來大」的鄭氏。

至於張生，則是從《鶯鶯傳》到《西廂記》，形象改變得最徹底的人物。茲因篇幅所限，我們現在就以張生形象之轉化爲例，由《鶯鶯傳》、《董西廂》、《王西廂》及《南西廂》等家所表現的張生形象，深入分析，並試加比較，藉作探論《西廂記》造型藝術的依據。

貳　元、董、王三家有關張生形象之分析

一、《鶯鶯傳》中張生之形象

張生在《鶯鶯傳》中是個薄情無行的文人。當然，傳奇原係帶著同情的態度來寫他的。❻在元稹筆下，張生是無可非議的，而且當時社會一般人士也覺得張生無可厚非，即使崔鶯鶯也自始至終沒有把張生對她的始亂終棄當作傷天害理者加以申斥。

其實，衹要拋開感情偏向，不把視線死盯在始亂終棄的那個「棄」上；當不難發現，張生好像有「善」的一面。即使僅從道德的標準去評價，似乎也應如此。張生他「性溫茂，美風容，內秉堅孤，非禮不可入，……年二十三，未嘗近女色」，不像是登徒子。但是，一見到崔鶯鶯，卻爲其美貌給「惑」住了。紅娘教他以「求娶」的方式進行，張生就「猴急」得連這也等不及，「若因媒氏而娶，納采、問名，則三數月間，索我於枯魚之肆矣。」後來在紅娘的協

助下，他竟以違背「禮教」的方式，達到了佔有鶯鶯的目的。誰知，當飢渴獲得滿足後，他卻「善補過」地守起禮教來，而且還發表了一大堆「忍情」說：

大凡天之所命尤物也，不妖其身，必妖於人。使崔氏子遇合富貴，乘寵嬌，不爲雲、爲雨，則爲蛟、爲螭，吾不知其變化矣。昔殷之辛，周之幽，據百萬之國，其勢甚厚。然而一女子敗之，潰其衆，屠其身，至今爲天下僇笑。予之德不足以勝妖孽，是用忍情。

將鶯鶯稱作「尤物」，比爲妲己、褒姒；不是禍害自己，就是禍害別人。替個人的虛僞、冷酷，用情不專，始亂終棄等行爲編造理論根據，反而讓人生厭，更加認清其「僞善」的眞面目。

張生的負心，也並非完全出於個人的品格，至少門第觀念在他的改過中起了決定性的作用。所以，儘管《鶯鶯傳》站在維護張生改過的立場「文過飾非」，❼但是，它仍然寫出張生內心的某些情與禮的矛盾。他又想再度去長安求取功名，且當離之夕，又好像眷戀愛情而「愁歎於崔氏之側」；既有志改過，背後且在朋輩中盡情痛詆崔氏爲「妖孽」，決心要和她斷絕關係。一年多以後，彼此也都各有嫁娶；想不到張生還有臉以外兄的身分向其夫求見鶯鶯一面。想「忍情」，又有點忍不住；情不斷地衝擊著禮。假使這中間，若張生還有蓄意破壞鶯鶯婚姻的心理，那就再卑鄙不過了。

張生薄倖的行爲，到了有宋以後，許多文士深表不滿，如趙令時的《元微之崔鶯鶯商調蝶戀花鼓子詞》，就指名批判了張生的「多才情太淺，等閑不念離人怨。」其友何東白則因：「張之與崔，既不能以理定其情，又不合之於義。始相遇也，如是之篤；終相失也，如是之遽。」要趙氏更爲一章，以作完整的交待。後來毛滂的《調笑轉踏》也有了「薄情年少如飛絮」的貶辭。同一事件，隔代卻有迥然相異的觀點。這除了《鶯鶯傳》原係元稹的自敘傳，可以儘量的爲自己辯解，後人卻難苟同外；或多或少也與唐、宋兩代的道德規範及社會風尚不同有關。

二、《董西廂》中張生之形象

《董西廂》中的張生，一出場就有異於《鶯鶯傳》。他已由一位普通的守禮書生，變成了父親曾官拜禮部尚書，生前奉公清廉，在如此好的家世薰陶下，張生詩書琴畫、德行文章俱優，又屢獲科甲，「似當年未遇的狂司馬」，是善於吟風弄月的人物，基本上屬於才子的類型。他時而發出一種感傷自己身世的淡淡哀愁，所謂「對景傷懷恨自己，病裏逢春，四海無家，一身客寄」云云，這正是清貧才子的通病。

如此俊雅多才，「二十三歲未嘗近於女色」的書生，在遊普救寺時瞥然一見鶯鶯，立即被她的美麗癡狂得「五魂悄無主」。其至「手撩衣袂，大踏步走至根前」，要不是法聰將他捽住，差點就犯下非禮的事情來。法聰告誡他，老夫人「閨門有法」，「家道肅然」，頻頻勸他「休胡想」。但，張生仍在寺裏假一室，温閱舊書，設法接近鶯鶯。於是纔有了月下聯吟，「不以進取爲榮，不以干祿爲用，不以廉恥爲心，不以是非爲戒。夜則廢寢，晝則忘餐，「一日瘦如一日」，以及道場的風魔顛倒。

可是，當孫飛虎劫掠蒲中兵圍佛寺，雙方廝殺正劇烈之際，我們卻看不到張生的人影。當叛軍提出：「鶯鶯與我，大兵便退，不與我，目下有災」，誂殺鶯鶯時，我們仍不知張生躲在那裏？在鶯鶯褰衣望階下欲跳，名全「貞孝」，「子母正是愁，大衆情無那」的最後關頭，這纔見張生一人在階下拍手笑。儘管他早就有了退賊之計，在法聰出戰時，已持書求救於白馬將軍；卻捉腔裝勢地發了一堆：「生者死之原，死者生之路，生死乃人之常理……」等冗長的迂論。一直到大師說：「我等……不計生死，不恤寺宇，所悲者母子生離，故來上請。」仍然感動不了張生——

> 生曰：「夫人與我無恩，崔相與我無舊。素不往還，救之何益？」僧曰：「子不救鶯鶯，即夫人必不使鶯鶯從賊。亂軍必怒，大舉兵來，先生奈何？」生曰：「我自有脫身計，師當自畫。」

折騰來，折騰去，直等到老夫人親自投託，張生這纔應允略使權術，立退干戈；但還提出附帶條件：「恁時節，便休卻外人般待我！」

像這樣乘人之危而要挾的自私小人，與《鶯鶯傳》中的張生，「相去幾稀」，根本不值得鶯鶯去愛他；可是偏偏鶯鶯竟愛上他，又爲他獻身，不無遺憾之處。如果說此一情節的安插，完全是爲了贏得出人意表的戲劇效果，纔不惜醜化張生的形象，那麼董解元所付出的代價也未免太大了。

好在，《董西廂》並未讓張生沿著這條巧詐的線滑下，寺警以後的張生，終於恢復了他原本就具有的「志誠種」的性格。他畢竟還是一位歷練不深，沒想到要替自己保留一手的書生。儘管他提出圍解後「休卻外人般待我」，但「積積世世」的老夫人更爲狡猾，答應的卻是「繼子爲親」的含混之語。所以當張生一廂情願地準備被招爲婿時，老夫人卻讓鶯鶯「出拜爾兄」，兜得一頭冷水。張生鼓足勇氣，「乘酒自媒」，吹噓門第還好，「取青紫，亦不後人」，「來年必期中鵠」；甚至「下淚以跪」，形同哀求，得到的卻是婉言相拒。私下饋紅娘金釵，欲假一言於鶯鶯，以申肺腑，而紅娘竟忿然奔去。張生心碎，準備前往京師時，紅娘乃面授琴挑的主意。可是在琴挑後，董解元卻即刻安排了張生誤把紅娘當鶯鶯，緊緊摟抱，「款款輕憐」的情節，難免會傷害張生的形象。

再來是賴簡，《董西廂》沿著《鶯鶯傳》的基調，將情節敷衍成鶯鶯的確爲了訓斥張生一頓，纔以〈明月三五夜〉詩約他，而非臨時變卦。鶯鶯這種突然爆發的脾氣，不僅讓人覺得跟那位「情已動」的鶯鶯不大銜接，也使得張生深感伊人難以理喻。誰知當張生苦笑，徐徐向紅娘自我解嘲之後，緊接著卻冒出：「如今待欲去又關了門戶，不如咱兩箇權做妻夫。」使其形象變得卑劣。既然紅娘都可以替代小姐，那怎麼會病染相思呢？又：張生即使害了單相思，當老夫人、鶯鶯、紅娘探完病，正將離去時，也不應口出：「相國夫人您但去，把鶯鶯留下，勝如湯藥。」這簡直在胡鬧，連紅娘聽了都直咬牙，恨不得拿條白練絞殺他，更何況是老夫人呢？且張生話纔說完不久，鶯鶯、老夫人行不到窗兒西壁，就一聲仆地，悄然沒氣；甦醒後，因忍受不了鶯鶯的「薄情」和「調戲」，情緒非常低落，於是「迂腐」到以條懸樑，要赴「黃泉做箇風流鬼」。越發像是自作多情，胡思莽撞了，這對張生的形象不無影響。

儘管《董西廂》有些微的瑕疵，但當張生接到鶯鶯第二次約會的詩簡後，董解元對張生那種「生死存亡在今夜」，坐臥不寧地「倚門專待西廂月」的心情，表現得仍是十分出色的：

是夜玉宇無塵，銀河瀉露。月華鋪地，愈增詩客之吟；花氣薰人，欲破禪僧之定。人間良夜靜復靜，天上美人來不來？生專待，鼓已三交，鶯無一耗。

〔仙呂調・賞花時〕倚定門兒手托腮，悶答孩地愁滿懷，不免入書齋。倘還負約，今夜好難捱！

特別傳神的一筆是：由於張生爲了佳期的早些來到，興奮得高聲道：「吼囉！日齋下！啞！日轉角，啞！日西落！」反覆等待，不曾寧貼過；直折騰到半夜，鶯鶯果眞來踐約時，張生反而累得緊靠著几案睡著了。董解元將張生那種苦心等待的神情，眞是發揮得淋漓盡致。

同心上人朝暮廝守，自然是張生夢寐以求的好事；但在舊社會、舊觀念的時代，這種未經父母之命、媒妁之言的私下結合，是「非先王之德行」的「苟合」，「非禮」的「醜行」。當老夫人再度招飲，張生「懼昨夜之敗」，「不道怎生遮掩」，沒臉見人的羞愧之情，是完全可以理解的。好在世故的老夫人於張生面前裝作不知的樣子，衹是徵求其意見說：「欲以鶯妻君，聊以報，可乎？」並且明言：「鶯未服闋，未可成禮」時，沒想到張生竟出人意表地主動提出：「今蒙文調，將赴選闈，姑待來年，不爲晚矣。」後來紅娘告以鶯鶯聽說他要去應考，「愁怨之容動於色」，張生卻說：

> 功名世所甚重，背而棄之，賤丈夫也。我當發策決科，謝完憲之主賓，衣買臣之錦衣，待此取榮，愜予素願。無惜一時孤悶，有妨萬里前程。

如此熱衷於功名富貴的大丈夫，豈是原來一見鶯鶯即「不以進取爲榮」、愛情至上的張生呢？這樣躊躇滿志的張生，對上京與試那麼主動，怎可能在奔向錦繡前程時，爲鶯鶯唱出：「莫道男兒心如鐵，君不見滿川紅葉，盡是離人眼中血」呢？既別之後，也沒理由埋怨：「被功名使人離缺」。最後，遇到鄭恆奪婚，張生面顏如土，撲然倒地，救醒後竟主動讓步，說：「鄭公，賢相也，稍蒙見知。吾與其子爭一婦人，似涉非禮。」妻子既可以讓，那還有甚麼眞愛可言呢？他僅僅提出一個「鶯既適人，兄妹之禮不可廢也」的要求，與鶯鶯見了一面。結果舊情難捨，越想越恨，心痛萬分。法聰正取下戒刀，自告奮勇要去殺老夫人及鄭恆，好在鶯鶯、紅娘及時趕來纔作罷。可是當四人束手無策，絕望之際，已經廷試第三人及第的張生，竟懦弱到要與鶯鶯雙雙自吊。最後還虧法聰再出一計，纔知投託故友鎮西將軍杜確，終獲美滿團圓，還都上任。這與寺警時，膽識過人、城府頗深的張生相比，性格出入實在太大了。

三、《王西廂》中張生之形象

《王西廂》中的張生，甫出場即展現出一種不同於《董西廂》張生的精神狀態：「萬金寶劍藏秋水，滿馬春愁壓繡鞍。」他的「愁」，並非感傷「四海無家，一身客寄」；而是「才高難入俗人機，時乖不遂男兒願。」張生纔現身，劇作家就賦予他一種叛逆性格。接著，又藉浩瀚的黃河，來襯托張生胸襟的壯闊。他有著「滋洛陽千種花，潤梁園萬頃田」的大志，爲了實現此一目標，「將棘園守暖，把鐵硯磨穿」，進而「遊藝中原」。他「往常時見傅粉的委實羞，畫眉的敢是謊（慌）。」並非隨便追求女性的風流才子。不意，瞻仰了蒲州普救寺正欲離去之際，巧遇鶯鶯，就衹那麼驚鴻一瞥，張生癡情若狂，整個人就已被征服得「眼花撩亂口難言，魂靈兒飛在半天。」尤其當鶯鶯「臨去秋波那一轉」，更讓張生「意惹情牽」，餓眼望穿，饞涎空嚥，「透骨髓相思病染」了。這就是後來紅娘所稱的「傻角」，亦即徐文長所謂的「情癡」啊！

鶯鶯被紅娘叫走後，張生竟從「腳踪兒」肯定鶯鶯傳心事給他，遂使他「風魔」——乖張、輕狂了起來。張生愛鶯鶯愛得太厲害，以致於做出了一些平常人做不出的事，說出了一些平常人說不出的話。他那番：「年方二十三歲，正月十七日子時建生，並不曾娶妻」的自報家門，誠如紅娘搶白的：「誰問你來？」但，若一定要有人問纔能答的話，那就不是張生了。從此，張生即不捨晝夜，專心戀慕鶯鶯，以致神魂顛倒。試聽：

〔般涉調・二煞〕院宇深，枕簟涼，一燈孤影搖書幌。縱然酬得今生志，著甚支吾此夜長。睡不著、如翻掌，少可有一萬聲長吁短歎，五千遍搗枕搥牀。〔尾〕嬌羞花解語，温柔玉有香，我和他乍相逢記不真嬌模様，我只索手抵著牙兒慢慢的想。

極傳神地表現出了張生他那如飢似渴的相思心理，使得讀者或觀衆也不知不覺地沉浸在想象之中，而回味無窮。

先前，當紅娘問長老幾時與老相公做法事時，張生正好在場，卻同法本開了極其卑劣的惡作劇，他唱道：

〔快活三〕崔家女豔妝，莫不是演撒你個老潔郎？

潔云：「俺出家人那有此事？」

末，「既不沙，

卻怎睃趁著你頭上放毫光，打扮的特來晃。」

潔云：「先生是何言語？早是那小娘子不聽得哩，若知呵，是甚麼意思！」〔紅上佛殿科〕〔末唱〕

〔朝天子〕過得主廊，引入洞房，好事從天降。

「我與你看著門兒，你進去。」

〔潔怒云〕「先生，此非先王之法言，豈不得罪於聖人之門乎？老僧偌大年紀，焉肯作此等之態？」〔末唱〕

好模好様太莽撞，（沒則羅便罷），煩惱怎麼那唐三藏？（怪不得小生疑你），偌大一個宅堂，可怎生別沒個兒郎？使得梅香來話勾當。

張生這段不倫不類的曲白，顯然過於輕浮冒失，實在太不自尊、太不自愛了。面對纔初識的高齡長老，怎能有如此放誕的奇思異想呢？難怪長老大怒了，如果這純是劇作家爲了迎合大衆的觀賞趣味而特地安插的，則不僅傷害到張生的純潔形象，其至也掩蓋了張生此時的內心活動，眞得不償失啊！

前已敘及：《董西廂》在處理〈寺警〉中的張生形象，並不完美。好在《王西廂》稍稍減弱了張生的這種市儈氣。當鶯鶯提出第三計：「不揀何人？建立功勳，殺退賊軍，掃蕩妖氛；倒陪家門，情願與英雄結婚姻，成秦晉。」老夫人認爲可行，而由長老在法堂上當衆宣布：「但有退兵之策的，倒陪房奩，斷送鶯鶯與他爲妻。」一會兒，張生即鼓掌而上；不過，在他獻策之前，仍然逼老夫人當面澄清，並證實剛纔長老所說的條件：

〔夫人云〕計將安在？

〔末云〕重賞之下，必有勇夫；賞罰若明，其計必成。……

〔夫人云〕恰才與長老說下，但有退得賊兵的，將小姐與他爲妻。

〔末云〕既是恁的，休諕了我渾家，請入臥房裏去，俺自有退兵之策。

等到〈拷豔〉時，紅娘向老夫人所申辯的：「張生非慕小姐顏色，豈肯區區建退軍之策？」正也代表了劇作家的一致觀點。

由於張生是在老夫人接受鶯鶯的第三計，當衆宣布的情況下獻策，因此其行爲並無嚴重的不當，而且也可以激化他和老夫人之間的戲劇矛盾與衝突。但張生明明是爲了獲得鶯鶯纔挺身而出，畢竟欠缺義膽，稱不上是正派的人物。一個見義勇爲，又確有退兵之策的人，就不會等別人允諾甚麼？也不會提甚麼條件？而是主動地在他人有難之際，適時伸予援手。唯有如此，張生纔能不僅獲致鶯鶯、紅娘的好印象，而且首先贏得讀者和觀衆的好感。❽

〈請宴〉在《王西廂》中有精彩的情節，把張生那種熱衷愛情、殷切期待好事到臨的心境，刻畫得栩栩如生。

〔上小樓〕「請」字兒不曾出，「去」字兒連忙答應；可早鶯鶯根前，「姐姐」呼之，喏喏連聲。秀才每聞道「請」，恰便似聽將軍嚴令，和他那五臟神願隨鞭鐙。

……

〔滿庭芳〕來回顧影，文魔秀士，風欠酸丁。下工夫將額顱十分掙，遲和疾擦倒蒼蠅，光油油耀花人眼睛，酸溜溜螫得人牙疼。

劇作家如此的描寫，目的是把「天未明起身人」寫得「於紙縫裏活跳出來」。❾張生好不容易終於熬過一個漫漫長夜，本就早準備好讓紅娘來請，因此，自言自語說：「皂角也使過兩個也，水也換了兩桶也，烏紗帽擦得光掙掙的，怎麼不見紅娘來也呵？」結果，紅娘一到，尚未說出「請」字，張生就應道「去」字了。而且偏偏在臨出門時，要紅娘當他鏡子，來回顧這弄那，於手忙脚亂的動作中，極生動、細膩，又極準確的描繪出張生的心態。不過，當紅娘先行一步，張生拽上書房門，卻做起了白日夢，一心念念的是「比及到得夫人那裏」，「和姐姐解帶脫衣，顚鸞倒鳳」，「不知性命何如」？難免使其形象蒙垢。

老夫人的賴婚，對張生是莫大的打擊，但同時卻又是一種促進。於是張生的性格遂在新的矛盾、新的衝突中撞擊出火花，並從而豐富和發展。在賴婚的酒宴中，張生當面向老夫人提出了異議，說：「小生醉也，告退。夫人根前，欲一言以盡意，未知可否？」不等老夫人回答，他侃侃而談，繼續質問老夫人：「今日命小生赴宴，將謂有喜慶之期，不知夫人何見，以兄妹之禮相待？小生非圖哺而來，此事果若不諧，小生即當告退。」又說：「小生何慕金帛之色？卻不道『書中有女顏如玉』？只今日便索告辭。」眞是句句合情，字字在理，極具辯才，把個老夫人置於進退兩難的尷尬境地。老夫人自知理虧，祇得好言撫慰，留住書房，明日再說。

張生的一席話，雖然扭轉了局面，但終究無法改變老夫人既定的主意。張生即使能把老夫人詰問得張口結舌，可是見到紅娘卻又變得一副笨拙、無能相，他可憐兮兮地求紅娘幫忙，竟然跪地不起。到鶯鶯賴簡時，張生的第一個反應就是：「呀！變了卦也！」畢竟張生是個受禮教薰陶過的「志誠種」，他深深愛著鶯鶯，因此從未曾想到要防她，更不可能去傷害她。這就使他猝遇突發變故而不知所措，悄悄冥冥，羞慚得無一言。紅娘已躡足潛蹤來到附近，心裏爲他著急，代他設想：「張生背地裏嘴那裏去了？向前摟住丢番，告到官司，怕羞了你！」張生當然沒聽見，也不曾想到要用強硬的手段。這並非怯懦，而是厚道。直至鶯鶯把紅娘喚來，紅娘表面上似乎在審問：「張生！你來這裏有甚麼勾當？」「張生！你過來跪著，你既讀孔聖之書，必達周公之禮，夤夜來此何幹？」「你知罪麼？」其實這都是給他遞話的，祇要他應一句：「是小姐約我來的，有詩箋爲證。」立即可使鶯鶯由原告變成被告。但是，祇知愛卻不油滑、流氣的「傻角」張生，儘管在得意時很聰明，甚至還曾吹噓過；這時卻老實到目瞪口呆地連紅娘的提示也不願理會，充其量也祇是防護性地聲稱：「小生不知罪。」越是如此，張生越發可愛。他的不辯，不是不能辯；他似癡似傻，卻又不呆不笨。那種極深沉、極微妙、極細膩的情態描繪，相當有分寸，也非常的熨貼。正是這種內在的、含蓄的，又是可以意會的心理性格刻畫，使張生此一人物變得獨特而又有生命氣息。也正是張生此一人物性格特徵的不一致性，遂使得人物達到了一定的心理深度；因而張生這形象係完整的，而非孤立的種種側面的拼湊物。[10]

由於《王西廂》中的鶯鶯，對邀約張生一事是貨眞價實的「賴」，而非《鶯鶯傳》、《董西廂》的那般義正詞嚴的「訓」；如此，張生的病，就更加合理——不是表錯情的單相思，而係被對方的不守承諾所惹出來。也由於張生是一位道道地地「志誠種」的秀才，他堅信鶯鶯是愛他的，並不曾把鶯鶯對他的「惡搶白」記上心懷。因此，在收到紅娘遞來鶯鶯的「一個好藥方兒」——第二次允諾後，他肯定「小姐必來」，而且認爲「小生爲小姐如此容色，莫不小姐爲小生也減動丰韻麼？」所以到了當夜，張生的心，在漫長的等待中，眞是相思得如醉如癡—

……這早晚初更盡也，不見來呵！小姐休說謊咱！……

〔仙呂·點絳唇〕竚立閒階，夜深香靄、橫金界。瀟洒書齋，悶殺讀書客。

〔混江龍〕彩雲何在？月明如水浸樓臺。僧歸禪室，鴉噪庭槐。風弄竹聲，只道金珮響；月移花影，疑是玉人來。意懸懸業眼，急攘攘情懷，身心一片，無處安排；只索呆答孩倚定門兒待。越越的青鸞信杳，黃犬音乖。

小生一日十二時，無一刻放下小姐，你那裏知道呵！

〔油葫蘆〕情思昏昏眼倦開，單枕側，夢魂飛入楚陽臺。早知道無明無夜因他害，想當初「不如不遇傾城色」。人有過，必自責，勿憚改；我卻待「賢賢易色」將心戒，怎禁他兜的上心來。

〔天下樂〕我只索倚定門兒手托腮，好著我難猜：來也那不來？夫人行料應難離側。望得人眼欲穿，想得人心越窄，多管是冤家不自在。喏早晚不來，莫不又是謊麼？

〔那吒令〕他若是肯來，早身離貴宅；他若是到來，便春生敝齋；他若是不來，似石沈大海。數著他腳步兒行，倚定窗櫺兒待。寄語多才：……

王實甫不愧是一位精通人物心理活動的藝術大師，他運用舞臺上比實際短得多的時間，充分地表現出張生心頭那比實際長得多的時間，而且表現得極爲獨到。劇作家是從張生「佇立閒階」，亦即是已經等了鶯鶯很久，「初更盡」那時開始寫起。然後通過曲辭跌宕起伏的酣暢鋪排，把張生欲親不得，欲罷不能，因而又等又想，忽悔忽恨，或疑或猜，要死要活的複雜心態，淋漓盡致地展現了出來，引得讀者或觀衆時而啞然失笑，時而會心叫好。這種刻畫的技巧，與張生第一次赴約前的獨白：「今日頹天百般的難得晚。天！你有萬物於人，何故爭此一日。疾下去波！」「呀！才晌午也！再等一等。」「今日萬般的難得下去也呵！」「呀！卻早倒西也！再等一等咱。」「謝天地，卻早日下去也！卻早發擂也！呀！卻早撞鐘也！」有異曲同工之妙，不惟生動地顯示了時間的飛逝，濃烈了舞臺的活躍氣氛；而且也將無形、無象的相思情狀寫得形神畢現，極富審美的情趣。

張生在某些方面雖然敢於擺脫禮教的束縛，但是當他與鶯鶯偷期的祕密被查覺，面對老夫人命紅娘「書房裏喚將那禽獸來」時，張生著實惶恐得不知如何自處。儘管紅娘笑他：「你原來是苗而不秀。呸！你是個銀樣鑞槍頭。」他還是默默無言地任由老夫人指責，在老夫人的強大壓力下纔被迫作出了妥協：「明日便上朝取應去。」可見張生對鶯鶯始終是以愛情爲重，甚至他狀元及第後，在京致書鶯鶯，還說：「重功名而薄恩愛者，誠有淺見貪饕之罪。」即使面對鄭恆的爭婚，仍然不肯承認失敗，最後在紅娘與杜將軍等人的協助下，終於獲得愛情。

叁　元、董、王三家有關張生形象之比較

《董西廂》較《鶯鶯傳》有一個突出的——質的變化，那就是重新塑造了張生這一形象。除了姓名、身世等略同外，《董西廂》的張生已完全不是《鶯鶯傳》中的原型。而《王西廂》

中的張生，則是在《董西廂》的基礎上又向前發展，並進而昇華了。張生在元稹、董解元及王實甫三位文學大師筆下，遂成三個人物形象，因此他們各有自己鮮明的個性特徵，而絕不容混淆。茲舉其犖犖大者，比較如下：

一

《鶯鶯傳》中的張生，是老夫人的姨侄，是一位有才無行，祇會替自己辯護，「文過飾非」，而不負責任，毫無擔當，近乎逢場作戲、玩世不恭、輕薄殘忍的自私男子。《董西廂》中的張生基本上是帶有酸氣的才子，其於追求鶯鶯的過程中，雖然「相思難捱」，但在老夫人或鶯鶯面前，又時而做出斯文的樣子，而在紅娘面前，或一人獨處時卻又庸俗不堪。《王西廂》中的張生，是一個清俊温順，刻苦孳鑽的典型書生，其行爲較爲豁達開朗，他有時憨厚到見了紅娘就自報身世，「不曾娶妻」；隨便和長老開玩笑。有時又無能到甘受鶯鶯申斥，無一句辯解。他一向對紅娘坦率，説的完全是實話；而紅娘所送的「傻角」雅號，正代表著他的「眞誠」。鶯鶯曾評贊張生「內性兒聰明」；連心硬的紅娘，一見了他也留情。在紅娘眼裏，鄭恆若值一分，張生就有百十分。

二

《鶯鶯傳》寫張生先寓普救寺，嗣後，崔氏孀婦亦止該寺。兵亂時，張生請吏護之，纔倖免於難。有關許婚等情節，全係後來《董西廂》所加。《董西廂》謂張生乃因慕色而借廂，在寺警時，鶯鶯並未提出第三計，所以張生的自薦，始終帶有一種要挾與乘人之危的意味，談不上甚麼格調。而《王西廂》中張生挺身而出，雖表面上也是爲了取得鶯鶯，但此係在老夫人接受鶯鶯的第三計，長老當衆宣布的情況下；由於客觀形勢不同，因而人物的性格也就有了明顯的差異。

三

《鶯鶯傳》僅說張生請吏護崔，並未明言致書杜確一節；又謂張生在京曾「贈書於崔」，也沒交待書信的內容。《董西廂》則增列了張生向杜確求救書信的全文，至於在京寄回的家書，祇是「玉京仙府探花郎」一首七絕而已。《王西廂》則將《董西廂》那封給杜的信完全改寫過，還署明二月十六日。函中先追述往日風雨聯牀的情誼，次敘今朝彼此天涯的思慕，最後言及普救寺被圍，求白馬將軍念在舊交，上報天子恩，下救衆生靈，使故相國在九泉下也不泯將軍之德。又從反面說，儻若遭遇劫難，朝廷知悉，將軍也難脫干系。眞是面面俱到，滴水不漏，頗能表現出其文才武略。此外，又增列了一封由京寄回的家書，說他「恨不得鶼鶼比翼，邛邛並軀」，深以重功名而薄恩愛爲罪。

四

《鶯鶯傳》中的請宴，純爲報恩而設。有關賴婚等情節，全係後來《董西廂》所加。《董西廂》中的張生，在老夫人的賴婚宴席上，乘酒自媒，自誇自耀，甚至下淚以跪，近乎哀求；

當老夫人一口回絕，也祇能「喏喏地告退」。而《王西廂》中的張生，在這個宴席上，不僅拒絕接受兄妹之禮，而且慷慨陳辭，斥問老夫人，鮮明地表白自己的態度。

五

《鶯鶯傳》中的張生，拋棄了鶯鶯，另結高門之後，還妄想以外兄的身分，與鶯鶯重敍舊緣。《董西廂》中的張生，聽說鶯鶯已被老夫人另許鄭恆，痛不欲生，但不久又想到自己及了第，已涉官場，不能與這位賢相有隙，更何況復「稍蒙見知」。顯然張生已因身分的不同而引起了思想的巨大轉變，於是接受這個既成「事實」的悲劇；後來雖與鶯鶯雙雙出走，但就他一連串的行動來看，其爭取愛情至上、婚姻自主的精神並不積極，反而有些動搖，甚至是屈服。所以在結尾時，董解元祇提出「從今至古，自是佳人配才子」這一帶有世俗性的論調。而《王西廂》中的張生則從不曾屈服或動搖過，他盡最大的努力去辯明別人對自己的誣陷，絕不妥協，終於揭穿了鄭恆的詭計。因此，王實甫就能在結尾時，大膽地提出「願普天下有情的都成了眷屬」此一鮮明的反對包辦婚姻制度的主題。

肆　南北《西廂》中有關張生形象之較析

由於元雜劇搬演時，祇有正末或正旦二個角色可以唱，又末唱則旦不唱，旦唱則末不唱的歌唱方式，過於單調，主演的人非常喫重，而觀衆也會感到乏味。及至明代，傳奇的變弄，力革斯弊，凡是登場的重要角色都有歌唱的機會；而且演唱的變化也多，獨唱、同唱、接唱、合唱、接合唱，均無不可。非惟曲折了情節，更淋漓地發揮曲子的內蘊精髓，使戲劇的形態益臻完備。劇作家為求一新觀、聽衆的耳目，遂捨北求南，因而《北西廂》也就翻為《南西廂》了。

明人翻改的《南西廂》，有李日華及陸采二本。雖然李本的措詞命意，陸采曾詆之為：「詞源全剽竊，氣脈欠相連。」但陸本也未能後來居上，其故事內容大致仍沿襲李本；是故歷來搬演的《南西廂》仍以李本為多。茲就李本《南西廂》與王本《北西廂》情節相異的部分，約略提出；若陸本偶有不同處，間亦酌列。此外，金人瑞所評改的《第六才子書——西廂記》，雖然僅僅是修改，並非另寫；但因確實對《王西廂》中張生的形象有所提高，亦附帶提出，並試為比較分析如下：

一

《南西廂》有三十六齣戲，故必須較二十一折的《王西廂》增益某些情節，如〈上國發軔〉齣，有段琴童口述：「昨夜與官人同睡，渾身上下把我一澆，我只道葫蘆裏放出的水，官人原來是個老瓢」的賓白，即緣此為娛樂觀衆而硬塞入的，因而破壞了張生原有的形象。

二

《南西廂》於〈佛殿奇逢〉齣，根據《王西廂》：「若不是襯殘紅芳逕軟，怎顯得步香塵底樣兒淺」等句，而寫出張生指引法聰看鶯鶯留在蒼苔上的腳跡，比紅娘小些，祇有三寸三分。將張生的聰明心細，刻畫無遺。又於〈禪關假館〉齣，增入一段法本長老對張生著紅娘先行，而自己隨後的舉措，看出他是個「誠篤君子」。可是法聰偏不以爲然，怪師父不識人；他認爲張生讓紅娘姐在前邊走，益發看得她仔細。雖演出時或許能贏得滿堂采，但卻使對鶯鶯情有獨鍾的張生形象造成了動搖。

三

《南西廂》較《王西廂》多了一齣〈對謔琴紅〉，寫紅娘在琴童面前譏笑其官人張生「像一個青蛙」，「蛙欠平身站，未跳龍門先跳澗，蛇頭蛇腦得人憎。」又於〈唱和東牆〉齣寫紅娘回答鶯鶯牆角吟詩便是那二十三歲不曾娶妻的「涎臉」。《王西廂》中的張生雖被紅娘稱爲「傻角」，但卻傻得可愛；《南西廂》將之改爲「涎臉」，儼然係垂涎女色的「登徒子」，再加上像「蛇頭蛇腦」的「青蛙」，眞是一無是處，有何值得鶯鶯爲他動情的呢？

四

《南西廂》於〈許婚借援〉齣，寫當法本高叫：「有能退賊兵者，夫人有言，願將小姐妻之」時，張生即從廊下「急」上說：「我有退兵之策，如何不『早來尋我』？」對張生的行動與問話，似乎修改得較《王西廂》合理些。在求證過老夫人後，張生說：「既然如此，休要『驚唬』了我渾家！」「驚唬」一辭，好像也比《王西廂》的用「諕」，來得自然。不過，接著《南西廂》卻增加了紅娘挖苦張生說：「晌午喫晚飯，早些哩！」而張生答道：「一跤跌在籠糠裏，抱穩了。……」這些鄙俚的諢語，雖然可以熱鬧舞臺的氣氛，但張生的形象未免流於粗俗；若改由琴童的口中代答，不就很輕巧地避開了嗎？

五

《南西廂》於〈東閣邀賓〉齣，根據《王西廂》：「來回顧影」一詞，而增加了張生看地顧影的動作，紅娘問他原因，張生這纔說：「小生客邊乏鏡，聊借天光以照吾影耳！」儘量地把唱曲科、白化，亦即藉著演員在舞臺上的動作和賓白來闡釋唱曲，遂使張生的人物性格略顯得生動、活潑些。

六

《南西廂》於〈乘夜踰垣〉齣，寫當鶯鶯賴簡，不管「張生」、「李生」，要紅娘拿去見老夫人。而紅娘特爲張生緩頰說：「張先生！好個猜詩謎的社家？」張生因而據理力爭，振振有詞說：「明明寫詩著我今晚來，又變了卦。」紅娘道：「姐姐！他說你寫詩去叫他來。」鶯鶯問：「詩在那裏？」張生一面遞詩給鶯鶯一面說：「這不是你寫的？」這樣的張生就不「可愛」了，他再也不是《王西廂》中那個充滿「傻」、「呆」勁的「志誠種」了。其實鶯鶯約張生的詩箋，既不是證照，對方已有心要「賴」；那麼拿出來又有何意義呢？當然是被一氣之下給扯碎了。《金西廂》在此，將張生的面臨意外變化，手足無措的心情，表現得更爲突出。金人瑞將《王西廂》中張生的：「呀！變了卦也」這句話，改成僅僅「哎喲」一聲；將「小生不知罪」及鶯鶯退場後張生朝她的背影說的：「你著我來，卻怎麼有偌多說話」，全部刪去。這些改動，使張生此時此地、又呆又氣，被噎得半天說不出話、講不出理來的神態，完全孤行於筆墨之外；不僅表演者的演技可以獲得充分發揮，而讀者或觀衆也有更深一層思索及回味的餘地。

七

《南西廂》於〈月下佳期〉齣，將張生與鶯鶯偷嘗禁果，勾卻相思債之事，交給紅娘來傳唱，這要比《王西廂》直接由張生、鶯鶯現場表演，並從張生口中唱出，來得含蓄。衹可惜雲雨之後，鶯鶯正要離去時，張生卻當她的面對紅娘說：現在十分病已去了九分，還有一分在紅娘姐身上；如紅娘不嫌棄，一發醫了他這一分。像此竊玉偷香者口脗的人，根本算不得正人君子，《王西廂》中張生的清純形象，可以說已不復存在了。

八

《南西廂》於〈草橋驚夢〉齣，較《王西廂》增了張生驚懼之餘，猛抱琴童，大呼小姐的情節。而陸采本則又多出張生要琴童就其腳後睡，琴童卻說：「官人欺心，今夜沒了小姐，著俺替。」連小二哥也說：「官人不棄，老漢有母親八十九歲，出來奉陪。」人必自侮，而後人侮之；張生在下人的眼裏竟然如此低賤，這與《王西廂》中的張生，眞是判若宵壤。陸本能無「畫蛇添足」之失嗎？

九

《南西廂》寫作的旨趣，是「留與人間作話兒。」重在取悅觀衆，難怪會將張生的形象醜化了。這與《王西廂》，甚至《金西廂》的重在反映天下人對自由愛情的嚮往，是青年男女心目中純潔的愛情的典範，當然差別就相當的大了。

伍　張生形象轉化成就《西廂》造型藝術

綜上所述，我們可以了然《鶯鶯傳》中的張生是絕情無義的；《董西廂》雖改變了張生負心人的形象，還是略帶庸俗、懦弱，甚至有前後矛盾，不近情理之處。至於《南西廂》，雖然把張生寫得滿臺是戲，但形象卻過於低俗卑劣，遠不及《王西廂》。《金西廂》雖然強調張生「自內至外，並無半點輕狂，一毫奸詐。」在儘可能的範圍內把某些有損張生的描寫或刪或改，因爲係依《王西廂》而稍作增減，並非另起爐灶，重塑一個張生；足證王實甫對於《西廂》人物形象塑造的藝術手法，已相當卓越，些微的失誤，⓫勢所難免，是以舉世仍公推《西廂》爲元雜劇中最具代表性的傑作。王實甫筆下的張生，是一位風流、多情、溫文、俊俏、聰明、博學、眞誠、純樸的書生，他癡呆得可笑而又可愛，狂且得可氣而不可厭；他卑視功名，摯著於愛情，忠實於自己的誓言，與那些慣於玩弄女性的花花公子，截然不同。像這種性格的基本特徵，是可以獲得肯定的。

由於崔、張的故事原本係流行於文人之間的文言小說，而金、元兩朝所出現的《董西廂》與《王西廂》，卻變成了戲劇的形式，其對象已從祇限於男性的文士階層轉爲廣泛的一般大衆。《鶯鶯傳》的悲慘結局，既然受到了北宋衛道者的嚴厲譴責；設若《西廂記》也和《鶯鶯傳》一樣，偏袒男方，蔑視女性，那麼可想而知，必定不爲當時的女性所接納，自然會減低其舞臺的生命力，甚至是藝術的生命力。也由於《西廂記》的主要人物是鶯鶯，如果鶯鶯將薄倖的張生委爲知己，許身於他，那就不免有白璧之玷的無窮憾恨。所以誠如金人瑞所提的「烘雲托月」原理，王實甫爲了烘托成功鶯鶯這個「月」，張生這朵「雲」的形象必須有所改進，⑫纔能讓主、客觀典型情境合情合理，這就是《西廂記》要將「始亂終棄」的張生徹底改變成愛情至上的「志誠種」的最大原因了。

要之，由於張生形象的轉好，整部《西廂記》的劇情——以純粹心靈契合爲基礎的相依若命、死生不渝的愛情追求——於是更趨圓熟、美善；始獲襯托出令千千萬萬人所同情、所喜愛的鶯鶯的藝術形象，而鶯鶯在張生心目中也纔有：「乍時相見教人害，霎時不見教人怪，些兒得見教人愛」的致命吸引力。因此，我們如大膽地說：張生形象轉化成就了《西廂》造型藝術，應不爲過。

註釋

❶ 參見張燕瑾氏《西廂記淺說》頁七八，百花文藝出版社。

❷ 此係出於清代戲曲家李漁《閒情偶寄》所言。

❸ 按：金人瑞〈讀第六才子書西廂記法〉說：「《西廂記》止是爲寫雙文」，又說：「寫紅娘，止爲寫雙文；寫張生，亦止爲寫雙文；便應悟《西廂記》決無暇寫他夫人、法本、杜將軍等人。」

❹ 由於《王西廂》中的紅娘，明確地受命於老夫人對鶯鶯「行監坐守」。因此鶯鶯在某些場合所表現的矛盾動搖，以致變卦、做假，往往具有遮掩紅娘耳目的用意；並非完全是受封建禮教的束縛。

❺ 例如老夫人對「信」、「義」的看法，是雙重標準的；在她重門第的基礎下，寧願對鄭恆這樣高門的親戚講信義，卻不願對湖海飄零的張生講信義。

❻ 按：此與《鶯鶯傳》爲元稹的自敘傳有關。其實元稹代張生辯護，就是在爲自己辯護，以推卸社會責任，減輕內心負擔。他怎麼可能往自己臉上抹黑呢？可參《陳寅恪先生全集》〈讀鶯鶯傳〉一文，有精闢的論證。

❼ 見魯迅氏《中國小說史略》，臺北明倫出版社

❽ 參見牧惠氏《西廂六論》頁九三——一二三，臺北大川出版社。

❾ 見金人瑞本《增批繡像第六才子書》卷五〈請宴〉折批語。

❿ 參見《西廂記新論》頁八一——八七，所收譚志湘氏〈論西廂記的藝術張力〉，北京中國戲劇出

版社。

⑪按：《王西廂》已將《董西廂》的紕謬，幾乎大半消除了；而其自身的失誤，則《金西廂》略有修正。但金人瑞所無法改正的缺陷，後來曹雪芹又用其《紅樓夢》的創作實踐來彌補。須知任何一部成就輝煌的名著，難免會因時、空及作家本身的局限，而夾有某些雜質。《西廂記》明顯的糟粕就是不健康，有損形象，失之於美的科諢；這多少和當時觀衆的藝術品味有關，在論文中我們已有所分析。但瑕難掩瑜，名著終歸是名著，不致影響其總體評價。

⑫按：金人瑞《增批繡像第六才子書》卷四〈驚豔〉折論說：「《西廂》之作也，專爲雙文也。……將寫雙文，而寫之不得；因置雙文勿寫，而先寫張生者。所謂畫家『烘雲托月』之秘法。」

歌仔戲中的「老婆」

林茂賢

壹、緒論

歌仔戲原是由福建漳州地區的「歌仔」結合車鼓小戲的動作，約在清代末年形成於蘭陽平原。早期歌仔戲稱爲「本地歌仔」，後來又吸收、融合各劇種的表演藝術發展爲歌劇形式。

歌仔戲的表演型態有落地掃、野台、內台、廣播、電影、電視等型態。落地掃是歌仔戲原始的演出型態，在街道廣場遊行時做定點演出，屬於陣頭類的歌舞小戲；演出時沒有裝扮、不著戲服、不搭舞台，演員純爲男性，劇目只有「陳三五娘」、「呂蒙正」、「山伯英台」、「什細記」等幾齣。野台戲多爲廟會酬神等宗教性活動，演出前必有「扮仙」儀式爲信徒祈福謝恩。內台戲是在戲院內作營利性演出，爲增加票房，公演前常會製造噱頭廣作宣傳，並運用聲光特技、機關佈景招徠觀衆。

廣播歌仔戲則是在電台播放，因無身段作表，故特重唱腔念白，電影歌仔戲始創於麥寮拱樂社，陳澄三所拍攝的「薛平貴與王寶釧」曾經轟動一時；民國五十一年台視開播歌仔戲也曾隨之登上銀幕。電視歌仔戲艷麗的服飾、俊美的演員、華麗的佈景，均提昇了歌仔戲的視覺美感；但因受到鏡頭、時間、表現方式的限制，演員的身段、唱功均無法發揮，且電視歌仔戲動作、道具的寫實化，也使其失去傳統戲劇重意境的基本特質。

目前台灣約有三百個歌仔戲團，演出方式仍以廟會台戲為主。由於政治結構的改變、休閒娛樂的項目日增，歌仔戲已面臨演員斷層、後場樂師缺乏、舞台技術落後，劇本老舊、節奏拖沓等不符時代潮流的困境。許多演員為了生活兼差做副業，劇團也常有穿差現代流行歌曲或熱情艷舞的表演，有的劇團在下午表演「錄音歌仔戲」，晚上則改做「康樂晚會」。

由於外在環境的轉型，再加上本身表演型式的變質，歌仔戲的發展顯的更艱辛；然而歌仔戲是唯一發源於此、形成於此的本土戲曲，它的唱腔念白都用閩南語白話，內容通俗生動；且表演型式尚未固定，還能包容各種表演藝術的菁萃，因此歌仔戲仍是台灣最具發展潛力的傳統戲曲。

在歌仔戲的發展過程中，也曾遭受日本、國民政府的箝制和知識份子的壓抑，但憑恃著它的草根性與適應力始終可以自我調適，繼續生存。我們深信歌仔戲在面對現代化衝擊危險中，也能重新再做調適，展現它強韌的生命力。

本文以歌仔戲中的「老婆」為主題，「老婆」是一種腳色類別的泛稱，類似京劇中的「彩旦」「丑婆子」或車鼓戲中的「老婆」，歌仔戲中則統稱為「老婆」。老婆的腳色分類一般都因其性別而歸類為「旦腳」，但若依其表演內容而言，卻應屬丑腳行當。

傳統戲劇具有多重社會功能，如教化、宗教、經濟、藝術、聯誼等功能，然其最基本的功能是娛樂，無論自娛、娛人或娛神，娛樂才是傳統戲曲最主要的目的。光復以來，民間戲劇與政治作戰混爲一談，政府要求「主題正確、思想純正」的目標下，戲劇功能導向「教忠教孝」的樣版化，內容也變得嚴肅、正直，這種由娛樂轉向教化的轉變，使得傳統戲劇中的「三花」「老婆」腳色功能退化，戲劇的趣味性也相對降低。

老婆是歌仔戲中的女丑，在劇中地位最卑微，既無華麗的妝扮，也不是重要腳色，但卻是歌仔戲的甘草人物，即興表演內容最多，表演方式最自由活潑。劇中經由老婆的嘻鬧辱罵，提高了戲劇的歡樂氣氛，在笑鬧中也間接給觀衆一些省思。本文是就老婆在歌仔戲中的造型扮相、人物性格、表演特色、腳色功能提出探討，期能呈顯老婆腳色在歌仔戲中的重要性。

貳、歌仔戲中的老婆

老婆泛指歌仔戲中以調笑爲主的中年婦女，她的性格不如老旦之莊重，也不像小旦之花俏，所扮演多爲社會中卑微人物，如「山伯英台」中的王婆、「陳三五娘」中的王婆、豬哥姆，「李妙惠」中的花蜜蜂，「呂蒙正」劇中的老主婆，「皇帝、狀元與乞丐」中的老娼等等，所扮演的有客棧老闆、老女傭、媒人婆、妓院老鴇等腳色，歌仔戲統稱之「老婆」用以表示她們的年齡與扮相。

本文探討老婆腳色特質之前，首先引用歌仔戲各種表演型態中的老婆劇情，俾以瞭解老婆腳色在本地歌仔戲、傳統歌仔戲、現代歌仔戲中的表演型式。

一、本地歌仔戲中的老婆

本地歌仔是歌仔戲最原始的演出型態，表演時妝扮簡單、台詞俚俗，是屬於落地掃歌舞小戲，在本地歌仔「四大齣頭」中就有三齣劇中有老婆腳色，可見老婆在原始歌仔戲中的重要性。

1「山伯英台」劇中的王婆：

王婆：【唸　喀仔板】來囉！牙仔仰喜刷，頭鬃亦無梳，抹到四兩茶仔油，害著蝨母打澎泅，一隻好腳手，爬上耳溝晃中秋。人啊人，人人講恁祖媽老，恁祖媽眼尾揀襉才兩三溝，戶神知死不知走，予恁祖媽給夾一下，唉～喲，吐腸頭囉～

唉～人若食老尚嘸好，卡輸一隻瘋狗母，嫁尪嫁無一個好，頭先嫁著一個老大人，嘴鬚長長瞎龜咳嗽氣死人，恁祖媽愈想愈嘸通，擱再嫁，嫁著一個矮仔尪，矮佮短，拜堂若在跪娘禮，恁祖媽愈想愈嘸通，擱再嫁，嫁著一個瘸手尪，瘸手走路會搧人，恁祖媽愈想愈嘸通，擱再嫁，嫁著一個跛腳尪，跛腳行路像跳童，恁祖媽愈想愈嘸通，擱再嫁，嫁著一個賭博尪，贏錢粧甲金噹噹，啊若輸錢就相打拉頭鬃，恁祖媽愈想愈嘸通，擱再嫁，嫁著一個大箍尪，渾身攏

總五百斤重，給恁祖媽壓斷三塊眠床板，唉——一年總嫁二四個，

都好赴到食尾牙。

老身啊——枉死正是。

內：【白】是跋落水抑嘸是？

王婆：【白】甲撞到飛翎機咧！人我是講王氏正是，自老尪早死，也無留什麼傢私，在這個三叉路頭，四叉路口，開一崁客店做生理，今日天氣就也清和，待我掛一個店牌囉——

王婆：【唱　哪嘎嘎】前早起來鬧猜猜　王婆起來掛招牌

招牌掛落門斗頂　等待客官對這來

（哪嘎嘎哪嘎哪嘎哪嘎猴咬猴嘻囉大隻咬贏做伊走小隻仔咬輸跋落溝一個夯扁鑽擱一個出枕頭咬到血汁仔涔涔哪嘎哪嘎哪嘎哪嘎猴——）

前早起來天光時　王婆牌匾給伊掛——

王婆：【白】哎——唷！這久了落甲這囉屎潑雨，人阮伙食都難得度，啊今仔日天氣就也清和，有影

【接唱】給伊掛招牌招牌給伊掛——

【白】哎——唷！恁給伊看，阮這四面擱四大窗，中央一間呣崆房，倘好睏到七、八十人，啊嘻咧人客一下歹睏的，也有嘻囉抱腳腿的，嘛有嘻囉攪腳膧的，人阮後屏靴一卡大飯桶底飯倘好吃七、八十人，實在——

【接唱】真清爽　人來給伊等——

內：【白】等客兄？

王婆：【白】嘸是啦，人我是講看遠遠靴，一個拿傘的、擱一個騎馬的——打算

【接唱】按囉這來哎

【王婆　下】

【四九　上】

四九：【白】一步行，二步走，行到王婆的門腳口，唉！這擱有一塊餅

內：【白】知影你要踦孤！

四九：【白】不是啦，人我是講有個牌匾「往來客館」。

四九：【白】有影，來給叫看邁，內底有豬母否？

內：【白】無啊，有豬哥啦！

四九：【白】甲靴呢怪，有聽聲無看影。

王婆：【唸喀仔板】聽啊聽，聽見外面人叫聲，王婆放尿無恰攏褲，攏褲著行。一步行，二步行，三步到大廳，右手開頂門，左手開下門，嬰啊歪，墘啊關，嬰嬰歪歪，墘墘關關，開門出來看，看到一個黑火炭，請啊請，請你入大廳，有椅子搬來坐，有話講予恁祖媽聽。

四九：【白】卡——Q，恁客兄公仔剛才到，還昧吃下午。

王婆：【白】你這個客官講話哪會這土？

四九：【白】鼻仔頭尚吐，叭哩沙尚縮，人也真無運氣，來到塊，甲我做雞仔狗仔比論。
王婆：【白】客官你礙唷聽不著，人我是講店門一下開，主顧一大堆。
四九：【白】你耳孔輕聽無真，人我是講九啊剛才，還昧吃下午。
王婆：【白】客官你有啥物代誌？
四九：【白】這條錢要乎你賺？
王婆：【白】唉——唷，膨肚短命，甲恁祖媽講這囉話，啥物講這一條的錢要予我賺，嘸知死活，恁祖媽少年時，一個人就擋菜市仔口的十八羅漢，像你這扮，二三下手就夾死在椅條頂。
四九：【白】不是啦！人我是講一條錢要予你賺，要歇店啦！
王婆：【白】有影？攏總不知外濟人？
四九：【白】千千千二人。
王婆：【白】喔！那麼多。內底啊！腰啊、招啊、揀啊、惜啊、金枝啊、玉葉啊、趕緊哦！內底屎礐仔角、雞槽仔邊，甲我拼予卡清氣一下！
四九：【白】無啊王婆，你拼屎礐仔角要創啥？
王婆：【白】你就講千二，住昧落啊！
四九：【白】唉唷，嘛聽予妳，人我是講清清二個人。
王婆：【白】還擱一個啥物人？

四九：【白】還擱一個……我奴才。
王婆：【白】恁給伊看，答代鼻頭滴鳥屎，你也有奴才！
四九：【白】不是，我是講我奴才，佮阮官人啦！
王婆：【白】請恁官人來
四九：【白】官人有請！
《山伯 上》
山伯：【唱 七字調】山伯入店未幾時　王婆聽我講頭機
　蚊帳被舖款齊備　行路累累安身居
王婆：【唸 喀仔板】第一這間上清爽　八腳眠床掛遮風
　那要別人你免講　中央一葩免天光
山伯：【白】王婆姐，這間就好！
王婆：【白】有代誌就給我通知！
《王婆、山伯、四九 下。加串》
王婆：【唸 喀仔板】五更過了天漸光　王婆起來煮早頓
　就請客官洗手面　手面洗好通吃飯
《四九 上》
四九：【白】王婆姐，阮要來走，攏總外濟錢？
王婆：【白】要清帳喔？按呢啦，我給你用六的，六六三十六，零星嫌刺鑿，給你算算下……嘟好三元五角六。

四九：【白】嘎無喏！你給我用六的，我要給你用拗的，一個拗，二個拗，三拗四拗五拗六拗一塊五九。

王婆：【白】喔！你這昧輪唐三客對半鉎，還擱卡加，小生理本錢無外濟，按呢……就算你尚便宜。

四九：【白】唉，錢放佇腰堵，拗錢就甘苦，三十六錢走七十二路，來啊，我算予你，搚的作小費，免找、免找，馬給阮牽出來，官人啊！好來去囉！

以上節錄劇本是本地歌仔《山伯英台》「探英台」劇中，王婆與四九（山伯之僕）的對話，劇中王婆是扮演客棧老闆，由台詞可知：王婆年歲已大，早年多次結婚都因爲對婚姻不滿而離異，劇中以經營客棧爲業。

2《陳三五娘》中的王婆

「從早起來猜猜，王婆起來掛昭牌（招牌），昭牌掛落眞清爽，等待客官對這來。——小君秦奉令不敢辭，王婆店主我問你，姓黃五娘誰人子，從頭說出分阮聽。——王婆聽著笑亥亥，客官潮州未識來（不曾來），不知五娘九郎子，十分生水（美麗）好人才。——陳三聽著笑微微，阮是泉州的人氏，王婆你來我閣（再）問，九郎因厝（他家）要外遠（還多遠）？——？王婆聽到就應伊，九郎帶（住）在西街市。」❷

以上所引爲《陳三五娘》「福建起」手抄本。劇中王婆也是客棧老闆，但劇中王婆只是旗軍仔（龍套），提供陳三資訊而已。但後來的《陳三五娘》則塑造出「豬哥姆」的老婆腳色。問路一段則改由「李公伯」表演對手戲。

3.《呂蒙正》劇中的「老主婆」：

王婆：（唸雜碎）老主婆聽一見，有主意，我就歪歪仔行，歪歪仔去，來到房內坊進去，鎖匙打開利，大櫥來掀起，這邊摸過去，摸到二封龍仔銀，白記記。臭氣呂仔正，真真有福氣，老主婆，我來到大埕邊，看到蒙正著還在，就叫來來，相爺差我來，要共蒙正送錢財，送錢任你使，任你開，乎你糴米共買柴米，剩的可以挑蔥賣菜做生意，生意若趁錢，娶妻生子傳過香爐耳，白銀來收起，繡球來放離，不知正仔怎主意？❸

本地歌仔呂蒙正的老主婆，是劉相府的管家，在劇中奉相爺之命取錢送給呂蒙正，奉勸他放棄與劉小姐的婚事。

二、傳統歌仔戲中的老鴇

「來囉！皮鞋穿到蟋蟀號（大八號），查某甭知講是金絲猴，給伊請上二層樓，噗仔（手掌聲）一列，查某酒菜較較到，透食三塊九，皮包打開續不夠，窗子開起想逃跑，掌櫃的真老到，電話一列卡，刑警警察較較到，掠去手掖後，綁到鐵籠子口，罵伊無錢食欲去以上所引是野台歌仔戲班演出，劇中酒家老鴇的台詞中已出現電話、刑事警察等名詞，可見已經是日治時期之後的劇本。

豬哥母：怎麼把人家撞得真走一邊？

看人家生做妖嬌，就撞人家。

林大：（大笑）好了！我看你是看我生做白嫩又白嫩才故意來撞我的啦！

豬哥母：笑死人了！生成那種籮筐樣、扁擔腳、鴨母蹄、戽斗兼暴牙、雞看打咯雞、狗看吹狗擂、蟳看浮液、蝦看倒彈，虱目魚看到跳過岸、阿匹婆看到吐口水、打鼓的看到起畏寒、拉胡琴的看到起冷汗。

來！你們來看看我的身材，好像那個瑪丹娜，胸就是胸、腰就是腰。雞仔鳥仔看到都會起嫐、不識貨、講擔擂講、像前幾日、麥克傑克生那一個來台灣擱拚來給你祖媽掛號，還寄不到單呢！唉！像你這扮，你祖媽兩三下就把你解決掉了。我們不要理你了！

引自薪傳獎得主廖瓊枝女士所編寫《陳三五娘》劇本，劇中之豬哥姆是五娘家中之老婢女，個性風騷愛湊熱鬧，這段劇情是描述豬哥姆與紈袴子弟在梨園戲與本地歌仔的陳三五娘劇本中，皆無豬哥母的角色，豬哥母顯然是後來歌仔戲所創造出來的女丑。

三、現代歌仔戲的老婆

《錯配姻緣》中的花蜜蜂：

花蜂：【白】哎唷！你是在猜是否？

謝水：【白】我是當𣍐著！

花蜂：【白】你！（看謝水，又看看妙惠走的方向。）你是在猜某！

謝水：【白】正港的！內行的！

花蜂：【白】人我名叫花蜜蜂，專門牽公做媒人！

謝水：【白】啊！嘴乾茶就到，茶壺對茶甌！

花蜂：【白】甲意行對彼兩個是否？

謝水：【白】是呀！

花蜂：【白】剛才行過有兩個，你愛穿黃亦穿白？

謝水：【白】穿黃的我看沒詳細，我愛穿白的彼個較體！

花蜂：【白】彼個恐怕講𣍐動，我看還是講別人！

謝水：【白】我的家伙歸千萬，啥物條件無爲難！

花蜂：【白】他是舊年才死尪，現在算是守寡人！

（謝丙把謝水拉去耳語）

謝丙：【白】頭家啊！守寡查某煞頭重，我看這款仙嘸通！

謝水：【白】你識啥物，我能煞某伊煞尪，半斤八兩中攏平重，兩個結落尚允當，啥人嘛
嘸驚啥人！

花蜂：【白】豬八戒與吃人參果，講到嘴角全全波。

謝水：【白】花蜜蜂你那講按呢？

花蜂：【白】你講著家伙歸千萬，我那知是實亦是空！

謝水：【白】（掏出一疊銀票給花蜜蜂看）我身軀一碘這大碘，你看嘛知好額人！

花蜂：【白】哎唷！

謝水：【唱　補甕調】你若肯去做媒人，一百予你行路工
伊若親成肯來放，復包一千給你紅

花蜂：【白】免啦！免啦！多謝！
（謝水把一張銀票給花蜜蜂，花蜜蜂假客氣收入懷中。）
【唱　補甕調】人講有錢使鬼會挨磨，無錢請神也講無
我若提錢心情好，講話嘴水較利刀

謝水：【唱　七字調頭尾句】萬事拜託花蜜蜂

花蜂：【白】請問娶做第幾房？

謝水：【白】這……

謝丙：【白】阮頭家鹽郊十三坎

謝水：【唱　七字調頭尾句】淥到娶某也無閒工

謝水：【唱　七字調】人我還未娶家後　想要娶來接手頭
免伊摸鼎佮摸灶　十三支鎖匙總移交

花蜂：【白】啊！真是的喔！
【唸咯仔板】碰著一個憨鱢頭　錢銀我著加減敲
【白】頭家啊！這個名叫李妙惠，鄭州算伊第一美，聘金生成要較貴，你敢嘸驚會吃虧！

謝水：【白】這我嘸驚。
【唱　七字調】謝水講話殙梟反　鐵支用錢也燒會彎

花蜂：【白】我去講到伊甘願，你緊詮錢——

謝水：【唱　七字調】與伊疊平高

花蜂：【白】若按呢就無問題！無問題！

▲門外，花蜂領花轎、吹鼓手到。

花蜂：【白】好了！好了！彼歇睏……！嘻嘻嘻！尪公予我觀一下發輸上桌頂，這屏撥彼屏擎，謝水聘金送六千，千五予老的做老本，五百予妙惠惠做身穿，我暗稹的比偲加一倈，算來亦是無酷行！……來哟！來哟！新娘衫佮紅花捧入來！

▲丫環捧著吉服隨花蜂下，妙惠掀簾入。

妙惠：【唱　七字調】看見花婆行入門　心肝親像針在穿

花蜂：【白】妙惠啊！

【唱】你著聽我來苦勸　目屎擦擦咧好梳粧

▲花蜂將吉服、鏡子放在靈桌上，去扶妙惠。

妙惠：【唱　慢頭】行近鏡台腳手軟　看著紅花心更酸

▲妙惠把吉服、紅花掃落地上，又到夢仙靈前大哭。

花蜂：【白】哎唷！虛伯伯啊！你緊來啊……妙惠啊！

【唱　都馬調】嘸通哮　嫒悲哀　嘴齒打斷補金牌

兩蕊好花也會一蕊先敗

咱人的生死　攏嘛是由天在安排❺

《錯配姻緣》中的花蜜蜂是扮演媒人婆，見錢眼開視財如命，口若懸河，行爲舉止誇大乖離，是歌仔戲媒婆的典型代表。

由上引劇本可知，歌仔戲的老婆角色，多爲社會底層人物，在劇本中亦是屬於配角，在現實生活中則是屬於三姑六婆型人物。在舞台上沒有禮教、形像的包袱，是最有發揮空間的角色。

叁、老婆的扮相

一、妝扮

歌仔戲的老婆造型都是中年婦女妝扮，服飾上身著大布衫不帶水袖，下身穿長褲，腳穿平底布鞋。手持絲巾和宮扇，演出時不停地揮舞手巾和扇子表現其三八的性格。

老婆的頭髮上裝飾較小旦單純，比老旦繁雜，通常是梳大頭後腦包髻，髮飾也不如小旦花俏，一般老婆都是頭插大紅花，不戴長髻，也不貼亮片，額頭則包裹黑頭巾。

老婆的化妝最爲特殊，通常在雙頰各畫一個大紅圈圈，嘴唇則畫成圓型或沿嘴唇外圍描出誇大的嘴型，嘴邊還點上一顆「三八痣」，製造喜劇效果。

本地歌仔中老婆的扮相是「身穿一襲深紅色的大綢衫，臉上先刷一層白粉底，兩邊面頰用口紅一邊畫一個大圓餅，嘴唇塗的像個雞屁股，頭頂用鬚生用的髯上權權充假髮，後腦杓揪了個圓髻，上插三柱香算是荊釵。」❻

從妝扮來看老婆的外型是非常誇張的，在《山伯英台》劇中，王婆自述其長相是：「牙仔仰喜劇，頭鬃也沒梳，抹到四兩茶油仔」、「人人講恁祖媽老，恁祖媽目尾揀景才二三溝」。《陳三五娘》劇中，林大描述豬哥姆的長相是：「鰗魚嘴、鰻魚皮、嘴齒飛飛、兩眼垂垂，青仔叢也敢自比是牡丹花。吃到那麼老，一個臉又抹得紅嘰嘰……」❸

由上述資料可見，老婆的妝扮在服裝、髮飾上都很簡單，外型則是屬醜扮，以浮誇的造型取勝。

二、演員

歌仔戲中的老婆，通常是由男性演員反串屬於乾旦，由男性扮演主要原因有三：

1.老婆角色本來就誇張，由男性反串在扮相上更能達到其誇大「笑果」。

2.由男演員反串三八婦女，在演出時更放的開，且老婆常與（三花）丑角演出拉扯、摟抱的對手戲時，由男性反串可較無顧忌。

3.傳統劇團本來就沒有女性演員。蓋傳統社會中有濃厚的性別歧視，女性原本不能在外頭拋頭露面，更遑論登台演戲，老婆當然由男性扮演。

三、老婆腳色的人物性格

歌仔戲中之老婆，多數社會地位不高的中年婦女，如媒婆、店主、老婦人……其性格特點具幾項特色：

一、自私、貪婪——貪小便宜、自私自利是老婆腳色的共通點，比如《山伯英台》中的王婆，會哄抬房租且討價還價。《錯配姻緣》中的媒婆爲了貪圖聘禮千方百計說服李妙惠改嫁，事成之後還「暗槓」聘金。

從台詞中我們可以推知媒婆的貪婪個性：「人講有錢使鬼挨磨，無錢請神也請無，我若拿錢心情好，講話嘴水恰利刀」（喀仔板）念白：「碰著一個憨愿頭，錢銀我就加減敲……」。一般歌仔戲中媒婆的特性就是能言善道貪圖財利。歌仔戲中的老鴇，更是千篇一律被塑造成見錢眼開、狠心無情的腳色，爲了錢不顧仁義道德即是劇中老鴇最普遍的寫照。

由上述可知：老婆腳色無論媒婆、王婆、老鴇皆是自私自利、貪婪無度的性格，她們所代表的是人格最低層私慾，這種私慾與反派腳色利用權力、關係，獲取利益的方式不同。老婆的表現方式是直接、透明的，其他反派腳色則通常經過包裝或利用權位來取得。

二、粗俗、輕浮——在造型上老婆的扮相都是十分突兀，在動作、言辭上也是非常露骨，比如《山伯英台》中王婆的台詞：「恁祖媽少年的時，一個人就擋菜市仔口的十八羅漢，像你這扮的，二三下就夾死在椅條頂。」《陳三五娘》劇中的豬哥姆更露骨：「來！你們大家來幫我看看我的身材，好像那個瑪丹娜，胸就是胸，腰就是腰，雞仔鳥仔看到都會起⿰女敏」、「像你這扮的，恁祖媽兩三下就把你解決掉了。」此外，老婆台詞也經常有：「膨肚短命」「恁祖媽」「瘋狗風」「屎潑雨」等粗俗的詞句。除了言辭上的粗俗、露骨之外，老婆在舞台上的動作也是非常誇張，由於老婆多由男性反串，在舞台上經常故意凸出胸部，或作出調整乳房的動作，但這些動作並非煽情，而是爲了製造喜劇效果。

三、幽默、逗趣——無論飾演正派、反派，老婆在舞台上的言辭都相當風趣，因爲老婆本應屬於丑腳行當，所以動作無須端莊，台詞也以笑鬧性爲主。她們都是扮演社會地位卑微的市井小民，是劇中的甘草人物，因此唱唸對白都非常幽默、逗趣，以營造喜劇效果。

肆、老婆的表演特色

一、即興表演性強——早期歌仔戲表演工作者由於教育程度不高，一般都沒有所謂的劇本職業性表演通常是由教戲的戲先生在演出前講解劇情大綱，即由演員上台各自發揮，因此即興成份濃厚，其中又以丑腳即興式最多。在老婆的台詞中，也經常出現現代時事、人物的台詞比如麥克傑克遜、很酷，向前行啥米攏不驚等。當演出穿幫時，也經常是由丑腳（三花或老婆）來圓場，因此它的即興表演性最強。

在歌仔戲表演過程中，老婆經常出現一些與劇情毫不相干的言詞，或原非劇情內容的表演，這些內容適時出現，總是帶來一些意外的戲劇效果，無論觀衆或演員在不知情的情況下，常被這些即興式的內容逗得哄堂大笑。

二、極盡誇張——老婆腳色非但扮相、言詞誇大，而是一切動作都極盡誇張，老婆上台通常是又扭又跳，走路搖搖擺擺，唱唸時不時揮舞扇子、絲巾，表現輕浮的性格，比如《呂蒙正》劇中的老主婆走路方式是：「歪仔歪行，歪仔歪去」《山伯英台》的王婆則是：「聽見外面人叫聲，王婆放尿無恰攏褲也著行。」而她身世更誇張，一年之內嫁了二十四個丈夫，到年底「剛好赴吃尾牙」。《陳三五娘》中的豬哥姆則自詡爲瑪丹娜，還說麥克傑克遜到台灣時曾經去找她「掛號」還排不到班。當然這些情節都虛構濫編的，但也由此可見老婆在歌仔戲中的誇大程度。這些荒繆的內容都是爲了製造歡樂效果，因此觀衆也不會對這些浮誇的內容加以責難。

三、以唸白爲主——老婆的表演是以唸白爲主，偶有唱腔也多選擇輕佻、快速的曲調，如「五空小調」「哪嘎嘎」「五工工」等小調。

由於老婆腳色是以調笑爲主，因此特別著重口白，常使用押韻的「喀仔板」來陳述劇情，唸白內容詼諧逗趣葷素不拘，且其表演沒有劇本的限制，經常會出現一些令人訝異的台詞，製造意想不到的戲劇效果。這也是傳統戲劇中丑角的表演特色。

伍、結論

老婆是冷指歌仔戲中以調笑爲主的中老年旦腳，包括王婆、媒婆、老鴇、老婢女等，若依表演性質而言則屬丑腳行當，在一個有女性腳色中老婆是最具發揮空間的腳色，爲凸顯其荒繆性、製造喜感，歌仔戲中的老婆通常是由男性演員反串。

老婆的扮相無論在本地歌仔，體統歌仔戲或現代歌仔戲中都是扮演誇大、言詞荒唐，動作輕佻的社會底層人物。

歌仔戲的老婆在性格上大多被塑造成自私自利、貪小便宜的特質，雖然如此但老婆在戲劇卻並非罪大惡極的反派人物，她們的自私、貪婪往往表現的非常直接、坦白，與動心機使權謀派的反派腳色大不相同。老婆在表演風格上顯得粗俗、輕浮，且經常出現一些低俗言詞和動作。無論忠奸善惡老婆都是戲劇中的甘草人物，因此表演內容都是幽默風趣，以製造喜劇效果。

老婆的表演即興性很強，在演出時經常出現一些不屬劇情的內容，且其表演型態極盡誇張、荒謬，這些不合理的內容都是爲了彰顯戲劇的喜劇效果。由於老婆的腳色是以製造笑料爲主，因此演出時唸白甚於唱腔，且經常使用喀仔板、四句聯陳述劇情。

戲劇最基本的功能在於娛樂，因此以製造笑料爲主的老婆腳色就顯得格外重要，近年來歌仔戲一般的發展趨勢，卻將三花、老婆等腳色矮化，凸顯生、旦腳色，使得歌仔戲的趣味性、通俗性、自由性大大減低。老婆是代表社會中最卑微的人物，所表現的是最直接的慾惡，本以歌仔戲中的老婆爲主題，希望能還原老婆腳色在可還原老婆腳色在歌仔戲中的地位。

註釋

❶劇本引自宜蘭縣之蘭陽戲劇團，劇本由薪傳獎得主陳旺欉先生口述，蘭陽戲劇團整理紀錄。

❷劇本引自本地歌仔「陳三五娘」福建起手抄購自宜蘭公園，成書年代不詳。表演時以唱爲主。文中括號爲筆者注釋。

❸引自【呂蒙正】劇本，陳健銘。【野台鑼鼓】「傳統歌仔戲腳本整理」頁九四。

❹引自陳健銘。【野台鑼鼓】「前頭唱　後頭無」，日劇時代職業戲班丑角所唱的喀仔板。頁六七。

❺【錯配姻緣】原名爲【謝啟娶某】後改爲【李妙惠】爲大陸歌仔戲藝人邵江海先生所編，上引劇本爲「蘭陽戲劇團」聘請陳永明、郭志賢先生所改編。

❻引自前書「從行歌互答到本地仔」頁一。

❼【陳三五娘】廖瓊枝編寫。

閩南戲文中的丑角人物形象

——以荔鏡記的林大爲例

李國俊

陳三五娘的荔枝姻緣是閩南地區流傳最廣、最爲膾炙人口的愛情故事。在明代的戲文中，《荔鏡戲》更是典型的方言文學作品。劇中描寫泉州公子陳必卿與潮州閨女黃碧琚的結合始末，爲才子佳人歷經磨難、團圓結局的成功作品，也成爲閩南地區最流行的本土愛情故事，在閩南地區的歌謠、說唱、戲曲中，不斷被傳頌著。本文旨在探討才子佳人風光團圓背後的一位不起眼人物——林大，有關這位劇中扮演第三者角色的形象描述。進而探討閩南戲文中其它各類丑角人物的形象塑造。

一、林大在荔鏡記中的地位

在閩南地區最爲風行的戲劇，是描述陳三五娘戀愛經過的「荔鏡記」。「陳三五娘」是道地的閩南本土傳聞，並且有關於陳三五娘的戲劇、說唱、歌謠等作品，大多以閩南方言來表現。但也由於方言的限制，「陳三五娘」只流行在閩南方言區，以及隨著閩南移民前往的南洋一帶。

自明代以來，陳三五娘的浪漫愛情一直搬演於戲台上。今天我們還能看到的最早劇本，爲明代嘉靖年間重刊的《重刊五色潮泉插科增入詩詞北曲勾欄荔鏡記戲文》，這是一部典型的方言文學作品，劇中的唱詞和道白，完全採用潮泉的方言。除此之外，明代萬曆年間刻有《全像鄉談荔枝記》，清朝順治年間有《泉潮雅調陳伯卿荔枝記》，光緒年間有《陳伯卿繡像荔枝記》，這些同樣都是以潮泉方言來搬演陳三五娘故事的戲劇。目前海峽兩岸的梨園戲、高甲戲，仍經常在上演這個故事。❶

《荔鏡記》劇情大意如下：「南宋時，泉州書生陳伯卿（陳三），送其兄至廣南就任運使，途經潮州，正逢元宵佳節，潮州城大放花燈，王孫仕女皆都上街玩賞。潮州大戶黃九郎之女黃碧琚（五娘），亦偕婢女益春及李姐，遊街賞燈，與陳三燈下邂逅，互生愛慕，只因陳三要事在身，匆匆離去。而潮州土豪林大，則當街攔阻五娘，強求與他「答歌」。之後，林大便央託李姐向黃家求親，黃九郎以爲林家爲潮州望族，不經深慮就應允婚事，五娘了解林大爲人，爲此傷心得要投井自盡，經益春苦心勸阻，方才作罷。直到六月，陳三自廣南返回，重經潮州，黃昏時策馬遊街，從五娘家樓下經過，五娘與益春正在樓上乘涼吃荔枝，望見馬上官人，認出即是燈下情郎，便以手帕包荔枝投落。陳三拾起，回寓所後魂牽夢繫，經向鄉人李公打聽出樓上佳人名姓，並且得知黃厝有一面寶鏡，日久未磨。於是喬裝爲磨鏡師傅，逕自到黃厝求磨鏡，而故意失手，將寶鏡打破，以身賠鏡值，賣入黃府爲奴三年，希圖與五娘接近。誰知入黃府掃廳捧水一年餘，五娘一味閃躲，若是無意。陳三幾度心灰意冷，經益春告知五娘心意，並代爲傳書遞簡，幾番撮合，才促成私情，兩人在花園共盟婚誓。這時林大催親急迫，約期九月前來迎娶。倉促之間，無計可施，又恐事跡敗露，陳三只得偕五娘益春，趁著七月十四月光照路，出奔回泉州。林大告知官府，在黃岡驛將三人追回審問，陳三下獄，五娘益春責令黃九郎領回。林大又買通知州，判陳三以誘拐之罪，發配崖州服刑。五娘命僕人小七送衣慰問。陳三被押送途中，正遇著他的哥哥陞任廣南都堂巡撫，於是一同回到潮州，將知州、林大以收送賄賂辦理，陳三、五娘得以成就姻緣。

這個故事中的四個丑角人物，也成爲閩南戲文中的四個丑角典型，林大爲「公子丑」典型，知州爲「官丑」典型，小七爲「小丑」典型，李姐爲「丑婆子」典型。林大在戲中除了是阻撓才子佳人的惡徒，卻也是劇中惹人發笑的甘草人物。

此處暫且不論是非，僅就才子佳人團圓結合的立場來看，有關林大妨礙陳三五娘結合的行徑，約有以下數點：

1、強邀答歌——五娘與婢女益春元宵賞燈時，林大當街攔阻，強邀答歌。因「答歌」爲潮州固有習俗，相傳在元宵燈節，可不分貴賤的邀人答歌，以避免災禍疾疢。林大見五娘等年少女子可欺，便強邀答歌以輕薄之。

2、託媒說聘——林大打聽出五娘家世後，央託李姐向黃家說聘，黃九郎應允，唯五娘執意不肯。

3、頻頻催親——林大下聘後，頻頻催促迎娶五娘，逼得陳三不得不使出私奔的計策。

4、報官追逃——林大得知陳三五娘私奔後，上報官府，由官差在黃岡驛將他們追回下獄。

5、買通知州——以金錢賄賂知州，判陳三以誘拐之罪，將他發配崖州充軍。

由此可知，林大在劇中扮演重要第三者的角色，一方面要強娶佳人，一方面又要陷害陳三，最後的下場則是兩頭落空。

二、林大在戲文中的形象

(一) 明本《荔鏡記》中的林大

明代嘉靖年間的《荔鏡記戲文》，劇中百般阻撓才子佳人結合的林大，以淨角扮飾，不過民間習慣把這個角色稱爲「公子丑」，對他的形象，有如下幾齣中的重要描述：❷

1、第五齣「邀朋賞燈」。林大上場自言：

潮州林郎有名聲，廣東福建敢出名，不欠錢銀不欠食，另欠一某不十成。小子永豐倉林大爹便是，阮母無分曉，生我一鼻障大，許識物者稱呼佐大官，許不識物者呼我佐大鼻，莫說我田園廣闊，錢銀無賽，那是婚頭遲，未有一某通伴眠，乞人說笑叫佐無尼牛。

接著唱一曲「四邊靜」：

> 拙年無某守孤單，青青冷冷無人相伴，日來獨自食，冥來獨自宿，行盡暗贘路，踏盡狗屎乾，盤盡人後牆，屎肚都蹊破，乞人力一著，鬃仔去一半，丈夫人無某，親像衣裳討無帶，姿娘人無婿，恰是船無舵，拙東又拙西，拙了無依倚，人說一某強十被，十被甲也寒。

從林大出場的自況，我們可以看出林大家頗有名聲、廣富田產，可惜生來鼻大貌醜，被呼爲「林大鼻」，又兼盛年未婚，因此大唱「無某歌」。

2、第十四齣「責媒退聘」。林大央李姐往黃家說親，五娘不應允的最主要理由是：

> 許人生不親像龜也不親像鱉，恰親像猴孫一般體。

可見林大的貌醜，是他不得人緣、無法接近佳人的主要因素。

3、第三十齣「林大催親」。林大上場詩自言：

> 小子姓林叫佐大鼻，貪花亂酒無時離，有金有銀有田地，那是可惜婚頭遲。

仍然是說明林大家中富有及貪花亂酒胡行非爲。

(二) 梨園戲、高甲戲中的林大

現在閩南地區及台灣的梨園戲、高甲戲中，仍常演出有關陳三五娘的折子，在梨園戲《陳三五娘》「邀朋」齣中，林大出場唱「玉交枝」：

風流風流有名聲，街頭巷尾、街頭巷尾從我行，三十四歲未有一某通相伴，前後傭人做親做到成。[3]

緊接著唱「望遠行」：

拙時無某冥日守孤單，青青清清，清清青青無人通相伴，日來獨自食，冥來獨自睏，行盡骯髒路無好頭彩，踏著狗屎巴，臭甲歸相腳，乾埔無某親像衫無帶，姿娘無婿親像船無舵，一某賽過十領棉積被，十領蓋了、十領蓋了也叫寒，棉被大領較輸骨肉來相伴，㤉得我心內恨，恨月老無公平，因乜不來共我牽紅絲，嗳！因乜不來共我牽紅絲。

這一段「無某歌」其實是從明本荔鏡記蛻變而來。又在答歌時，益春與李姐在燈下借題唱歌挖苦他：

燈錢一冥是睏油床，大鼻那生得是擂槌長，算來別無乜路用，割去度人是擂生糖。

燈下燈，燈下燈古燈，一陣燈古是賴榮，沿街沿巷都買無燈古，買無買無燈古是來點燈，買無燈古是來點燈。

一方面調侃他的大鼻子，另方面則譏刺他的醜陋身材。❹

在高甲戲的《審陳三》齣裡，把林大的丑貌描述得最傳神，知州拷問益春時，益春說明五娘不喜歡林大的理由，唱道：

你看林大鼻，生成真怯世，不讀書，不識字，一個面恰似豬哥精，無通情也不識道理。真蠢笨，一腹真蠢笨，說話無斯文，頭額擴出都有三寸，目睛看人疊疊瞬，耳下浮粗筋，蚶空大鼻蓋嘴唇，說話涎鬚四界噴，鴨母蹄，行路真臭笨，許般樣形狀，教阮阿娘怎不心頭痛恨。」❺

從林大的不讀書、不通情理，蠢笨的內涵，到醜陋的外貌，與陳三比較：

想陳三果然生標緻，因爲賞燈共伊阿娘相遇見，看伊人玉貌朱肌，苗條親醒，親像潘安宋玉來再世。❻

一美一醜，優劣判然，可知「以貌取人」一向是傳統才子佳人戲劇的不二法則。

三、南管曲詞中的林大形象

現存的閩南南管樂曲，雖一向用於清唱，唯多數仍爲戲中的戲詞摘唱或閨怨散曲，其中屬於陳三五娘故事者俗稱爲「陳三門」，共包括指套九套：「惰梳妝」、「鎖寒窗」、「金井梧桐」、「聽見杜鵑」、「共君斷約」、「花園外邊」、「所見可淺」、「我只心」、「颯颯西風」，及零曲約一百多首。❼這些曲子中對於林大的描述，多數出於五娘之口，也多是對林大的怨恨之辭，今依故事發展先後說明。

五娘與林大訂親之後，在「繡孤鸞」曲中，表達了她自認與林大不匹配，卻又無法違抗父命，無可奈何的情況下，借繡孤鸞與鸚鵡描述她的心情：

孤鸞共鸚鵡不是伴，親像阮對著對著許丁古賊林大無好緣份，切人只心內無奈何。」（潮陽春望吾鄉．繡成孤鸞）❽

而後在林大頻頻催親，而五娘卻更加喜歡陳三的情形之下，五娘對林大的怨恨也更加深，也表露抵死不願嫁林大的心情：

恨煞冤家林大鼻，阮恨煞冤家丁古死賊林大鼻，你來虧阮可忝阮即著您耽置，愛阮做某你須待後世，愛阮做某你須待後世。（指套金井梧桐）

爲著阮厝爹媽無所見，掠子親成許配林大鼻，早死無命，每日催親迫緊，每日催親迫緊，阮即想都無路。（潮疊·偷身出去）

益春在傳書遞簡，兩邊不是人的時候，也只好怪罪林大：

恨煞林大做事可不是，免阮二邊、免阮二邊費盡心機。（中滾十三腔·一封書）

故而經由益春安排，陳三五娘在花園私會、對天盟誓時，雖然怪罪林大催親險卻害了五娘性命，實則這時林大已成爲他們嘲諷的對象，也更堅定兩人相愛之情：

也好笑，好笑許林大汝一狗拖著瘟病，每日催親迫緊，阮即險送了殘生。（中滾·三更人）丁古林大，恨著丁古賊林大，伊著早死無命，每日催親，催親那障迫緊，阮即幾遭險送性命。（水車歌·共君斷約）

許時林大那催親，阮一點真心終亦不更移。（錦板·今宵相會）

私奔回泉州途中，更不管林家的謗議，也更加嘲笑林大：

當天下咒，咱來當天燒香下咒出門去，休管林家謗議，休管林家謗議。（潮陽春·當天下

咒）

笑許林大你心可痴，怨煞大鼻你今心太痴，愛匹配你須著等後世。（指套花園外邊）

而在被追回後，林大買通知州將陳三發配崖州，樂曲中出現對林大的漫罵也最多：

那恨許丁古賊冤家，掠阮鴛鴦來拆散二邊。（潮陽春五開花．想起前日）

恨著丁古許林大，深惱恨著丁古賊林大，汝掠阮情人阻隔去外方。（長滾越護引．三更鼓）

千般、千般怨恨，恨煞丁古林大，汝只毒心毒倖買囑知州，汝去買囑知州，枉掠我三哥伊人發配崖州城。（潮陽春望吾鄉．半月紗窗）

恨煞林大起有毒心行止，買囑知州、買囑知州掠伊發配崖州市。可虧阮雙人拆散，那障分開做二邊，汝掠阮鴛鴦拆散，那障分開路遠如天。（福馬．元宵十五）

誰想賊林大，伊去告官司，掠伊發配去值崖州城市。（相思引九連環．想起當初）

丁古林大，汝著早死無命；草包知州不公平，受私枉斷，發配崖州城市。（長潮陽春．誰人出世）

思思想想，恨著丁古林大鼻，掠阮一對鴛鴦阻隔在許崖州城市，心頭寂寞亂都如絲。（長潮陽春．一年光景）

從南管曲詞中得知，林大一直是他們漫罵嘲諷的對象，五娘用來罵林大的字眼，不外「賊」、「丁古」、「狗拖」等幾個簡單的詞彙，❾也可以看出閩南戲文的俚俗本色。

四、從林大的市井形象看丑角類型

從荔鏡記故事對林大形象的描述，可知一般在才子佳人戲劇中，扮演惹人嫌怨的第三者角色，約有幾點共同特徵：一、高官之子或廣有田產。二、生得醜陋。三、行爲不檢，仗勢欺人。故如「梁祝」故事中的馬文才、「春草闖堂」中的吳獨，都是一般模樣。

而從閩南戲文中對丑角的著意描述，可知丑角在戲劇中份量的重要。從戲劇演進的歷史來看，在早期民間的二小戲、三小戲中，丑角一直居於相當重要的地位。閩南民間戲劇雖以演出早期戲文故事爲主，卻依然保存著許多丑旦小戲戲碼，如「管甫送」、「番婆弄」、「筍江波」等，劇中的丑角都是引人發笑、也引人同情的角色。

從閩南戲文中的丑角人物，看出民間一向喜歡塑造詼諧逗趣的角色，用以刻劃世間人物百態，不論爲官爲僕、是男是女，爲善爲惡，都有值得憐憫的一面。如貪財狠毒的「官丑」，也不失逗笑本能。卑微的「小七丑」，雖以詼諧逗趣爲主，仍具眞情感人的一面。⓾是以閩南的偶戲，如布袋戲、傀儡戲中，丑角的造型也是最豐富、最傳神者，高甲戲更發展出模仿布偶戲動作的布袋丑、傀儡丑。

註釋

❶ 參拙著〈風月故事說從頭〉一文。（收於《民俗與兒童文學研究》，嘉義師院語文研究發展中心出版1991.6）。

❷ 所據《重刊五色潮泉插科增入詩詞北曲勾欄荔鏡記戲文》，收於《明本潮州戲文五種》（廣東人民出版社1985）

❸ 據一九八八年國立藝術學院演出「陳三五娘」劇本。

❹ 「燈下燈，燈下燈古燈」，係嘲弄林大身材類似「燈鼓」而言。

❺ 據廈門金蓮陞高甲戲團演出「審陳三」劇本，及香港順興唱片公司出品「審陳三」錄音帶。

❻ 同❺。

❼ 據劉春曙、王耀華《福建南音初探》之「福建南音指套、散曲考源表」，曾依曲簿輯得陳三五娘散曲一百二十七首。

❽ 本節所引樂曲資料，大抵根據吳明輝編《南音錦曲選集》（菲律賓國風社），張再興編《南管名曲選集》（中華國樂會），蘇志祥編《閩南指譜錦曲集》（菲律賓金蘭郎君社），呂錘寬輯《泉州弦管指譜叢編》（行政院文化建設委員會）等書。

❾ 「丁古」一詞，或以爲即是「登徒」，實則爲潮州俗語「燈鼓」，意爲肥胖醜陋。

❿ 梨園戲「陳三五娘」有一段小七要娶益春爲妻，益春卻嫌他貌醜不肯應允的戲。

國立中央圖書館出版品預行編目資料

人物類型與中國市井文化／淡江大學中文系主編.
--初版-- 臺北市：臺灣學生，民84
面；　公分
ISBN 957-15-0668-0（精裝）
ISBN 957-15-0669-9（平裝）.

1. 中國小說－評論　2. 中國戲曲－評論

827.07　　84000256

人物類型與中國市井文化（全一冊）

主編者：淡江大學中文系
出版者：臺灣學生書局
發行人：丁文治
發行所：台灣學生書局
臺北市和平東路一段一九八號
郵政劃撥帳號〇〇〇二四六六八號
電話：三六三四一五六
FAX：三六三六三三四

本書局登記證字號：行政院新聞局局版臺業字第一一〇〇號

印刷所：常新印刷有限公司
地址：板橋市翠華路八巷一三號
電話：九五二四二一九

定價　精裝新臺幣三二〇元
　　　平裝新臺幣二六〇元

中華民國八十四年元月初版

19504

ISBN　957-15-0668-0（精裝）
ISBN　957-15-0669-9（平裝）